U0901658

左岸青山右岸树

漳州作家丛书

陈燕松／主编

朱向青／著

中国華僑出版社
·北京·

图书在版编目（CIP）数据

漳州作家丛书 / 陈燕松主编 .—北京：中国华侨出版社，2018. 10

ISBN 978-7-5113-7767-8

Ⅰ . ①漳… Ⅱ . ①陈… Ⅲ . ①中国文学—当代文学—作品综合集 Ⅳ . ① I217.1

中国版本图书馆 CIP 数据核字（2018）第 216910 号

漳州作家丛书：左岸青山右岸树

主　　编 / 陈燕松
著　　者 / 朱向青
责任编辑 / 文　心
责任校对 / 孙　丽
经　　销 / 新华书店
开　　本 / 670 毫米 ×960 毫米　1/16　印张 /324　字数 /4281 千字
印　　刷 / 三河市华润印刷有限公司
版　　次 / 2018 年 11 月第 1 版　2020 年 2 月第 2 次印刷
书　　号 / ISBN 978-7-5113-7767-8
定　　价 / 980.00 元（全 24 册）

中国华侨出版社　北京市朝阳区西坝河东里 77 号楼底商 5 号　邮编：100028
法律顾问：陈鹰律师事务所
编辑部：（010）64443056　　64443979
发行部：（010）64443051　　传真：（010）64439708
网　址：www.oveaschin.com
E-mail：oveaschin@sina.com

《漳州作家丛书》总序

漳州是中国历史文化名城，历史悠久，文化深厚。在文化的星空，群星璀璨，先后涌现出黄道周、林语堂、许地山、杨骚等文化名人，令我们引以为傲。

四十年改革开放，四十年风雨兼程。漳州土地，生机盎然，文学创作也迎来繁荣发展的春天。应是春风吹拂，应是文脉相承，一支包括了老、中、青三代作家的队伍正在悄然形成。2004 年，漳州市委宣传部、漳州市文联编辑出版了第一套《漳州作家丛书》，有十二人，十二本。时隔十多年，在祖国改革开放四十周年的今天，漳州市委宣传部、漳州市文联再次编辑出版第二套《漳州作家丛书》，展现活跃在省内外文坛的二十四位当代作家的创作风采。十二到二十四，这不仅是作家作品数量的增加，更是漳州文学创作水平质的飞跃。

《漳州作家丛书》的出版，旨在展现漳州作家的创作成果和创造实力。以期让更多的人，通过这套丛书，了解漳州，关注漳州，热爱漳州。同时，我们也希望，通过这套丛书的出版，能够激发漳州作家深入生活，体验人生，潜心于文学创作，用更好的作品回馈家乡，回馈人民，回馈时代。

《漳州作家丛书》编委会

2018 年 10 月 1 日

目/录

第一辑　行走闽南

第二辑　游历山川

第三辑　穿越四季

第四辑 流连亲情

第五辑　徜徉校园

第六辑　往来师友

第七辑　踟蹰人生

第一辑　行走闽南

像河流一样行走

我曾多次站在桥上看河。

两年前，我站在兰州城关的中山铁桥上，足下的黄河在夕阳下载着一川金色的波涛，向东奔流。风从远处的白塔山峰顶吹过来，下游古老的黄河水车的边上，停驻着几只羊皮筏子，游人和艄公唱着当地的歌谣飘逸在广廓的河面之上。那一刻，来自东南之滨的我，生出一种对大西北黄河的喜爱和敬仰。

今年夏天，当我站在武汉长江大桥上的时候，心里泛起的竟然是相同的体验。江水缓缓地流淌，远处江面上似升起一层如纱一般的薄雾，偶尔传来一两声清亮悠远的江楼钟声。遥望水天一色之际的云影蓝天，感觉面前的一切是如此壮阔辽远，第一次知道了什么叫烟波浩渺。那时，我愿意自己就是江流中的那些无数细小的“银花”，适意地向远处奔腾涌流。

人们对河流的喜爱由来已久。自古以来，人类总是“逐水草而居”，只要跟着水走，就会找到出路。溪流从荒凉孤独的源头出发，一路壮大。带着草木的气息向东而流，逶迤入海。一条长江，一条黄河，孕育了众多的名城古都。大江如此，小河亦是。

现在，我站在我家乡漳州最古老的战备大桥上，看着眼前这条由西而东穿城而过的清澈的河流。

远处，是透亮的蓝天，圆山清晰可见；近处是南北两岸的旧桥边人家。岸边，几只渔家小船，在江面上随波荡漾。三五个阿婶阿婆，到河中找个水浅的地方，搁上自家带来的长条板凳，凳面已经改制成了简易的洗衣板，彼此热络地打声招呼，开始利索地洗衣干活，不时还有小鱼、小虾钻进脚缝挠着痒痒。跟来的孩子呢，也索性下了河，泼水嬉戏，与水底的细沙、鱼虾做伴。

这是母亲为我描绘的旧时漳州九龙江的模样。那时，我们家住在江边。母亲常常在下班后也带上长板凳，加入河中的洗衣一族。“洗完后站河里吹吹风，空气也是甜的呢。”母亲至今还很怀念。小时常听老人讲，九龙江是漳州境内第一条大江，分西溪、北溪两干流，《龙溪县志》里记载：“西溪水源，北自西溪永丰，南自铜壶、小溪，至南靖合流，而绕于郡城为南河，过诗浦，达三叉河，与北溪会。”两溪自山城而下，水面开阔，水石清美。其中西溪流经芗城的这段就叫芗江。这条穿城而过的河，为这座小城添了多少富足和柔美！

而芗城百姓得其地利，靠水而居，九龙江西溪与北溪刚好夹峙区境而过，形成冲积平原，于是水稻、甘蔗、香蕉、荔枝、龙眼还有水仙等各种作物蓬勃生长。“一条大河波浪宽，风吹稻花香两岸”，母亲河，滋润山乡田园，养育一方儿女，给两岸百姓带来了厚泽和福气。

曾经，这条河也沉淀了一些苦痛艰涩的记忆。早先，各家各户还没有接上自来水，每天人们都要到河里去，打水回来做饭洗刷。于是江边、河岸，小城的居民们三三两两，桶来人往。熟练的人们赤脚浸泡在清凉的河水中，连肩上的担子都不必卸下，身子一低一斜，两边水桶轮番打满，稳稳地挑了就走。也有不想下水的用小桶七八分满打上，再倒进大桶里提回。有一年接连几天暴雨，水流较急，江边一户人家一个才十来岁的少年把水打得太满太沉，一站立，人随桶而去，再也没有回来。至今还记得在苍凉的晚风中，河边传来少年家人喑哑的哭泣。

河流却依旧不停，总还是要往前走，战胜一切的阻遏和困厄前行是河流的一种本能。终日不变的人语车流也依旧喧闹流淌在市井街巷。小城的居民们悄悄地在心底收藏起哀伤，更加勤勉地建设自己的家园。

后来，街道一角就有了售水的自来水亭，方便了远近百姓。而今，只要打开水龙头，清亮的自来水就从水管中汩汩流出，这些来自九龙江的水，经过澄清过滤储水等几道工序的净化处理，源源不绝涌向千家万户。

有水，就有船，有桥。战备大桥、中山桥上，码头边，人来人往，一片繁忙。交通的便利，运输的快捷，给芗江大地带来了无限的生机。曾经，大米、白糖、樟脑、面粉、柴炭、丝布、草席、雨伞、漆器、鲜果、水仙花、茶叶等物资源源不断汇集于码头，并转运至上下游各地，九龙江上，大小船只穿城而过，河道深，船舶众多，各支流航线畅通，密如蛛网，承载了小城百姓生活富裕的希望。

渐渐地，由于上游水量的减少，九龙江河道也逐渐搁浅，这些年来，运输船只已经少见。却在河流之上，相继傲然矗立起几座大桥，自西而东，有漳州大桥，战备大桥，新中山桥，西洋坪大桥，武林大桥……如长虹般连通两岸。芗江人家，依桥来往，不改往日的热闹与繁华。而临江的一座座大厦，光鲜挺拔，却早已不再是昔日的容颜。一江河水也始终平缓而努力地流淌着，奔向海洋。

当一条小溪成了河流，就如长江，黄河，九龙江，也就具有了与大地平等对话的力量，也便拥有了自己的岸，左岸和右岸。黄河，自西向东流，左岸是高耸的白塔山，右岸是密密匝匝的树。长江，向北望去，左岸是秀美的龟山，右岸是郁郁苍苍的树。九龙江，左岸是丹霞山，右岸依然是树。左岸右岸，隔江对望，熙熙攘攘而又平和有序地居住着我淳朴进取的闽南子民。

每个人心里都有一条河流，沿着河流行走，就会从周遭矗立的大山、青葱的树木、广阔的大地、飞翔的鸟儿、畅游的鱼儿、勤劳的百姓中得到启迪和力量。就会在暴风骤雨中永不迷失方向。那些等待去探索的未知，总是以一种充满魔力的姿态，召唤着我们前往。没有河流一样的心态和信念，终究会与大海无缘。

怀揣着梦想，循岸而上，领略美景。一直不停地去寻更美的景。

左岸青山右岸树，见证了河水的执着与意志，而左岸青山右岸树，也便成了河水永久凝固的记忆。

像河流一样行走，便成了我的一种人生信仰。

一个让人没心没肺的地方

天蓝蓝。

水蓝蓝。

一个让人没心没肺的地方。

走在这样的地方，你变成了一个小孩儿，踩在一粒粒干干净净大小不一的鹅卵石上，听着身畔小河哗哗地淌，三三两两挽着袖子洗衣的村姑脆脆地笑，芦苇丛中几只鸭子呆头呆脑地嘎嘎地叫，一股精神气儿嗤嗤地直往上长，你不由得脚步也蹦跳起来，也想学人照相时伸出手指摆个胜利的姿态来，可是你又放不开，还想逃回原来的模样去，扭扭捏捏最后三个手指一齐伸出来，惹得朋友大声笑，这叫啥：胜利的兰花指？哈……

走在这样的地方，你变成了一个小孩儿，白天可着劲儿玩，夜睡了，人梦了，你还一人溜荡到戏台。周围一幢幢方的圆的楼房静悄悄，你非但不怕，还偷偷地乐，你记起了很久很久以前的那首老歌谣，那时你还小，随外婆住在乡下的老家，一样的土楼，一样的黄墙黑瓦，天黑了，人散了，“青儿……”，晚风里，外婆拖着绵长的声线叫唤，你躲着，等人蹒跚地走了，才得意地跳出来，喊：我在这儿！暮色中，谁家土墙根下，几丛旧芭蕉叶子黄黄的，调皮地招摇……

这就是云水谣，一个有着诗一样名字的地方，一个可以让人回到童年的地方，一个心情和风景一样纯净的地方，一个让人没心没肺的地方。

走在云水谣，小河清清的，人稀稀的，河边的鹅卵石干净而又错落，慈祥的老榕树不时伸出他那干枯而又有力的手温和地将你触摸，几只黄黄白白的花狗撒着欢儿跟在身后，三五个伢童从你旁边嘻嘻笑着跑过，顺着这条古道直直地走，你就到了会所，一座悄立在一堵沧桑残墙边的土楼。

你一眼看到会所里正和朋友闲谈的主人，他朝你们走来，朗朗地笑，亲切而又随和，你觉得此刻的他，恰如一位领主，这是他的属地，这里有他的梦想，“我与小桥同在，我与溪流同脉”，他在他的领土上悠然自得。有时，他会如数家珍，娴熟地为客人介绍摆放在柜台里的那一件件稀罕的土家物，还有那一本本码得整整齐齐的心爱的土楼书，每一本封面都赫然写着几个字：何葆国著！十多年前，当土楼还只是孱弱的一点儿也不起眼的小姑娘，他就爱她，执着地守着她；而今，土楼长成了个俏丽迷人的模样，吸引了四方宾朋多少的欣羡，他还是爱她，舍不得她，会所、书籍，是他和土楼挚爱的见证。他亲吻了土楼的芬芳，土楼赋予了他文字的灵感，这一对亲密的伙伴儿，又相约打造文化创意的时尚，儒与商，融合的是那么巧妙、自然，犹如王子优雅穿行于市井间。

在你眼前，就是这么一座土楼，传统而现代，典雅而浪漫：蓑衣，磨坊，老水缸；音箱，电视，新厨房，和谐地穿插错落。忽见门口颤悠悠进来了一个阿婆，挑着一担自家种的绿油油青翠翠的菜，顿时，一股鲜活的气息蹿出在院井里头。你不由庆幸自己是会所里的客人，你发现你们，原来是一只只馋猫，菜还没上全，一大盆香喷喷黏稠稠的米粥刚端来，就你一勺，我一勺，舀得精光，不对，还有浅浅的底一点，“我要”，“我也要”！昨天还是不慌不忙的医生、教授，今儿成了急不可耐的顽童，“别急，都别急”，“土楼的饭，尽你们添”，一旁的服务员笑眯了眼，轻盈了步，盛饭端菜，一趟趟地穿梭于厅堂和厨房间……

你发现你，他，她，一个个又是懒猫，吃饱了，喝足了，抖抖毛，零零落落现出各自的慵懒。一群人儿，或坐或站，或闲闲地靠在一楼吧台的一畔，翻着书，啜着茶，随意地亲密地说着话，茶儿上的水汩汩地冒泡，茶香渐渐地弥漫，墙上云水谣时钟时快时慢地叮当。有时一两声轻笑穿透了黑夜，涟漪般一圈圈漾开，周遭却还是大团大团的暗，廊檐是一盏盏灯笼朦胧的光，“玉楼昨宵悬红灯，廊下碧水，波荡无声。城中谁家暗箫笙……”，耳畔似传来女子曼妙吟唱，你忘了自己身在何方，恍惚间，回到了大宋盛唐……

你忘了一切，在这儿，你似乎只是舒舒服服地出神，发呆，什么也不做。可是走时的你，再也不是来时的那个你，有些东西洗去了，有些东西干干净净温温存存地留在了心里。

你成了净化后的你。

蕉海绿涛中的林语堂纪念馆

漳州芗城天宝镇，自古就有“十里蕉香”的美称。早在唐初，漳州郡别驾丁儒在《归闲诗十二韵》中就写下“芭蕉金剖润，龙眼玉生津”这样的诗句，可见香蕉种植已有上千年的历史。这里濒临九龙江，背靠天宝大山，气候温和、湿润，得天独厚，历来是块宝地，也正是世界文学大师林语堂先生的祖籍。

今年春节，陪同外地回乡的友人一同去探访林语堂先生纪念馆。车从319国道往北拐进天宝镇五里沙村，两边是密密匝匝的香蕉林。元宵过后，天却越发清冷，一路只见原本宽宽长长最喜向四周伸展的香蕉叶似乎也有了些萧瑟，微微低了头，黄黄焦焦的几片皱卷着，现出点羞惭的模样。果实却依旧生长，车过处，不时可见一串两串香蕉鼓鼓囊囊，在树间时隐时现。

车在林语堂先生纪念馆的平台前停下。长假后，游人少了许多，周围很安静，一排排香蕉树黄绿交错。细看，又多了一样蓝色，那是果农用来包裹蕉果的塑料薄膜，把蕉果细密地护了起来。我却想看看香蕉长在树上的模样，四处张望，前方，果真有一串绿色的蕉果，骄傲地无遮无挡地挂在了树上。层层微微上翘的似绿莲花瓣的果实，沉得几乎要坠地。一刹那，老树苍颜，似乎也换了笑脸。

蕉林环抱中，一级级上了平台，一位身穿中式长衫，安详而坐的儒者，迎向我们。这是馆前安放的一尊两米高的林语堂先生坐式青石塑像，没有想象中伟人昂然而立的姿态，却如一位邻家长辈，温和地微笑，和乡人打着招呼，“真好呷（吃），真好呷（吃）！”说着彼此熟悉的闽南话。

“我要一小块园地……只要有泥土，可让小孩搬砖弄瓦，浇花种菜，喂几只家禽，我要在清晨时，闻见雄鸡喔啼的声音。我要房宅附近有几棵参天的乔木。”

这是林语堂先生的梦想，也是林语堂祖辈生活过的乡土的模样。

这里是林语堂父亲林至诚度过了青少年时代的地方，林至诚 26 岁时成为牧师，被派去平和县坂仔镇传教。历经三十余年，林至诚夫妇又回到天宝五里沙，最终安葬在莽莽的香蕉林中。

而今，林语堂纪念馆这座半圆形的二层建筑，就坐落在其父母长眠的墓地旁，背靠着蕉林。顺着楼梯走上二楼的展览厅，由栏杆望出去，远处，五里沙村一片绿涛。近处，蕉海环绕，蕉叶长长短短，高低错落，有几片长点的努力伸展着，无拘无束，似乎想越过栏杆，随我们而入。

这令我想起林语堂的幼时了。幼年的林语堂是快乐的，因为他有一个宽松、自由的大家庭。尽管出生在家里极不宽裕的时候，父亲林至诚仍给他起了一个快乐的名字，叫和乐。面前是一张林语堂 9 岁时的全家合影，牧师站在后排的一侧，将中间的位置留给了太太，显然，身为一家之主的父亲并没觉得自己是多么至高无上，他把自己看作家庭中的普通一员。“我的父亲是无可救药的乐天派”，会讲笑话，会给母亲布菜。偶尔因为顽皮，父亲一气挥起棍子，但看到林语堂吓坏了，又舍不得，把棍子放下来。“有一次和乐被大人关在屋外，不许他进去，他便一面从窗子扔石头进去，一面叫道：‘你们不让和乐进去，石头替和乐进去！’”诸如这些，并没有换来大人“不守规矩”的责骂，宽容、平等的家庭氛围让一个孩子的天性得以自在地伸展。

一切是那样的勃勃而有生趣。令林语堂引以为傲的就是他有个“纯天然的童年”。“影响于我最深的，一是我的父亲，二是我的二姐，三是漳州的西溪的山水。”父亲林至诚的这种生活的态度与性情，自小对林语堂性格的形成，产生了非常重要的影响，以至于他在生活重压之下，常常想起父亲，以至于他的《生活的艺术》之类的作品，时不时地渗透着林至诚式的生活艺术。

徜徉于一百多幅珍贵照片和一百多种书籍及一些林语堂先生用过的实物中，一张照片让我停步，这是1960年林语堂在纽约家中所拍的照片，照片上最醒目的是一张床，四周书籍环绕，林语堂穿着皮鞋叼着烟斗，优哉游哉地躺在床上，手里一本厚厚的书，镜片后的眼睛透出温厚又略带顽皮的笑意。仿佛看到夫人廖翠凤身着旗袍穿堂而入，以一句“贫穷算不了什么”一锤定音成就了林语堂与自己婚姻的廖翠凤，会容忍他如此慵懒吗？林语堂的女儿们说：“天下没有像我爸爸妈妈那么不相同的伴侣。”语堂爱静。廖翠凤喜欢热闹。语堂讨厌一切拘谨和约束，如领带、裤带和鞋带，而翠凤总是有条有理，随时穿得整整齐齐，出门前连衣服边角的皱褶都一一烫平。廖翠凤进来了，宠爱地看着她的语堂，她知道语堂是读书人，有着读书人的多愁善感和不羁的天性，此刻，她不说话，笑眯眯地看着他，分明是默许了他的语堂如可爱的孩子般赖在床上。这样一个生性严谨的女子，却能容忍夫君穿着皮鞋抽着烟斗在床上写作，语堂先生何其幸也！

导游在旁解说，据说林先生很多著作都是这样完成的，“用软绵绵的大枕头垫高，使身体与床铺成三十度角，而把一手或两手放在头后，在这种姿势下，诗人写得出不朽的诗歌，哲学家可以想出惊天动地的思想，科学家可以完成划时代的发现。”这就是林语堂提倡的“躺在床上的艺术”。“我相信人生一种最大的乐趣是蜷起腿卧在床上。”因为，唯有人四肢到了最自由的状态，写出的字才最自在！

这就有了林语堂的文字，他的闲谈散文，千姿百态，流动着自然的韵律，散发出粗朴的气息。这是属于林语堂自己的气息，它构成了林语堂闲适浪漫的“个人笔调”。林语堂告诉我们，读书也并非为了做学问或钻研什么大道理，而是为了生活的乐趣。“在我看来，哲学的唯一效用是叫我们对人生抱一种比一般商人较轻松较快乐的态度。”写作本来就是一件特别放松的事情，即便是大师，也并不总是板着脸孔，在他们心目中，大地充满了生机，众生具备了灵性，可以对话，可以倾听。一切是那么活泼自然，滋养人心，像春风甘霖。正如纪念馆前的香蕉，树老了，叶焦了，却依然活络络地生长、结实。人，本来就是最具有生机的动物，又怎能枯寂了自己？

这里是林语堂的祖地。林语堂和他的父亲林至诚，以及五里沙淳朴的乡民们，他们的根，已经深深扎于这片土地。“让我和草木为友，土壤相亲，我便已觉得心满意足。我的灵魂很舒服地在泥土里蠕动，觉得很快乐……事实上，他那六尺之躯，何尝离开土壤一寸一分呢？”

1976 年 3 月，林语堂病逝后安葬于台湾阳明山的故居，也许那里的山水最像福建，那里有他念念不忘的乡音。似乎又看到林语堂挂着人们熟悉的笑脸，托着烟斗，用闽南话夸着他的家乡：“乡情宰（怎）样好，让我说给你。民风还淳厚，原来是按尼（如此）。汉唐语如此，有的尚迷离。莫问东西晋，桃源人不知。父老皆伯叔，村妪尽姑姨。地上香瓜熟，枝上红荔枝。新笋园中剥，早起（上）食谙糜（粥）……”

离开纪念馆前，回望五里沙，依然是一望无际的蕉林。公路上，田埂间，吆喝着，谈笑着，三三两两地，走着林语堂的乡民。

满城尽是黄金柚

我的老家在素有“世界柚乡、中国柚都”之称的平和，每年四五月，春到了，一簇簇洁白的柚子花也开了。

老家人在这时节是面上含笑的，他们一看这些小白花，便觉得有了着落和依靠。走在弯弯的山道，走过密密的柚群，他们由树看到花朵，便不知不觉停住脚步，快乐地想起：这样的香气，一朵花儿便是一个又酸又甜的柚子，等花儿散尽，明天一个个该挂在树间了吧？今年保准又是一个丰收年了吧？路上碰上了，不管熟不熟的，嘴角都掩不住了笑意，彼此热络地打着招呼：家里栽了几棵树啊？今年的花，都开了吧？即便一阵小雨过后，柚树飘飘落下些白色花瓣，花蕾半绽半开静默躺在了土里，慢慢成泥，多少觉得惋惜，他们也并不特别着急，傍晚收工回家，面上还是宽厚笑着，心里依旧笃定地想：柚子花年年都是这样的，有风有雨，才有秋后的累累果子……这样慈善的天，还有什么可抱怨的呢。

小孩子呢，可不如大人沉得住气，每天一早，阿旺家的，阿才家的，便揉揉惺忪的眼，你叫上我，我喊上你，跑去看柚子，还是绿绿的，不服气地比比，这一夜间，谁家的柚树长高了，谁家的柚子大点了，不知哪个发现，“呀！阿发，你们家又多出了个小圆圆了！”一阵欢呼，又是一阵慌乱，在大人的吆喝声中偷笑着各自逃散……

这样大人小孩惦记了好几个月，等到秋高时节，秋风落叶，枝头的果子渐渐露出阳光般的色彩，柚子终于长到了大家期待的模样：黄澄澄，沉甸甸，调皮地压弯了树，羞怯地垂下了头！满山遍野，尽是金黄璀璨的柚子，家家户户，老老小小，都出动了，你提着筐，我带着箩，呼朋引伴，相约采摘柚子去！

柚香飘飘，更是引来了八方游客争相前来踏青赏花，而今自助采摘游、浪漫赏花游已跻身为平和旅游业的又一张闪亮名片，远离城市喧嚣的人们，兴致勃勃地在柚园里采摘着蜜柚，品尝新鲜的柚味，放松身心的疲惫。

尝尝，有“天然水果罐头”之称的蜜柚，那是绝顶美味的了。不信，你随手剥开一个，白瓤的，红瓤的，轻轻咬上一口，要多爽口就有多爽口！吃着这样的蜜果，你会觉得连生活都是甜的呢！而柚子即佑子，那是吉祥的含义呀，浑圆的柚子，更是象征老家人一番盼望团圆的殷切之意！

“柚香两岸，祖地生辉”，从“养在深闺人不识”到走出国门，琯溪蜜柚演绎了一段扬名中外的传奇。感谢上苍赐给我们这颗佳果，感谢老家人民辛勤培育、呵护传播这颗佳果！

天道酬勤，只要生生不息，生命便永远年轻。生命，美丽地活在大自然的风景里，也即成了一道美丽的风景——满城黄金。

家乡是一幅绝美绝妙的图画

叔叔家茶几的玻璃压板下有这样的一张图画：

青山下，一座座房屋石墙，黑瓦，安宁地静卧。山坡上，一片片翠绿的茶梯田，依山成形，在煦暖的风中，一层一层绵延上升。一条远看不那么起眼的瀑布，曲曲折折，守着绕着梯田而下。村中依稀可见长满春草的石板路随屋转弯。村子的下方，还有三条涧水汇聚而成的一个深潭，据说这就是这个村庄得名的由来。这就是我的老家——位于平和九峰镇东部的三坑村。叔叔和我的父母都在很久前就离开老家，走出深山到了外面的世界。叔叔却始终念念于怀，托人拍下老家的图片，放大成桌面大小，天天看，忘不了。

思乡是人的天性。也许，是血液里流淌着祖宗的因子。也许，是灵魂里携带着故土的气息。也许，是骨子里浸染了地域的色泽……从古至今，漂泊异乡的游子，常在暮云合璧、落日熔金的黄昏，独自望着故乡的方向黯黯垂泪。更多时候，只能在脑海几千遍几万遍地描摹儿时家乡镌刻在心壁上的那些影像。离乡的时日越加久远，故乡的影像却更加清晰。

从平和坂仔走出去的林语堂大师，平和故乡的一草一木就成了永存在他心底的记忆。大师之女林太乙在《林家有女》一书中回忆了晚年林语堂的一则佚事。有一次父亲为她们姐妹讲解“人面不知何处去，桃花依旧笑春风”诗句时，竟然泪流满面。林太乙深情地写道，晚年的林语堂更加思念故乡。想到人生沧桑，世事变幻，岁月流逝，人物已非，即使回到故乡也无法见到昔日的亲人和幼年的玩伴了，于是，便泪满襟裳了。

其实，林语堂在自己的文章里曾经多次描述过对家乡的记忆，最生动的就是回忆起自己 12 岁时离开家乡的那个夜色里的“一幅绝美绝妙的图画”。那时候，林语堂由平和坂仔乘船到厦门就学。在西溪的船上，看到两岸的山景、禾田、村落与农家。船泊岸边竹林之下，竹叶飘飘打在船篷上。林语堂感到夜色是那样的无边寂静优美，远景晦暝，隐若可辨，宛是“一幅绝美绝妙的图画”。于是这幅绝美绝妙的图画便一直浸透到林语堂的生命当中，成了对应他内心感应和内心共鸣的艺术世界。美国作家福克纳曾将自己美国南方密西西比州北部的家乡比喻为一个“邮票大的地方”，认为这块邮票大的故土一辈子也写不完，那是生命的原乡，灵魂的诞生地。林语堂心里的这幅绝美绝妙的图画，也给了林语堂生命，更给了林语堂大师无限的创造的激情和想象的才华。

林语堂在《四十自叙》中有这样的诗句：“我本龙溪村家子，环山接天号东湖，十尖石起时入梦，为学养性全在兹。”大师通过这首浅显通俗的“打油诗”道出了自己“为学养性”的精神根源就是自己的家乡。诗中的“东湖”为其家乡坂仔的别称，“十尖”与“石起”便是坂仔村前村后高山的名字。林语堂说，他的为学养性全部在这儿形成，家乡对作家潜移默化的影响竟然成为其为学养性的心灵依怙之地，家乡这幅绝美绝妙的图画在作家的生命精神中的重要性于此可见一斑。他还说：“我把一切归功于山景。”所以，林语堂一次又一次赞美坂仔的青山，“我相信我仍然是用一个简朴的农家子的眼睛来观看人生。如果我会爱真、爱美，那就是因为我爱那些青山的缘故了。如果我自觉我自己能与我的祖先同信农村生活之美满和简朴，而相信简朴的生活与高尚的思想，总是因为那些青山的缘故。”

在大师的笔下，以家乡的那幅绝美绝妙的图画做为背景或者家乡情结的散发更是难以枚举。当年他在平和坂仔出生、生长，后至厦门就读，直至走出国门，“两脚踏东西文化，一心评宇宙文章”，家国情怀已渗入他生命深处，和血液一起流淌。《读书文摘》2008年第3期收录了王开林先生回忆林语堂的一篇文章，文章回忆了20世纪30年代，着一袭浅淡的长衫奔走于美利坚合众国的林语堂的往事。文章写到哥伦比亚大学请林语堂去进行一场有关中国文化的一次演讲时，大师从衣食住行谈起，一直讲到文学、哲学，大赞中国文化的博大精深、美妙绝伦。在座的年轻气盛的美国青年，见林语堂滔滔不绝地说中国的好，一个女学生实在忍不住，手举得老高，语带挑衅地问：“林博士，您好像是说什么东西都是你们中国的好，难道我们美国没有一样东西比得上中国吗？”话音刚落，林语堂微笑着徐徐道来：“有的，你们美国的抽水马桶比中国的好。”举座喝彩。大家都扭过脖子去看发言的人，女学生怎么也没想到林语堂会来上这么一句，窘得脸色绯红，羞答答地坐了下去。就是这样，林语堂以西方绅士和东方儒者的双重气质，在幽默中调侃西方的文化偏至，努力打造中国国力贫弱世相下强势的文化底蕴。可以这样说，这一时期创作的小说《京华烟云》主人公就是抗战前线的人民、勇士。小说结尾处一段歌词“不到山河重光，誓不回家乡”，正是林语堂当时的心声。没有国哪有乡，爱国爱乡举动，已经成为其所有艺术活动中自觉的选择。

林语堂的书写始终接着家乡故土的地气，家乡的那幅绝美绝妙的图画成为林语堂一生创作的源泉。晚年林语堂因为时局原因无法再回到坂仔，定居于台湾的阳明山时，尽管他普通话很好，英语更是水平高超，成为为数不多的大部分作品用英语写作的中国作家，但仍然爱乡音到了极致，当听到闽南乡音，快乐无比。于是他仿照金圣叹的“不亦快哉”，也写了《来台以后的快事廿四条》，其中一条写道：“到电影院坐下，听见隔座女郎说起乡音，如回故乡。不亦快哉！”晚饭后看山则是他的另一条“不亦快哉”——“看前山慢慢沉入夜色的朦胧里，下面天母灯光闪烁，清风徐来，若有所思，若无所思。不亦快哉”！在这个时候，林语堂是否忆起了童年时站在牧师住宅的阳台上面对青山时的幻想，是否想起了小时候常攀上高山俯瞰山下的村庄和人群的感受，是否想起了泊舟西溪时家乡的那幅绝美绝妙的图画呢？这一切，我们都无从知道，但是，家乡的这幅绝美绝妙的图画却深刻地熔铸了大师林语堂爱国爱家的故土情怀和思乡之愁。

“我的家乡是天底下最美的地方”，大师不但喜爱听，晚年还按闽南话语音写了一首五言诗，甜美地回忆和描述家乡的民风民情：“乡情宰（怎）样好，让我说给你。民风还淳厚，原来是按尼（如此）。汉唐语如此，有的尚迷离。莫问东西晋，桃源人不知。父老皆伯叔，村妪尽姑姨。地上香瓜熟，枝上红荔枝。新笋园中剥，早起（上）食谙糜（粥）……”恍然可以看到闲适、平和的林语堂挂着人们熟悉的笑脸，托着烟斗，正和人说着闽南话。而林语堂深情的怀念也触及了所有从平和走出去的游子的情怀。不管家乡是繁华富庶，还是贫瘠荒凉，不管到了何方，是近是远，始终挂牵。在我父亲珍藏的一个本子里，我也看到父亲写下的这样的一篇，名曰《三坑三字经》:“三坑村，早有名，大糯米，专而纯。大捆烟，大袋茶，养大猪，源源流。一个年，收一冬，喝红酒，焙火笼。头自剃，烟自锯，赶县圩，全免去。遵祖训，勤劳作，众牢记，耕与读……”结尾处父亲恭敬地署上：愚村民敬上。三坑是父亲心中一个神圣的地方。乡情总是如胎记一般，成为每个人生命的一部分并时刻相随，永远不离。

4月，又到了柚花满山的平和最美的时节。清凉的春风中，我走在大师林语堂，走在我的父辈、长辈，我的乡亲们走过而今依然在走的山路上，柚香伴我，去看家乡这幅绝美绝妙的图画。

回归平和家园

午后，乘车从平和九峰镇出发，在那条弯弯曲曲，如挂在半天里的飘带似的盘山道上迂回行走了半个多小时，到了离镇政府 16 公里左右的三坑村。

我的老家三坑村坐落在平和县大芹山北麓，东与国强乡接壤，西南连大芹山主峰和程溪村，北与崎岭乡相连，平均海拔将近一千米，是漳州市海拔最高的村落。一路前来，车外所见都是大片大片覆盖着的茂密而幽静的山林。村口，一块写着“三坑——革命老区村”的村牌赫然在目，而村口的那棵迎客松老树苍颜，似乎也绽了笑脸，阳光下微微摇动如臂般的树枝，欢迎久未归家的亲人。

我们前往白叶塘自然村去看茶园。村书记朱涛介绍说，白叶塘海拔 1100 多米，由于地处高海拔，山高水冷风大，云雾时常缭绕，种植茶叶的地理条件得天独厚。的确那天虽然是晴朗天气，山里气候却果真有些清冷，吸一口新鲜的空气，舒爽无比。“看，瀑布！”村书记把车停下，指点我们看。从远处望去，这个瀑布从山顶蜿蜒倾泻而下，犹如一条细白的长绢。而且奇特的是瀑布群呈阶梯状，每隔 10 米左右就有一个瀑布，从山上连绵而下，一共有 9 个小型瀑布。老家人把它形象地称为“九层岩瀑布”。这是个因地势落差形成的瀑布，最后清澈的泉水倾泻而下，溅起水花，在底部形成一个水潭。瀑布在左右两边稻田和茶园的映衬下，更显得如梦如幻。

山山水水环绕中，一大片翠绿的茶梯田展现在我们眼前。层层叠叠的梯田，依山成形，在煦暖的风中，一层一层绵延上升，犹如天然形成的上天的台阶。山势陡峭，那层层梯田里挨得密密簇簇的茶枝茶叶，就这样在山坡上、阳光下摇曳着，书写着曾经不顾山高水冷披荆斩棘来此开荒辟地的三坑村先民及后辈们垦土的艰辛和喜悦。

我们投身进入这片绿的梯田。这里栽种的都是平和独一无二的茶——白芽奇兰茶。微风传送着关于白芽奇兰由来的动人的传说：民间传明成化年间，开漳圣王陈远光第廿八代嫡孙陈元和游居平和崎岭彭溪水井边时，发现有一株茶树，枝稠叶茂，其芽梢呈白绿色，叶片青翠欲滴，遂采其芯叶精心炒焙。不想制出的茶叶冲泡后香气徐发，飘散出兰花的芬芳，抿上一口，满口清香，片刻即感清甘醇爽，精神舒畅，筋骨轻松，一生从未尝到这般好滋味，真是愉快到难以言传。因芽梢呈白绿色，带有兰花香气，故人们取名为白芽奇兰。

三坑村的白芽奇兰茶据传与理学大师朱熹还有这样一段美好的故事：宋绍熙元年(1190 年)，61 岁的朱熹出任漳州知府，在任期间曾大力推广茶叶种植。听说大芹山脉的三坑村茶叶优良，便巡查至此。由于年事已高，在三坑村，朱熹的风湿病复发了。这时候，当地的村民就用九层岩瀑布水冲泡了三大碗白芽奇兰茶给朱熹喝，没想到，第二天，风湿病竟然缓解了。

如此神奇的茶是什么茶？《中国茶叶》曾这样介绍：白芽奇兰是从海拔 800 米以上的福建平和县地方茶树群体品种中单株选育成功的我国珍稀高香型乌龙茶新良种。农业部茶叶质量监督检测中心鉴评时给出的评语是：“外形紧实匀称，深绿油润，汤色橙黄，香气清高，滋味清爽细腻，叶底红绿相映。总评：白芽奇兰茶品质优良，属青茶类中的优质产品。”百闻不如一见，终于来到白芽奇兰茶的产地，我们学采茶姑娘翩跹在这片茶梯田，眼前的株株茶树呈现灌木型，树枝是半开展的，分枝茂密。叶长椭圆，叶尖渐尖，叶色深绿。那一小簇白绿色的芽梢，却又柔柔嫩嫩，煞是可爱，忍不住动了采摘之心。摆拍几张却又不像，惹得同行的人一边偷笑：这是在采茶还是在捞茶呢?

随同的白叶塘自然村队长憨厚地笑着，告诉我们，现在采摘时间未到，白叶塘白芽奇兰茶一年只采摘三季，再过十几天就到了采摘时节。不同于一般白芽奇兰一年可以采摘四五季。三坑村书记也在旁自豪地补充，三坑村白芽奇兰茶是摘取高山白芽奇兰茶树新梢经过十大工序制成毛茶，再经过拼配、筛分、风选、拣剔、干燥等工艺精制加工而成的，特别珍稀，具有独特的山骨风韵。现在全村种植茶叶 500 多亩，拥有相当规模的初制厂 40 多个，年产值不包括外资，达 400 万元以上。靠着种茶，原来地处偏僻的山村百姓逐步走上小康道路。今年茶王赛会上，白叶塘的白芽奇兰还一举拿下 2015 年海峡茶会（平和杯）“茶王”桂冠，多个茶样也同时获得金奖、银奖、优质奖等多种奖项。因为山高而品质优良，三坑的白芽奇兰茶，果真不同凡响。“这里生产的白芽奇兰，是无可争议的无公害有机茶。”村书记指给我们看边上立着的一块牌子，上面写着：三坑村狮岩峰茶叶合作社有机白芽奇兰茶基地。

这是一片神奇的土地啊，群山环绕，雨水充沛，土壤肥沃，空气清新，是种植白芽奇兰茶的极佳之地。近年来陆续有台湾、香港、平和等商家到三坑投资，从事茶叶生产。在来的路上，我们看到狮岩峰上一大片绿油油的茶园，村书记说，那就是天醇茶园，它的主人是平和县小溪镇的张国雄。十几年前，这个年轻人凭着对茶的冲动、痴迷，毅然从县城上了大芹山，在九峰镇三坑村白叶塘边上，承包了 2800 亩的狮岩峰山地经营权，合同一订就是 50 年。2000 年 11 月，张国雄注册成立了“福建省天醇茶业有限公司”，并在大芹山建立了白芽奇兰茶生产基地。随着茶叶生意渐渐扩大规模，张国雄开始把眼光转向北方市场，与北京茶业公司签下协议，联手将白芽奇兰茶推向北方市场及国外市场。在北京、上海等大中城市建立了 100 多个营销网点，白芽奇兰茶走出平和，走出福建，走出国门。

茶不仅是经济，也是一种文化，“赋予白芽奇兰一种文化生命”，张国雄如是说。在张国雄眼中，每一株茶都需要用心呵护、精心雕琢。喝茶则要用心品味。的确，从平和走出去的大师林语堂在文章中也曾多次提到过家乡的白芽奇兰茶。他说："一个人在这种神清气爽，心平气静，知己满前的境地中，方真能领略到茶的滋味。因为茶需静品，而酒需热闹。茶为物，性能引导我们进入一个默想人生的世界。"语堂先生在一百年前就领悟到了喝茶需要静品的境界，这得益于平和的秀美山水，得益于奇兰茶的甘醇滋味，使他能在静悟当中写出许多闲适从容的文字。林语堂先生在平和居住生活到 22 岁才离开，先生小时候向往看看外面的世界，老年向往回归故乡。一把茶壶走天下，这种浓浓的思乡之情皆借茶叶而缓解。先生由是有感而发：只要有一把茶壶，中国人到哪儿都是快乐的。白芽奇兰茶一直陪伴着林语堂先生和他的家人。也陪伴着平和人，和喜爱着平和白芽奇兰茶的千千万万的人。一杯在手，心旷神怡，犹入"五碗肌骨清，六碗通仙灵"之境界。

茶更是一种生活。在海拔足有 1448 米、号称闽南第二峰的鹅公冠上，有一片正在开垦和建设中的白芽奇兰茶园，朱涛书记给我们看茶园的图片，青蓝的邈远的高空，土黄的沉实的大地，还有那一株株微绿的茁壮的茶苗。朱书记说这是他从 2013 年开始就种下的茶的梦想。而今在海拔稍低的地方已经有了成片的绿色的茶园。正值秋天，茶山上红艳艳的杜鹃花时隐时现。更妙的山上那片绿幽幽的湖啊，宛然一块温润的碧玉，不杂一点儿的其他，只清清的一色，仿佛蔚蓝的天融了一块在里面。朱书记说，他给湖起了个名字，叫天湖。而茶园，就叫三坑村阳茗茶园。湖和园在我们的眼前，仿佛看到了数百年来我们三坑的先民们以农为主，辅以茶叶等经济作物，在这里和和睦睦勤恳耕耘、相亲相爱繁衍生息的情景。三坑村实是先民和后辈子孙们农耕读作的风水宝地啊。

这样的湖和园让我想起了梭罗的瓦尔登湖，以及瓦尔登湖旁边的小木屋。梭罗在《瓦尔登湖》中道出了生活的真谛：接受和过着充实的生活而不是过度地消费，将使我们重返人类家园，回归于古老的家庭、社会、良好的工作和悠闲的生活秩序；回归于对技艺、创造力和创造的尊崇；回归于一种悠闲的足以让我们观看日出日落和在水边漫步的日常节奏；回归于值得在其中度过一生的社会；还有，回归于孕育着几代人记忆的场所。

我想象这样的地方，天空既在我们的头上又在我们的脚下。我将在这儿沉思行走。可以仰望蓝天，俯视湖水。可以看指间茶树消长，闻耳畔茶香弥散。我想当茶山上的一个采茶姑娘，回归平和的家园。

赤橙黄绿青蓝紫

走在林下林场蜿蜒曲折的小径上，一阵阵清凉迎面扑来。耳边似不时传来鸟叫声，却看不到鸟儿的踪迹。据说，观鸟最好是天刚蒙蒙亮的时候，其他时间鸟儿都在觅食。

树却随处可见。水翁、木棉、蝴蝶树等，一路高高低低。据介绍，目前，这里有从世界各地引进适宜在漳州生长的名贵树种两百多种，其中将近三十种属国家三级以上濒危树种，五十多种属国家三级以上保护树种，如沉香、降香黄檀、印度紫檀、虎皮楠等。树多了，树籽自然也多，鸟儿有了丰富的食物，自然在此聚集。林场工作人员介绍，龙海林下林场是福建最早的林场之一，现在已是鸟儿的栖息地。这是一个人与鸟花和草和谐相处的世界。万绿丛中的这团花丛歇了，那团花丛又闹了。绿，就这样在不经意间，翻滚着引领着我们向前。

绕过几道弯，一个标语牌赫然出现：青们，今天，“森”呼吸了吗?顿觉亲切而熟悉。一下子涌出一系列跟青有关的词语，青，绿色，喻年轻。青碧、青萍、青翠、青苗、青梅、青丝、青黛……都是美好的代称。还有诗呢，李白低吟“绿竹入幽径，青萝拂行衣”，江淹轻唱“镜朱尘之照烂，袭青气之烟煴”，杜甫狂喜“青春作伴好还乡”……似乎青化身而为一温婉清丽、明眸青睐的古代女子，就连传说中的青蛇，也有情有义令人称奇。

眼前真的看到了这一片妩媚多情的绿。在一大排竹制的篱笆上面，缠绕着一条条绿色的藤，篱笆与藤自然地偎依着，亲密着。形成了一面绿色的天然的墙。日复一日，年复一年。花谢了又开，人们去了又来……篱笆与藤总不分开，它们悠然自在，尽观人间百态。

旁边的田野里，是更多的绿。栽种着一簇簇绿油油的菜蔬，青瓜在风中招摇。土地微微润湿。这是一片充满了生机和活力的绿，整大片整大片似乎一眼望不到尽头，沉实而大气。我们漫步于田野之上，感受着大自然的祥和气息。

一撮撮红却与绿挤着闹着来了。蓝空下，一株株绽放着粉色花朵的秀美的木棉就像一个个娇俏的姑娘，安静地略带羞涩地欢迎着万物的灵长——人类朋友的到来。一阵风过，她们随风点头，矜持而又热切地致意。12月的天，迎面而来的虽是一股寒气，心头的暖意却仍让人不免念起，冬天已经来了，冬天又要过去，春暖而花开的木棉，又将肆情燃放，满树灿烂！木棉下，不禁有几分期许。忆起了这样的景致：驿外青山分外娇。金水托兰舟，人闲棹。独看夕阳搁山坳。又闻箫，影远波平声渐悄。闽南木棉俏，犹忆佳人笑，姿窈窕。一地花开两遥遥。春去也，山长水迢迢。

更红的却在手中：一粒粒红豆，由树上采撷或树下捡拾而来，摊开在手掌，是那么的圆润而饱满。阳光下，让人忍不住端详又端详，舍不得马上揣在兜里藏起来。愿君多采撷，此物最相思。红豆似一颗颗眼睛，玲珑剔透地在那里，深情地与你对视，默默懂得了你的心思。似听到了这样的呢喃：爱它吧，爱一切的大自然。花草将为你苏醒。

这一片多彩的世界何止红与绿？眼前涌出了一片黄。一棵树上缀满了枯黄的叶子，在周围郁郁葱葱中格外与众不同，显出一点苍凉。却仍是不急不躁不慌不忙地在那里。也许它知道，历经春的浪漫，夏的狂放，秋的成熟，才会有而今沉淀于岁月的从容与苍黄。即便飘落泥土，依然姿态优美。因为它是毫无遗憾地回归林场这一片大地。开春，必将重新焕发出绿意。

这让我想起了以前见过的一种花，人们叫它红百合，后来查了才知它叫朱顶红。它由花开、花谢到结籽，在同一时段内同一棵树上可以拍到。蕾、花、籽三位一体，令人看遍人生，大有奇趣。从初开的青涩，到绽放的灿烂，到结出新籽的期待，演绎出人生丰富的故事。凋谢并不是终结，而是走向下一程。成熟中往往孕育着无限生机，美是永恒的。

就在那个冬天的清晨，我们一行人，带着喜爱和敬慕穿行于林场的小路，田野，树间和草丛，听着周遭每一片叶子，每一朵花的言语，那么微细而清晰。绿也好，黄也罢，抑或红紫，缺少了一种都是不完整的。赤橙黄绿青蓝紫，才构成了奇妙的人生。

春与夏，秋与冬，都是季节里的繁华。也许，不是所有的种子都会在春天里萌芽，不是所有的枝条都会在夏天里抽花，不是所有的花朵都会在秋天里挂果。但只要来过开过就是一种经历。春种、夏长、秋收和冬藏看似稼穑规律，又何尝不是人生的规律？

天气变凉，树色变深。天似更高，云似更淡。就在那个冬天的清晨，我们一行人，来到林场又离开。而那些树，那些云天，却留在了我们的心上。几颗红豆，依然珍藏。

今夜，我在看在听

第一次知道，音乐有着如此动人的魅力。

一整晚，我都在反复地看跟随一群热爱大自然的同伴一起到东山海岛采风的视频。音乐如此优美动听。片首曲大气磅礴，中间的小苹果调子熟悉活泼。最后的曲子悠长抒情。

反复地听那海浪的声音。欢笑的声音。看那些身背着长枪短枪在镜头前微微一笑走过的身影，看那些蓝天细沙间拍摄人专注的神情。看金黄色的沙滩上炫目的红伞下，两个青春女孩在众多闪光灯咔嚓咔嚓亮起时有如明星登场绽放出来的辉煌和灿烂，看随行的记者采访时众人在镜头前表现不一的羞涩大方和紧张……

看到了摄影艺术家们那一双双总是寻找着美丽的人和物的眼睛，一草一木，一沙一石，在他们的镜头下皆有灵有性，生动跳跃，脉脉含情。那都是源于他们那一颗颗天真烂漫的心啊，心的源泉丰盈而不枯竭，溪水自然活泼地流个不息。于是，他们在喜爱的大自然间，浑然忘了自己。“美丽东山我来了，耶！”只有童真和激情，只有眼前的风景。

看到自己真的也成了其中的一景。在三三两两赤脚行走或筑垒沙堡嬉戏于海滩的人群中，我也像个小孩子在海滩上贪婪地捡着贝壳石头：黄的，白的，青的。一个两个三个。怎么也捡不够。没有袋子装，就抓在手中，是那样的笨拙。这在画面中只是一个短短的镜头一闪而过，却因了舒缓动听的音乐背景，人弯腰又站起有如慢动作般优美而错落。

看到了更动人的景。“哎哟”，一声惊呼，有人被石阶意外绊倒了，一双双手伸过来了，有的赶紧翻出随身带的创可贴揭开胶布，贴住伤口；有的细心递过纸巾擦拭血迹和沙粒……一句句关切的话语也递过来了，“没事吧？”“看看相机，哪里摔坏了吗？”如一阵阵温暖和煦的海风，吹拂在耳边，回旋在心间。扶起战友，整好行装，一群人又出发走在细软干净的海滩上。美景一入眼，顾不着伤痛，取出“枪支”，摆好阵势，眯着眼睛，按下快门，又新生出战斗胜利的喜悦。不由荡起了这样的歌：海风你轻轻地吹，海浪你轻轻地摇。这里的一切真美妙。

这是一群快乐的敬业的人群！他们中大部分已届白发之年，生命，却因投入了大自然，有了你，有了我，有了他她，一路相伴，五彩斑斓而年轻。大千生活，如此富裕。林语堂大师告诉我们，生之享受包括许多：我们本身的享受、家庭生活的享受，树木、花朵、云霞、溪流、瀑布，以及大自然的形形色色；此外又有诗歌、艺术、沉思、友情、谈天、读书……多姿多彩，浑厚深刻。

人类的快乐属于感觉。它由心内潺潺而出，生动而真切。只有快乐的哲学，才是真正深湛的哲学。悠闲快乐的生活始终需要一个怡静的内心，乐天旷达的观念和尽情欣赏大自然的胸怀。甚而一种天然的幽默。人也如花草树木，随季节而长而枯，有着自己的韵律和拍子。敬畏大山，敬重美善，与自然同在，天地间即充满了蓬勃绽放的气息。每一棵生命之树，它的长青就在于根的稳扎，枝的不挠，叶的丰茂，花的迸发。即使秋季到来，叶子的颜色也是金黄，丰富。呈现出另一种收获和成熟，每个人都是天地间一分子，都属于四季。也拥有着每一个黑夜白昼和四季！

黑夜对我说：“我这就投入火红的朝霞。”

大地对我说：“我的光芒每时每刻亲吻着你的思想。”

让我们拥抱朝阳，行走于大地。等待下一次与大自然美丽的相聚！

一祠一庙一村庄

一

8月里的一天，诏安县西谭乡岑头村。

傍晚时分，长湖社长湖楼外，一潭绿水静静地躺在远近高低错落不齐的村舍和树木之间。几只白母鸡、黑黄公鸡在湖边一棵缀满了密密龙眼的树下，认真地啄食，踱步。看到人来，竟也不怕生，在人们旁边或后面一摇一摆地跟着。长湖楼是闽南乡间常见的那种古老的土楼，门楼两边贴着的对联大半已经褪色、脱落，在凉风中微微地招摇。左右两扇门上“山河成大地”“钟鼓祝平安”的字样却还清晰可辨，门楼上方红框黑底的门牌上“长湖楼”三个金黄的字也依旧醒目耀眼。

刚到楼门，就听到门洞两边传来的笑声，是村里的几个阿婶们正一边剥毛豆一边说着闲话。她们随意地坐在小矮凳上，每人面前都有一个大桶，桶上一个大箩筐，盛满了新鲜连荚的扁平形的绿毛豆，有的比较干了，就略略变成黄绿色或者紫黑色。看到有人挨近了好奇地看，阿婶们也只是温厚地笑笑，没有停下手里的活。有一个阿公也在其中，对面是他的阿婆，他俩坐在靠墙的较高的台子上。阿婆赤着脚，偶尔还像小孩子一样翘起脚趾头惬意地晃晃，阿公用一双满是老茧的手剥着毛豆，笑眯眯地看着他的老伴。诏安县是漳州首个“中国长寿之乡”，果真名不虚传，这对老夫妻也有八九十岁了，却还是这般硬朗。傍晚的凉风中，他们安逸地在家族祠堂前的门洞边，剥毛豆，说闲话，皱皱的脸上笑成一朵花。

从门洞进去是一个大院子，正中央就坐落着明代进士蔡肇庆的祠堂——祀先堂。

二

落日的余晖里，蔡氏祖祠祀先堂的白墙黄瓦上覆上了一层朴素和庄严的色泽。据《诏安县志》载，蔡肇庆，字起岑，生于岑头村长湖社，明万历十一年（1583 年）癸未进士，历任湖广、襄阳通判，后官至翰林院编修、刑部主事。

抬眼看，进士的匾额就悬挂在祠堂里正上方的横梁上，灰黑色的牌匾上书“进士”两个黄色大字，令人肃然生敬。几个檐角处嵌有生动精美的龙首木雕，两柱之间还悬挂着一条绣了龙凤和麒麟童子等各色吉祥图案、中缀“金玉满堂”几字并垂着流苏的红绸布，边上还有几个红纸灯笼，分别写着“蔡府”“合祠平安”等字样。

长湖社的蔡氏族人亲切地将进士蔡肇庆称为“祖公”。逢年过节祠堂都很热闹，特别是祖公生日，要备香案焚香燃烛敬奉，由族内老人带头祭祀。每年还有一个祈安节也办得很隆重，要游神，放鞭炮，演戏。祠堂过道的墙上还可看到张贴的几张大红的用墨笔郑重书写的“长湖社 2014、2015 年祭祖节福猪收支情况公布表”，足见蔡氏一族历来齐心协力，沿袭办节习俗。

蔡氏一族不单族里众人亲善融洽，就是对族外村外的人，也都和睦友好。本地俗谚云“好厝边恰好亲兄弟”，岑头村东近龙坑、美营两村，西傍上陈村，南依军寮、水溪村，北靠山保雷村，相邻六七个村庄，聚居蔡、沈、林三姓，邻村还有一个少数民族畲族钟姓，都互通婚嫁，每逢哪个村喜庆，都是互相做客，来来往往。据说，这个风俗还是蔡进士传下的。在岑头村就流传着蔡肇庆进士如何巧释乡仇的故事。曾经岑头村和邻村西谭村因引水灌溉问题发生多次械斗，蔡肇庆中了进士后，本村青年胆气一壮又到西潭闹事，蔡肇庆知道后非常着急，连忙带着族长和几个随从赶到西潭大塘来。他对那班后生说：“我们做事要想远些，世上有千年大村，哪有百年进士！现在占人家的鱼塘，会给后代子孙种下祸根，这如何是好？”这番合情合理的话打动了双方，西潭族长也作了一番对村民管教不严、请蔡大人等人见谅的诚恳言辞。古老的祠堂就见证了两村终于成了永久睦邻的画面。那时候，祠堂里灯火辉煌、飞觞传碟、蔡进士和岑头族长和西潭客人相互敬酒致歉的和谐喜庆就一直定格在岑头村的几代人的记忆之中！

三

长湖楼是一个以蔡氏祖祠为中心，周围聚建了蔡氏族人所住房舍的楼群，水缸、石磨和竹梯，连同饱经风雨淋浸的土院墙，都在诉说着闽南土楼渐逝渐远的时光，楼里很多地方仍保留着古朴简单的旧模样，窗户有不少还是古式的木栅栏，有的廊檐下还挂着旧式风灯。正是暑假期间，好几家的孩子要么在自家门前，要么在院子里跑来跑去。他们都是岑头小学的学生。

由古而今，整个岑头村包括西谭乡一直保留着世代重教的浓厚乡风。据载，全县从乾隆年间开始就设有一种名为“资助妈”的教育资金，每个村子的田地划出一些作为公田出租，收入用于私塾先生的薪水和补贴贫困学生的学费，使村里人人都能享有读书的机会。西潭乡至今还流传着这样的乡谚：“不求金玉全，但愿子孙贤。”岑头村把全村最高点最好的五十亩地块无偿献给政府筹建东湖中学，现在每天这里都书声琅琅。近年来，西谭乡里沿袭“资助妈”的资助传统，互帮互助。谁家孩子考上大学，学费你一份我一份很快就凑齐了。岑头村求学上进蔚然成风，恢复高考以来，从村里走出的大专院校毕业生就有一百多个。文化兼承并蓄，岑头村沈振顺自幼酷爱书法，数十年临池习画、苦学不辍，成为中国书法家协会会员。

暮色渐浓，古老的岑头村复归于寂寞和安详，一如长湖楼外的那一泓澄澈的潭水般的平静，让每一个到了岑头村的人都平添几分闲适和从容。

四

崇文尚学，自成高格。漫步在岑头村，不时可见古老的民屋，斑纹漫蚀的砖石，工艺拙朴的石雕，枝叶苍翠的榕树，你会发现岑头村是一部古书，需要静下心来，慢慢地品读。从蔡肇庆进士至乡民，他们沿袭着和睦亲邻世代重教的习俗，知足而快乐地生活在这个简朴的乡村，这种朴素而坚定的信念源自哪里?

翌晨，在岑头村口的威惠庙我们找到了答案。

一口古老的略带些许暗红色字纹的石钟，一棵参天的枝丫伸展的葱翠的古榕，共同静沐在朝阳的霞光里。威惠庙就掩映在这样的如画风景中。威惠庙，位于西潭乡岑头村口，距诏安县城不到十公里，坐西向东。过去东溪曾潺潺流经村畔庙前，而今改道而行，却仍能使人想起当初门前小桥流水的秀美的模样。威惠庙背倚乌山，依山势而建。蓝天下几朵白云像是谁在画布上随意涂抹上的几片白色的花瓣，隐约可见，和威惠庙顶部的那些雕镂而成的碧檐飞甍构成一幅和谐的朴实画卷。

威惠庙的山门，没有想象中的雄伟壮丽。相反，略为陈旧的门墙、油彩剥落的门柱和长着青草的简陋的石阶，使威惠庙显得纯朴、普通，一如乡间朴实安详的母亲。然而，走进山门，却发现这绝对不是一座普通的庙宇。大殿里供奉的塑像不是佛祖也不是神灵，而是一位不普通的历史人物——开漳圣王陈元光。这里供奉的是开漳圣王陈元光夫妇一家三代及其属下部将。威惠庙正是为了纪念漳州首任刺史陈元光的历史功绩所立的祠庙。

伫立在威惠庙的殿堂里，心中油然而生一种神圣与敬仰。在众多的威惠庙中，岑头威惠庙因其历史悠久，又因为明清时期村里蔡、沈、林三姓族人在迁居台湾时虔诚地带去岑头威惠庙香火，这座庙宇还被省文化厅、文物局列为《福建省涉台文物名录》登记在册。至今岑头威惠庙斗门上镌刻着一副对联，极力赞赏此庙的不同寻常。联云——

自九侯五屯而来，西汇潭影，东挹溪流，庙貌巍峨挂顶上

由赤水黄塘以上，左带山岚，右佩城阙，神威赫赫镇中央

这是一座令人心生敬重的寺庙。又是一座充满了人情味的寺庙，它的由来源于一个动人的传说。岑头威惠庙由蔡肇庆筹建。传说肇庆的母亲曾被匪盗捉拿监禁，当时肇庆尚在腹中未分娩，蔡母暗中祈祷下了大愿，日后果顺利平安诞下肇庆，且自小聪敏英俊，长大后荣登进士。蔡肇庆进士牢记先母所许之愿，请示朝廷拨款于明万历癸巳年（1593 年）筑建威惠庙。现在门楼上还有明代皇帝所题的“威惠庙”匾额。

一家三代同祀一殿的寺庙并不多见。流连于陈元光将军一家塑像前，我诧异于那雕刻是如此惟妙惟肖地展现出全家和乐融融的情景。这里没有一般寺庙众神给人的敬而远之之感，唯见陈元光夫妇身披红袍眉目慈祥左右端坐，如寻常人家普通夫妇般互敬互爱，令人亲近。而左侧陈元光女儿陈怀玉头戴冠玉，面容秀美，也一副心地宽和模样。陈怀玉17 岁即随父亲陈元光开漳征蛮有功，后战死殉职。朝廷敕封柔懿夫人，特许配享威惠庙，所以县志也将岑头威惠庙称为柔懿夫人庙。俗称“岑头妈庙”。善男信女往求无不灵验，尤其庇佑外乡人，当地盛传一民谣为：“岑头妈，好外乡”，足见陈怀玉襟怀之宽，为一般女儿家所未及。因而陈怀玉像前一年四季香客不断，香火极旺。而每逢时年八节或众神寿诞之日，开漳先人陈姓沈姓许姓等的子孙更是络绎不绝，前来敬仰朝拜。回顾陈元光将军自未弱冠之年即随父率众南下，直至殉职，始终坚守在

闽戍地，长达42年；之后又由其儿陈珦、孙子陈酆、重孙陈谟继任漳州刺史，四代人前仆后继、鞠躬尽瘁，建设漳州近百余年，这在唐代乃十分罕见的现象。在百姓心中，陈元光已经由人而为神，并代代相传。

五

岑头村崇文尚学的浓郁之风，是否得益于威惠庙和开漳圣王陈元光的感化之功？陈元光自幼学经史，习骑射，文武双全，不但有开漳之功，还有《龙湖集》存世，多首诗作被《全唐诗》《全唐诗续拾》等收录。而陈元光自己教导儿子陈珦也学有所成，陈珦不但16岁考中明经，“授翰林承旨直学士”，还创办了中国最早的书院——松洲书院。

“敦伦开野叟，勤学劝生儒”，回看威惠庙内那一尊尊塑像，耳边回荡着千年的琅琅书声，由蔡家祠堂至岑头威惠庙，我们懂得了岑头村世世代代人才辈出和睦互敬之良风美俗形成的原因了。“德礼育人”正是被陈元光将军当成开漳后的一大要事且视之为救时之急务的一个举措，岑头村人蔡肇庆能连续两年登科举人进士并襟怀宽广善待乡人也分明传承了陈元光将军的理念。而将军率众启土，领袖一州，披荆斩棘，坚韧不拔的“元光精神”也即“开漳精神”又何尝不是西谭乡乃至整个诏安县百姓心怀感恩，孜孜生活，建设家园的力量源泉？又忆起贴在长湖楼蔡氏祠堂大门上的对联：“派分霞漳远，支开岑湖长。”传承有续，溯本清源，这正是岑头村村民们对陈元光将军一家最为淳朴的追崇和怀念。

这就是岑头威惠庙！多像一位卑处一隅、绝不炫耀自己有抱剑负笈、怀瑾握钰之志的侠客义士。而这种身负众望，义薄云天，承载天下黎民苍生的祈祷与梦想的博大胸襟又使她像极一位忍辱负重、任劳任怨的乡间母亲！威惠庙的文明蕴蓄着如此挚深灵动的生活内容与广袤隽永的人文内涵。多少年过去了，就一直向更多的人们传递着不同于其他名胜古迹的一种美感与惊叹！

六

透过威惠庙檐后看到了逶迤绵延的山，此为乌山。威惠庙即在乌山脚下，东溪之畔。陈元光将军和其后的追随者蔡肇庆进士，两位千古人物，都有着常人所没有的博大的胸襟和刚毅的力量，松风浩荡，山赋予了他们怎样的情怀？他们和山又有着怎样的关联？在乌山支脉九侯山我找到了他们的踪迹。素有“闽南第一峰”之誉，方圆十余里、层峦叠嶂烟岚起伏的九侯山上有一座“天然桥”，桥右上方是“松涧”，其洞口之上镌有“松涧”两字石刻。“松涧”泉边有奇石，名为“试剑石”。相传是开漳圣王陈元光巡视九侯山时，试剑所留下的遗迹，至今剑痕犹在。而蔡肇庆进士也曾数游九侯山，半山的九侯禅寺左侧就是有名的“云根”摩崖石刻，字形为近来见方的大字楷书，现今还可清晰地看到旁署：“明万历庚子季冬……起岑蔡子肇庆同游题。”

陈元光将军和蔡肇庆进士，他们如此喜爱着闽南的大山。在山的面前，一切都变得渺小。而心胸则为之开阔，眼界为之高远。与诏安县一县之隔的从平和走出的文学大家林语堂曾说过，大山早就成为我及我信仰的一部分，它们使我富足，心里产生力量。那么，大山也就成了陈元光将军和蔡肇庆进士的精神家园，使他们能登临高处，傲然不群。并能沐山林清风，拂世间凡尘。据传蔡肇庆进士蕴藉恬洁，高出侪辈。在外任期间累举卓异，至今当地人仍远思之，最后却绝意仕进，回乡养病。林居，是走出了大山的他对大自然的一种回归与亲近。而陈元光 13 岁随父南下，其间度过了几十年风餐露宿、艰苦创业的戎马生活，经历了叔伯、堂兄弟、父母、老祖母等远离中原故土的至亲的先后辞世，晚年把州中事务托付给可信赖的部将许天正等代理后，再次到半径山为祖母结庐守墓，并借此把尚未完工的诗集进一步整理完善。蔡肇庆进士与陈元光将军，这两位汲取了山川之气而广博渊厚之人，在他们功成名就后，又不约而同地选择了与天地大自然相伴，心中长留青山。

大自然是永恒的，家园是永远的。家乡潺潺的溪水，秀美的山陵，浸润和滋养了无数热爱着这片土地的乡民。生活在这片大地上的许许多多的漳州百姓，他们眼望高山，立足大地，勤勉生产，“春来呣打拼，冬来会吊鼎”，这种开拓的观念和简朴的思想，使他们拥有了一颗坚定宽容追求美善不息进取的心。于是，千百年来，“人物辐辏，文化渐开，帆舶如云，鱼盐成阜”，漳州由此渐渐成为有“闽粤重镇”“海滨邹鲁”之称的繁荣文明之邦。祖祖辈辈在这块土地上不辍耕作、生息繁衍的岑头村人，也靠自己的勤劳和智慧逐渐走上富足之路。过去岑头村以种植水稻、甘蔗为主，“蔗可糖，利较田倍”，这种小农经济曾使他们感到宽慰与满足。其后由于地理变迁，河床淤积，东溪改道，人货往返交通不便，渐渐地甘蔗种植不再作为主要产业，而今他们兼种毛豆，加以大棚栽种甜辣椒茄子黄瓜，有了多样化的产业结构模式，这为村庄发展注入了新鲜的血液。而掩映房前屋后山间的龙眼、荔枝、青梅，又使村庄不失其古朴秀美。岑头村，这个蕴藏着丰富的历史信息和文化景观的古老村落，是中国农耕文明留下的宝贵遗产之一。

七

离开岑头村时，又经过一些堆了满地的毛豆豆荚、散放着圆的方的箩筐的村屋，看到忙碌收拾着的人群，不时欢声笑语。一两只褐黄色的小狗也在人群中晃着尾巴闲凑热闹。看来今天又有大收获。自家村里先一起收齐了就销往外地，一斤可卖好几块呢。当地乡民说每天吃毛豆三钱，何须服药连年。多吃豆类可以预防疾病，而且搭配五谷类一起吃对身体更好。新鲜毛豆洗干净用盐水焯一下就行，很受欢迎。说得来人无不动心，有个阿婶正弯腰用扫把和簸箕扫拢豆壳，看人们走走停停，爽快地直起身笑着说："带些回去煮吧！"塞了一大捧毛豆过来，个个鼓鼓囊囊青翠可喜。我们友好地婉拒了阿婶的热情，带着满怀的绿意离开了这座令人留恋的古老的村落。

快上车时，远远回望，岑头村湖水平静，绿树遮映。想起了村史上看到的一段话："此村依小坡面田洋而建，村前为一开阔平原，村后山峦连绵，远看村似建在小山上，为群山最前沿，奇峰独秀，故称岑头。"

从此岸到彼岸

在一个初夏的傍晚，我来到一座古桥。

落日下，一条溪流不急不缓地流淌着。桥边有几棵不高的榕树，枝叶细细密密地垂落至水面，古桥的倒影在溪水中清晰可辨。

我走上了这座古桥。桥两侧石栏杆的方柱上原来还雕刻着神态各异的坐狮，后来大多佚损，现仅存有四尊。整座石桥基本完好，但似乎略显残旧，石缝中不时可见一簇两簇野草在风中微微飘摇。这是位于龙海市角美镇西边村壶屿社的壶屿古桥，据《龙溪县志》记载为元僧德霖募建，距今已有近千年的历史。一座历经千年岁月淬炼的古桥该有些什么不平凡的模样？细看这座桥却是在南方乡村中很常见的梁式石桥，桥有二墩三跨，墩为舰首形。每跨的桥面由五块长十来米、宽厚均约八十公分的石梁板铺设而成。全桥长三十多米，桥面宽不过四五米。这的确算不上一座很雄伟的桥。

而在距壶屿古桥不远的九龙江北溪下游，就有一座赫赫有名的石桥——漳州江东桥，因石梁每条长二十多米，最重一块达近二百吨，桥梁专家茅以升在《中国石拱桥》一文中曾经喟叹：“究竟是怎样安装上去的，至今还不完全知道。”再溯远些还有泉州的洛阳桥，晋江的安平桥，福清的龙江桥，被合誉为古代“福建四大石桥”。和它们相比，壶屿古桥的确是一座很普通的石桥，似乎它的存在只为承载一个简单的使命，可以让过客由此岸到彼岸，不为一水所阻隔。几百年来，这样一座不起眼的静默于溪涧之上山野之中的古桥是寂寞的吗？暮色中它无声无息，依然安然地伫立，脚下的石板路沉默地向前延伸。

千年的岁月里，留下多少百姓子民在这座桥上的足迹？桥头，我看到了这样的一块石碑："龙溪·同安交界碑"。这是清光绪十八年（1892年），龙溪孙知县与同安李知县共同于桥中所树立的石碑。碑额楷书"壶屿桥社欧厝乡"，碑文"光绪拾捌年正月建。龙溪同安县交界碑。龙溪县孙，同安县李"。另据《龙溪县志》记："壶屿桥跨惠民港为龙溪同安交界"，原来这里是古龙溪县与同安县的交界处，壶屿桥即为古龙溪石尾往同安角尾的古道桥梁。桥东属同安县管辖，桥西属龙溪县管辖。

这样的历史记载，让人仿佛看到了古时同安县与龙溪县两岸人家熙熙攘攘往来的情景。横跨于惠民港辽东溪上的壶屿古桥的一边是龙溪县的西边村，一边是同安县的桥头村，桥头村的村名即因在壶屿桥之头而得名。桥中所立石碑碑额"壶屿桥社欧厝乡"中出现的"欧厝"就是指原欧阳氏，在壶屿桥头居住，称欧厝。后来，黄、郭、洪、林多姓进入该地居住，统称桥头。而位于九龙江北溪出海口的西边村原名即为壶屿，壶屿又称海洋尾，原是海上的一岛屿，因形状似壶一般，故而得名壶屿。壶屿村后来为什么又改为西边村了呢？原来这个村名的得来还有个有趣的故事，据传，清同治年间（1862—1874年）漳州府有一批木材经过壶屿港口，被村民抢劫，官府发现后，派兵下来惩处，扬言要将壶屿全社烧毁，但不知壶屿社的具体位置。官兵到达后，问一村民："这社社名叫什么？"被问的村民是一位见多识广的华侨，他听到问话后，心里想：我们社位置偏西。便灵机一动，就回答说："这社社名叫西边。"官兵听后，认为劫走木料的不是西边人而是壶屿人。故将壶屿以东的房屋烧毁，而保存西边部分。西边村因此而得名，且沿用至今。

可以想象，如果没有这座壶屿桥，两县百姓两村人家隔水相望，只能往来以舟渡。自古以来，闽南地处九龙江下游冲积平原，支流沟溪较多，于是遇水架桥，桥梁成为百姓生活中重要的组成部分。而石梁桥古时称作平桥，是最普遍、最早出现的桥梁，它的结构简单，外形平直，比较容易建造，逢沟谷河流阻隔之处，只要扛来石梁架设在两岸，就成了梁桥。所以几乎每乡每村都可见到梁桥的身影，“过桥较多你走路”，就是闽南形容桥多的民谚。而当时限于技术，真正横跨于大江大河之上的石梁桥为数不多，大多架设于乡野村落的溪流河塘。这就有了这座普普通通的壶屿桥。

壶屿古桥搭起了两岸古街的繁华世相。梁桥一搭，“车者、徒者、载者、负者、往者、来者，祈祈舒舒，无所濡奎”。乡间百姓的往来摆脱了对行舟摆渡的依赖，变得安全便捷。古街无名，但至今街道两边许多老商号依然清晰，可以想见当初店铺的货架上、地上、街道两旁售卖着的各式各样的闽南传统手工艺品的情形，那烧木炭用的烘炉、陶土制作的酒瓮、手工打制的白铁桶，那香脆可口的蛏干，还有吆喝着的香脯糕，让人只想要把流逝的时光留住。还有那些随处摆挂着的木质竹质的斗笠、矮椅、扇子、鸡笼、畚箕、摇篮……时光到了这里仿佛走得很慢很慢，而古街上官道的印迹也还依稀可辨。穿过古桥，走在古街，一切恍如过电影般一一可以缓缓倒流回来。

在没有古桥之前，对岸的风景只能是一种诱惑。当古桥承担起连接村与村的功能，成为村庄的血脉，此岸和彼岸也就从鸿沟到坦途。于是隔桥相望的两村百姓“因水成市、枕河而居”，经济上连为一体，在文化传承上也互通声息。“有溪就有桥，有树就有庙”，与壶屿古桥同样始建于元的西边村壶屿吴氏家庙，至今可见柱联曰“泽联百世文武衣冠衍派长，恩降九重忠孝节烈传家风”。始建于清乾隆年间的黄氏家庙大门两边楹联分别为“堂依壶山无双胜，门挹芗江第一流”。而桥头村寮东郭氏“振伦堂”前厅石柱联上书“展瑞气文圃英才辈出，扬春风锦湖家朝落成”，始建于明代的寮东迴澜殿殿内石柱则赫然镌刻楹联为“忠贞昭明栏令夷夏震芳名梗节，义勇壮山河自昔鼎命大业奇勋；地居廉让之间二分流水三分农圃，学有经济贵在半部论语一部春秋”。两岸百姓，分属龙溪和同安两县之境，却因桥而联通，共同传承着闽南大地勤劳质朴修文习礼的风俗。伫立在殿前，有风从殿顶的上空吹来，岸边葱翠的龙眼树、榕树掩映着南北两岸疏落的褐墙黑瓦的人家。桥上，村落里，不时有闲走着说笑着的三三两两的人群。古桥以及周遭的一切便显得更加平实而宁静。

从此岸到了彼岸，两岸人家就因古桥而亲如一家，古桥也以母亲般的胸襟敦厚地庇护着他们。据传，当时国民党抓壮丁时，同安县的壮丁跑过石桥进入龙溪地界，同安县就不能追捕了。以此类推，龙溪县的壮丁跑过石桥进入同安地界，龙溪县就不能追捕了。只能望桥兴叹。而那些因为不想和亲人分离而仓皇躲避的壮丁，当他们精疲力竭时看到这座古桥，是不是就有了重生的期望以及和亲人相聚的温暖？壶屿古桥，此时在他们的心目中不亚于一座母亲桥。一位朴实无华且温良敦厚的母亲。

历经千年岁月淬炼的古桥同样沉淀了千年岁月中百姓子民生活的苦乐悲欢。如果将这些湮灭于民间的苦乐悲欢捡拾起来，就找到了远古岁月中浸染着烟火气息和生命精神的真实而又亲切的印迹。古桥走过了漫长的岁月，古桥还将伫立于烟霭云雨中。对于需要向前延伸的生活道路，古桥延续了多少人的梦想？1957年3月，古属泉州府同安县的桥头村正式归漳州府龙溪县管辖，属龙溪县角美镇。1958年8月，龙溪县和海澄县合并为龙海县，同年10月，原海澄县的海沧乡和新垵乡划归厦门郊区。1993年龙海县撤县设市。2012年，位于漳厦城区中心的福建漳州台商投资区正式成立，辖角美镇。龙海市角美镇的壶屿古桥以及桥东桥西的桥头村西边村又融入了新的生机。在历史的发展中，原有的同安县、海澄县、龙溪县都已不复存在。而今，壶屿古桥是研究古代同安县与龙溪县行政区划及人文交往的实物资料，也是今天厦、漳、泉“同城化”的历史依据。树立于桥中的这一块“龙溪同安交界碑”，以及这一座千年的古桥就此留住了一段过往的记忆，成为珍贵的历史的见证。

晚风清凉中，又走回了古桥。桥上，盘桓着几位快要离开的老少游客，有一位白发长者还在石碑旁久久流连。一个老人孙子模样的年轻人见爷爷不舍离去，于是举起相机，拍下了夕阳中的爷爷、古桥和石碑。我也举起相机，拍下了夕阳中的祖孙俩，把这动人的一刻定格成隽永的画面。

深藏了千年时光的地底世界

两年前去过古城西安，站在那一排排流露着秦人所特有的威严气度的兵马俑前，为它的壮观神奇所震撼。走在西安街头，钟楼、石碑、古城墙迎面而来，仿佛处处向我们提醒，这里确实是深藏了中国两千年沧桑文明的十三朝古都。走几步，就可能撞上一处古迹文物；随便一挖，就可能是一堆秦砖汉瓦。不由起了敬畏之心，脚步也不觉放轻，唯恐惊醒了黄土之下安详冥睡着的古人。

现在，我置身于漳州的一条高速公路上，只见车来车往，川流熙攘。一切都看不出这里曾有一段如古城西安般的沧桑文明，也有一个深埋多年不为人所知的地底世界。一只陶尊的横空出世记录了贮藏于此的几千年的时光。2001 年，在漳龙高速公路龙文区朝阳镇樟山村路段发现了一处古墓群遗址，在虎林山工地施工现场，十几座墓穴如“田”字形纵横排列，考古工作人员小心翼翼地在陶器附近“扩方”，慢慢地，一个长颈宽口、色泽土黄的釉陶大口尊从泥土中“冒”了出来。同时出土的还有两块圆圆薄薄通体泛绿的石质璋，以及三支青铜戈矛、部分石矛、凹弧刃的石锛和大量印纹釉陶。在随后的两个多月的田野遗址发掘中，又陆续出土了罐、釜、盆、钵、壶、豆、尊、纺轮、石锛、石戈、石铲、石钏、石镞、石璋、玉玦、青铜器等众多文物。初步确定，这批文物的制作年代相当于中原地区的商周时期，距今约三千五百年。其中釉陶大口尊虽然略显残损，仍然可以看出胎质厚实，釉彩图案也古朴典雅，堪称珍品。陶罐内壁还隐藏着刻画的一些符号。而从其他石器加工的情况看，也都磨制精良，并且部分戈和钏等器物还具有明显的抛光处理，显示了较成熟的加工工艺。三四千年前，漳州东郊的虎林山，我们的先祖就拥有了如此众多神奇的文明器物，不能不令人为之惊叹。

而这里却是历史上被人称为蛮荒之地的闽南。在司马迁的《史记》之前，关于闽南粤东的土著文化状况，没有任何文献记载。人们一直认为，唐朝以前，这一带是“蛮荒之地”。直至一千多年前的唐朝总章二年，陈政和陈元光率部南迁，入闽平叛，开漳建郡，从此漳州才有相关的史料文献记载。那么，眼前的虎林山古墓群所展示的商周时期的文明应做何解释？我们脚下的这一方深层厚土上的每一道沟壑每一处丘峦究竟存贮了多少文明的时光？那些文明的繁华大器的脚印，又如何堆叠在这样偏僻这样蛮荒的海滨地带？

让我们穿越几千年的时光来看看漳州先民生活的情状。想象远古的海，远古的山，一天，这里升起了炊烟。我们的祖先以洞穴为庐，庐内有石矛、长戈，还有火苗和火苗上咕咕烧开的水泡，还有干净柔软的茅草搭成的铺榻。男人捕鱼或捕食鸟兽蛇虫，种作归来，女人在屋里织布忙碌。浓烈的酒香，装点了原始的画面。红泥炉火上是生生跳跃着的滚烫。早在三四千年前，或许更早，就有先民生活繁衍在漳州这块美丽富饶的土地。虎林山遗址位于漳州市区东北郊，隶属于龙文区朝阳镇后店村樟山自然村。村北为广阔的平原，远眺九龙江。村南侧石鼓山、后路山和虎林山三山相连，山上有泉，山下临溪。有山有水，树林密集，宜于部落群居。据当年参与发掘的考古人员讲，虎林山出土的器物中，有一些居家型的炉灶，竟与我们闽南地区现存的炉灶十分相似。虎林山出土物中陶器最常见的为尊、豆、壶、釜和罐，它们大都是一些生活器物，这些陶器群代表的正是当时普通民众的生活状况。陶器又以细砂陶为多，表面多抹细泥。釉色以酱色、褐色为多，个别酱黑色近乎黑釉。那一件件陶尊，古朴厚实，就是几千年前先祖们生活面貌的珍贵的遗存。

我们的先祖在这里男耕女织，勤勉劳作。这里埋着他们老死、病死甚至战死的亲人。那是一个战争频繁的年代，虎林山遗址仅有的三件青铜器分别是戈、矛和铃都与军事有关，且大量出土的戈矛类兵器形式多样，表明战争是当时的大事之一。这三件青铜器是迄今为止福建省发现的年代最早的青铜器，它们把福建青铜的历史由西周提前至商代晚期。虎林山出土的铜器是不是本地所产？据研究者认为，由于福建铜矿资源缺乏，至少在春秋以前还不具备青铜制造能力，所以虎林山出土的铜器应该不是产自本地。那么，虎林山的青铜器到底来自何方？由于邻省江西在古代就有青铜制造业，而且是中原文化向南方传播的重要通道和中介地，最有可能成为闽南早期青铜器的产地。虎林山遗址出土的青铜器很可能是我们的先祖通过部落与部落之间、部落与外侵队伍之间的战争，掠夺而获得。他们的队伍也曾在争战中偶获小胜，陶罐、玉质牙璋和少许的青铜兵器都是他们的战利品，他们也照着模样学会了烧制陶器、打磨石质璋、铸造兵器。然而大多时候是在文明和实力不对称的战争中且战且退，最后逐渐被杀戮、驱赶、俘虏和同化。远古的那个时候，这一片土地也曾烽火连天，干戈连绵。与此同时，中原军队的入侵也从社会文明程度较高的地区，带来了语言、文字、书籍、水利、农耕文化等。那是一个战争频繁的年代，同时也是一个萌生文明的年代。在中原原生文明的影响下，福建次生文明已经开始产生。这样看来，早在商周初期漳州就进入了文明时代，依靠石制生产工具，生产力已高度发达，有了自己的文化。

几千年过去了，“西望夏口，东望武昌，山川相缪，郁乎苍苍，此非孟德之困于周郎者乎？方其破荆州，下江陵，顺流而东也，舳舻千里，旌旗蔽空，酾酒临江，横槊赋诗，固一世之雄也，而今安在哉？”曾经漂泊驰骋，慷慨悲歌，交织成了举世景仰且颇带传奇色彩的三国世纪。但赤壁不再，曹操不再。在虎林山，数千年前的先人也一样早已化作尘土。唯有陶尊在黄土里沉睡了几千年，浸着暗哑的光泽，虽有残损，依然沉稳厚重，留存下来并见于天日，让后人得以一窥它们的容颜而惊艳。

几千年的时光一瞬而过，几千年的时光又在这个陶尊的画面上定格。这个伤痕斑驳印文精美的大口尊，这枚带着遗憾缺口的环形玉玨，它们的身上沾染着光亮新鲜的现代泥土，更沾染着三千五百年前的幽深时光。

顺着追溯时光的视线我们看到了更远。20世纪70年代，考古工作者在广东饶平县的浮滨区等地，发掘出土了二十一座竖穴墓，考古界把此种文化类型称为“浮滨文化”。此后，粤东、闽南近百处地方又发掘了同一类的遗存，作为“浮滨文化”诸多遗址之一的虎林山遗址对“浮滨文化”的内涵又是一个极其重要的补充。在这里发现的青铜戈、矛、铃与凹弧刃的石锛、长颈尊、釉陶壶豆并存的现象，可以作为“浮滨文化”已进入青铜时代的确凿无疑的证据，从而解决了数十年来困扰浮滨文化考古研究的悬而未决的难题。整个遗址发掘出来的更为完整的器物群则为认识和全面深入地考察这类遗存的面貌提供了一批比较系统的资料和一个重要的标尺。

我们勤劳勇敢的先辈们曾经走得更远。我们能否想象到，几千年前远古的先民们在没有罗盘和任何航海设备的情况下，仅凭原始的舟筏，借助着季风、月亮、星星、潮水、洋流等自然条件，已能由中国大陆东南地区漂洋过海东迁到台湾、东南亚各个岛屿，并驶向茫茫的西南太平洋？考古专家还发现，虎林山出土的器物群，多以凹底的釜、壶、罐和圈足的豆、壶等为特征，而这个系统的陶器群至今仍在台湾高山族、菲律宾的伊洛克人等的原始制陶文化中延续。此外，凹弧刃的石锛与铜锛也常见于马来群岛史前文化中，而以“凹缺刮”为代表的小石器遗存，20世纪就曾在印度尼西亚等地发现。这些沉藏于地底世界里的看似不起眼的石器、陶器，跨越了数千年的时间，数万里的空间，神奇地成为古老族群特质的某种隐秘关联和史前文明的见证。或许在四千年前甚至更早，存在着一种被命名为“南岛语族”的文化系统，整个闽粤沿海均属于“南岛语族”。虎林山遗址则是“南岛语族”在商周时期的延续。或许，我们今天拥有的家园，正是南岛语族最为古老的家乡。虎林山遗址的考古研究成果，对于台海两岸、闽粤两地、华南沿海以至西南太平洋岛屿的先秦文化研究，无疑具有极其重要的学术价值。

回望高速公路两侧的楼阁屋舍与田园禾黍，感觉像刚从千古沧桑的历史清梦中走了出来。车来车往、川流不息的现代生活画面中，已经鲜少历史文化的遗迹和印痕了。而只有探求先辈曾经生活过的文明遗迹，才能让人倍加深刻地体会到人类文明存在与发展的艰难历程和沉重分量。对虎林山遗址的考古研究仍在延续。就在几个月前，龙文区对虎林山周边一带田野考古调查时，又在朝阳镇翁建村的卢坑山发现了三件商周时期的夹砂泥质红陶片。“卢坑山发现的这三件陶片，与 2001 年虎林山商周墓葬群出土的同类器物极为相似，应属于同一时期，甚至还可能更早些。”龙文区文博研究馆员陈立群考证后如此认为。曾为东山博物馆馆长的陈立群先生还参加过 2000 年以来对东山岛大帽山贝丘遗址的多次考古发掘，探究史前台湾海峡的航海与南岛语族起源问题。一说起他所热爱的考古世界，陈立群馆长即刻滔滔不绝。采访将要结束时，馆长脸上现出微笑，无限向往地说，他想制造一艘老式的竹筏，陈设在博物馆里，有机会一定要亲自实现一次横穿台湾海峡的考古之行。

七星池遥想

人们一般总把远在异地的景象当成眼中绮丽无比的别处风光。可是，生于斯长于斯的本邑居民，对自己身边的风景名胜以及与之附丽的历史遗迹与人文遗存又知道多少呢？比如我，此刻立于七星池前的这块陈旧的石碑前，看着那些青灰的色泽略已褪去的碑文时，心底里涌上一种惭愧不安。许多年前也曾在中山公园闲适地走过，可是，记不得有多久了，自己的步履再不曾在这个碧波荡漾的池子前停留。

这是一个半月形的池子，站在远处望过去，东西长七八十米，南北最宽处有二十多米，池壁都砌着方条板石，上面是绕池而立的栏杆。深秋的早晨，池边仍旧绿树婆娑，晨曦从树缝中丝丝缕缕地穿透而过，池岸四边的石板路上便洒下星星点点的光影。太阳渐渐升起，游人渐渐汇聚。有老夫妻携手缓慢走过，有年轻的情侣亲密地说笑逗留。一个中学生模样的小女孩，拿着一本书在池边的长廊静默阅读。一个年轻的母亲带着她的孩子趴在栏杆边喂鱼，池子里的金鱼活泼地游来游去，怡然而乐。一池碧水安详亲切地回应着人们的目光，显出温柔敦厚的模样。就是在这样的一个安静的清晨，我看到了七星池前悄然伫立的石碑："七星池，宋嘉定间知府赵汝谠即朱熹复轩旧址筑君子亭，并筑台凿池，后被填平。清知府魏荔彤、沈定均先后修复，为府衙整体的组成部分，对研究'紫阳古署'有一定的历史价值。"朱熹别号"紫阳夫子"，从碑文来看，朱熹曾在此地建造过名为"复轩"的一座小楼，作为读书休闲的地方。南宋嘉定年间的另一位漳州知府赵汝谠敬仰朱熹的厚德大才，遂紧靠“复轩”建造了“君子亭”，并“筑台凿池”。依此推断，所筑台阁今已佚名，所凿池塘便是七星池了。虽然后来台毁池平，但是清代漳州知府魏荔彤和沈定均又先后予以修复。如果时光回溯八百年，七星池，你是否聆听过紫阳先生在此吟诵圣人经文的清越之音？

七星池两端的“月尖”之处，有两棵古老的大树，一棵是庞大的榕树，一棵是妩媚的木棉。目光掠过榕树的树冠，可以看到远处天空中霸气伸长的大王椰子树。树影间隐现漳州博物馆的二层楼房的轮廓。那儿便是朱熹治理漳州时的州府“紫阳古署”的遗址。康熙五十二年（1713年），知府魏荔彤为纪念朱熹治漳功绩，在这里改建了府衙后楼，并将其命名为仰文楼，此后仰文楼成为漳州文人墨客的主要活动场所。新中国成立后仰文楼曾作为文化馆和图书馆使用，后辟为漳州市博物馆至今。如今流连嬉戏于此的芸芸众生，哪里会知道七星池前的所在之地，却是旧时漳州府衙的旧址所在，似乎原本应该是一个严肃的神秘的离百姓生活很远的高高在上的地方。然而，旧时王孙堂前燕，飞入寻常百姓家，七星池就见证了古老的漳州府第沧桑变迁的沿革历史。据载，漳州府署最早设置于垂拱二年（686年），当时“开漳圣王”陈元光奏请武则天于云霄西林敕建漳州郡，几经变迁，郡治迁至龙溪，于是古老的七星池所在之地就诞生了一座新府衙。此后千余年来一直成为漳州的州郡府治所之地。潮起潮落，千载时光早已吞噬了漳州府衙初始的容颜。可是，七星池却始终作为彰扬朱熹治漳功绩的重要历史遗迹，成为漳州府衙的整体部分完好无损地保存了下来。而今纵然没有了复轩旧廓和君子亭台，七星池的一泓碧水在历史的沧桑岁月中也仍然波澜不惊，默默诉说着紫阳古署旧址边上曾经发生过的那些古老而又悠远的故事。

1918年的秋天，昔日落寞寂寥的七星池畔忽然热闹了起来。一大批军人和民工扛着铁锹、镐头涌到七星池边上，漳州邑民奔走相告：漳州要修公园了！是年，陈炯明率粤军入闽建立了以漳州为首府的“闽南护法区”，而后紧锣密鼓地推行市政建设。人们议论纷纷，听说公园里面有山有水有树有凉亭，那么漂亮的地方，究竟是个什么样儿呢？陈炯明在自己撰写的《漳州第一公园记》里描述了当年修建公园的盛况："先后发币三万九千三百缗有奇，经始于是年，而落成于翌年之秋。地虽不广，然杂莳花木，与水石相映带，天气清淑，足为郡人游息之所。"古府衙改建后的公园初名为"漳州第一公园"。此后许多年里，七星池前，龙柱亭西，榕树连荫成片，树下茶香袅袅，许多前辈常能忆及在茶馆里断续听完《说岳全传》《七侠五义》和《瓦岗寨》的亲身经历，念念难忘。

一池碧水，映照古今。七星池也见证了漳州变幻不断的政治风云。1926年，何应钦率北伐军入漳后在七星池前建中山纪念台，公园遂易名为中山公园。七星池南沿的中山纪念台连同四周的龙眼树环围成一个广场，日本投降的消息传来时，漳州百姓从四面八方拥到这里，群情激昂，彻夜庆典。新中国成立之初，这里还曾举办过志愿军抗美援朝事迹报告，盛况空前。在那样的岁月里，暮晚时分，平民的凡俗的生活也在那里悄然呈现。凉风习习，绿草茵茵，夜幕下青年男女相约悄声低语、谈情说爱。七星池又见证了古老岁月里曾经有过的童趣和纯真、青春和爱情，还有与古老生活永远搅拌在一起的欢乐与悲伤。七星池早已忘记了这儿曾是高高在上的府衙驻地，位高权重的荣耀难以抵挡时代车轮滚滚向前的生命动力，人民的生活，众生的情绪才是推进社会发展的有生力量。七星池也记录了我所经历的更迭的季节和季节里堆积的快乐时光。至今记得，七星池前露天电影院里那一道道的长石条板凳，小伙伴们在上面看电影，吃小零食，电影看完后跑到七星池畔打闹玩乐。现在已经难觅幼年时露天电影院的踪迹，但七星池仍然水波依依，蝉声历历。之后的中山公园又曾在2008年有一次较大的改造，七星池周边绿地加种树木与西北侧小山丘形成相互映衬的山水风光。七星池目睹了童稚幼孩到世故老人之间的变化，也目睹了蒙昧荒芜到文明繁华时代的进化。

这个秋天的清晨，我从七星池旁的几层石梯走上来，穿过一片小小的草坪，前面的绿荫下已经有许多老人簇坐在一起。他们在那儿下棋、打牌、谈天说地。空地上也有一对中年人在打羽毛球，健步如飞。停下来擦汗的空隙，我问他们，七星池边的树木是什么树？他们爽朗地回答：凤凰木。回头看，果真在一株郁郁葱葱的枝冠上，有一朵两朵红色的花瓣在悄然绽放，如同凤凰血色的头冠。我就想，这些有着累累叠叠的沧桑年轮的凤凰木，连同七星池边上斑驳残损的石砖，在见证着漳州政治风云和时代变幻的种种情状的同时，也见证了漳州人民在岁月河流里缓慢流淌着的苦乐悲欢与爱恨情仇交织在一起的生活真意。

扶摇直上九万里

常常向往庄子《逍遥游》里的这条大鱼，“北冥有鱼，其名为鲲。鲲之大，不知其几千里也；化而为鸟，其名为鹏。鹏之背，不知其几千里也；怒而飞，其翼若垂天之云”。这是一只由鱼化成的大鸟，这只鹏鸟将要随着海上汹涌的波涛迁徙到南方的大海。而《齐谐》是一部专门记载奇异事情的书，这本书上说：“鹏之徙于南冥也，水击三千里，抟扶摇而上者九万里……”“抟”即为拍击，而“扶摇”，又名飙，是由地面急剧盘旋而上的暴风。这只大鹏鸟的翅膀拍击水面激起三千里的波涛，海面上急骤的狂风盘旋而上直冲九万里高空。多么壮美激昂的画面。

现在我来到了一个叫扶摇的村庄。这里是位于九龙江北溪南岸龙文区郭坑镇的扶摇村，站立村口可见远山蒙蒙，九龙江江水潺潺绕村流过。此地古时因产瓷土得名窑山，闽南话谐音又写“瑶山”。明朝建窑生产磁器，因名“磁窑”。《龙海县志・卷三十一・文物名胜・古窑址》载：“在瑶山东、西、中三面，有窑遗址13座，直斜连窑，陶片遍地。窑始建于明代万历至天启年间，产品以粗陶器、家用陶为主，以瓮闻名漳州府，当时名产‘天宝菜脯’外销均选瑶山瓮装之。明崇祯年间制作的‘鲤鱼吐珠’细陶茶罐，闻名全国。”可惜至清末瑶山瓷业日渐没落，村民希冀能从他业发展，扶摇直上，因谐音，将“磁窑”改为“扶摇”至今。果然，扶摇，扶摇，这是一个村人们寄寓了如同大鹏鸟展翅飞翔一样美好期盼的村庄。

扶摇村先民们希冀更多的是平安和吉祥。于是，在扶摇村，关帝庙承载了百姓们的虔诚良善的愿望而生。扶摇关帝庙敬奉的正是忠勇仁义的化身——关羽。当地人把关羽称为关帝君。位于龙文区郭坑镇扶摇村的寺庙与关帝君有怎样的关联呢？要先从扶摇山上的古山寨说起。

据传，远至南宋时期，当时宦官当道，朝野动乱，一些忠臣良将效国无门，为了躲避奸佞的陷害，他们或归隐山林，或告老还乡，或弃官而逃，纷纷寻找避难的地方。有一南宋忠臣行水路，沿九龙江北溪，流落到扶摇山上，建起山寨。因为此山两头尖，形像船，人们冠以吉祥之名龙船山，把山寨取名为龙舟寨。

跟着扶摇村杨老先生走过一条弯弯曲曲盘龙似的石阶小道，我们到了海拔三十多米高的山上的龙舟寨。一片红灰相间的古寨残墙，兀然立于寨顶山之上。据说当初建寨的时候，因为地处偏僻，为防匪防盗，沙砾都从江东挖起并运至这里，挑上山后，砂砾和石灰混合在一起搅舂，建起这厚厚的寨墙。而今历经千年风雨，以三合土夯填的墙体很多已残破开裂，墙的上部，杂木杂草随风飘摇，有的已经枯萎破败。而墙外枝头上却隐隐簇簇是春天的桃红。杨老先生指着山寨外几排新生的林木告诉我们，那些是新栽种的桃树。早春的山桃树，羞出了朵朵红紫色的苞蕾，在枝头微涨着轻摇着，不敢过分地炫耀，似乎只为这片斑驳中尽显沧桑的古寨墙添一些新意和生机。

依寨而望，九龙江北溪两岸的山水梯田、房舍楼宇如一幅山水画般清丽。就在这样一个微风舒爽的春天里，杨老先生一路兴致勃勃地为我们讲起关于龙舟寨的故事。他说，龙舟寨后来又改为镇安寨，这是人们为了感谢关帝君显灵镇邪除恶、保一方平安的恩德而改的，这还有个神奇的传说。由于扶摇坐山面水，一些商人把扶摇山盛产的陶磁从九龙江北溪运往东山销售。在商贸来往中，有些扶摇村的商人与东山的商人建立了深厚的友情，并约为姻亲。东山一个商贩的女儿长大后嫁到扶摇，据传当地有鸡公精专门等人家结婚时的第一天晚上和新娘睡觉。龙舟寨虽开有三个窄小的石框门，把寨门关上，易守难攻。但这也挡不了神通广大的妖精。幸而陪嫁物里有一幅关公手持大刀的图，婚礼当晚，新娘梦见关公与鸡公精打斗。第二天发现画像上关公的大刀有缺口，客厅地上有血迹，循着血迹发现一堆鸡骨头，众人认定这是关公斗鸡公精的结果，于是感激并建庙供奉关公，又把龙舟寨改为镇安寨，以示对关帝君疾恶如仇、匡扶正义品德的怀念。现在寨内有一间不大的关帝庙，供奉主神就称“关公大帝”，神像上匾额云：茂德千秋。关公大帝美名流传，镇安寨上的关帝庙也由此闻名远近。

扶摇关帝庙却是在扶摇山下靠近村口和九龙江边的地方再建的一座关帝庙。看管关帝庙多年的杨老先生告诉我们，镇安寨供奉的主神称“关公大帝”，扶摇关帝庙供奉的称“关公二帝”，且香火更旺。于是我们又循着原路返回，依旧走的是那条时缓时急的小道，顾不上稍作休息欣赏一番半山腰小亭顶内题的那些唐宋诗人王之涣的《登鹳雀楼》、杜牧的《山行》、苏轼的《饮湖上初晴后雨》等诗句，回到扶摇村口。

因面临北溪，扶摇关帝庙前有条砌高的大埕，关帝庙就坐落于石埕后 13 级石阶的高台上。整座庙坐东北朝西南，依山而建，层殿迭展，看起来气势不凡。迎面是两扇朱红色对开的大门，每扇大门上纵横 81 个门钉黑亮威严。据杨老先生讲，此门一般属皇家建筑风格，每扇门的门钉是横9路、竖9路，一共是九九八十一个钉，因为9是阳数里最大的。为什么远离京都处于僻远闽南的扶摇关帝庙会有这么高的规格？这又来源于另一个传说：明万历年间，明神宗朱翊的母亲得了一场大病，宫中御医都束手无策。一夜，镇安寨上的关帝君托梦：让扶摇的商人带 12 个当地盛产的柑橘，进京为皇帝的母亲治病。太后吃了立即病愈。万历龙颜大悦，御赐关帝君青玉腰带一条，以答谢关帝君托梦救母之恩。这以后镇安寨上的关帝庙更加出名，每天求祛病除邪的群众络绎不绝。于是众人集资于扶摇山下再建了一座关帝庙，这就是现在的扶摇关帝庙，它的规模比镇安寨上的关帝庙还大。而那条由 20 片光泽细腻的青玉组成的玉带至今保存完好，寓意为五部、六府、九尚书，每年展出一次，成为扶摇关帝庙的一大宝物。据说关帝曾身着万历皇帝所赐龙袍，头戴皇冠，腰系帝母所赐的那条玉带，威灵显赫，所以此庙香火特盛。

进入庙内，只见庙面阔三间，又分为前后殿，中间隔一个小天井。由天井往后殿要上几层台阶，台阶上巍然立一宝鼎，上写“山西夫子”，因为关公原籍山西，这是源于儒教对关公的尊崇，也即尊关公为五文昌之一，崇为“文衡圣帝”，与孔夫子并称，取“山东一人作春秋，山西一人看春秋”之意。有意思的是台阶旁还有个浅浅的放生小池子，里面十来只乌龟或趴或爬，动静相宜，各尽其趣。上得台阶又见正殿内左右两根盘龙带八仙浮雕石柱，虽是清光绪年间 (1175—1908 年) 雕置却仍然完好无损。相传，在扶摇关帝庙兴建之时，有能工巧匠乘船沿九龙江往扶摇建造关帝庙，临近时，忽然天色昏暗，江浪滔天，只见八仙坐于青龙之上欲过江，不一会儿，又风平浪静。工匠若有所悟，就以江中所见，雕刻于龙柱之上。又一传说，八仙蟠龙石柱是在清光绪年间从台湾运回。由于年代已久，无证可考。据介绍，目前，我国雕有八仙过海的蟠龙石柱仅四根，其中台湾省两根，扶摇关帝庙两根。细看青龙张牙舞爪，八仙形神各异，惟妙惟肖，堪称关帝庙的第二大宝物。

夕阳照关帝更是扶摇关帝庙的又一奇观，“三宝”之一。由于关帝庙靠近九龙江，每年五、十两月中旬的下午四五时左右，夕阳照在九龙江上，水面将阳光折射到关帝的脸上，这时候关帝像在夕阳照射下，显得愈加神采奕奕，威武端庄。关帝庙前后殿的高度相差约两米，九龙江距关帝庙约三十米，光线能通过前殿屋顶照在后殿的关帝脸上，的确神奇。这个现象每年出现的时间持续约十天，每次出现的时间仅有几分钟。十分难得。

抬头看正殿之上关帝像卧蚕眉、丹凤眼、面如重枣，气势不减当年。长须及胸，还是一副美髯公形象。回想庙门两侧镌刻着的对联，联云：匹马斩颜良河北英雄缘丧胆，单刀会鲁肃江南子弟尽低头，不由赞叹关帝当年凭一把青龙偃月刀和一身武艺纵横江湖义薄云天的豪情。此时置身关帝庙里的我们，已然看不到当年古战场上的烟火纷飞，唯见信众、游客来往穿梭虔诚跪拜其中。燃着的香炷闪着猩红的火点，一团缥缈的轻烟氤氲在寺堂的空间。作为芸芸众生一过客，能以敬慕之心亲临瞻仰关帝君神像，感怀一下物化的历史，已经足以增加内心的许多英雄气了。

周边古树蔽荫，江上船来船往，关帝庙多数就建在这样沿海、江边、或山坡上、或城镇人口集中的地方。漫步江畔，看到扶摇关帝庙的左侧有这样一个工场，里面或横或竖陈放着许多黄澄澄的各式杉木木构件，有雕镂精巧寓意丰富的垂花柱，有尚未完工还是粗坯的斗座，还有刻着祥云、花草等流畅线条图案的枋。一个老师傅戴着老花眼镜弯下身子认真地丈量，一个年轻人捋起袖子锯木干得正欢。临江树木下清一色是弯曲如弓的拱，远看像极那一只只扶摇而上的大鹏鸟。老师傅自豪地说，不久，在九龙江北溪的南岸，扶摇山的西北面，将再出现一座新的关帝庙，供奉的是“关公三帝”。明年再来时，将是更新的瑶山风景区。到那时，关公风范，云长万里，扶摇碧天苍穹，唤来冉冉东风，催开古寨花千树。

苍穹之下，大地之上

三面青山围合，周边田园环绕。常常遐想远古至今客家人在闽南大地上优哉游哉，鸡犬相闻而相往来的耕作生活的情景。位于福建最南端的依山傍海的诏安县官陂镇，正是客家人聚居的地方，镇里有一百多座各具特色的土楼。这些土楼大小不一，形状各异，有圆形、方形、八角形、半月形、畚箕形，还有大楼套小楼的“楼中楼”。其中大边村的“在田楼”建于清代乾隆年间，是官陂土楼中最大的，俗称“大楼”。

去的时候已是午后，天蓝得出奇，云彩似乎都躲起来了，阳光肆意地任自己洒满一地，照得这座土楼金灿灿的，显出夏天特有的明亮。站在这个斑斑驳驳的大楼前，抬头看正大门门框上写着的“在田楼”三个白底蓝字仍清晰可辨，门楼两边贴着的对联则大半已经褪色、脱落，看不出上面的字样了。同去的村书记介绍说，上联是“在昔经营孙曾九二初启宇”，下联为“田庐居处兄弟四三始创楣”，合起来正为楼名“在田”。有趣的是，这副对联的上联嵌入了“九二”二字，“九”加“二”等于“十一”，这“十一”是指兴建这座在田楼的官陂张氏第十一世张益桓公。与上联“九二”相对的，是下联的“四三”，指益桓公共养有七个儿子。这副对联合起来说的便是：往昔辛辛苦苦经营的张益桓公，初步打开了新的天地；在这田庐居住的七个兄弟，开始创业了。这也暗合了《周易》“九二，见龙在田，利见大人”的意思，龙出现在田野上，“出潜离隐”，显露头角，寓意住在这里的人们要大显身手了。

历史上的张廖家族的确曾兴盛一时，作为大边村的起源地，在田楼至今先后住过一千多人，所以这楼建得比其他土楼都大得多，据说整座楼寨直径长达 94.5 米，《人民日报》曾称之为“国内仍住居民的最大直径的生土楼”。楼大底墙也厚，有 1.8 米之多，墙面都可以摆上一张八仙桌了。石墙脚也有近一米多高，是用巨大的河卵石砌成的，外墙用生土掺一点石灰夯筑而成。几百年过去，而今墙角下簇生的杂草使土黄色墙体越发显出几分沧桑和古朴。

进入在田楼，四周却很静，没有聒噪的蝉鸣打破午后人们的小睡。一两只白母鸡、黑黄公鸡顺着河卵石砌成的墙根，摇摇摆摆地觅食，踱步，略带好奇地看着进来的陌生人。有的在井边一跳一蹦。近前一看，井边空地上还用白漆写着“公元一九八七年三月修”。这是正对大楼门也即楼西南面的一口井，靠近东北还有一口，另一口在楼中间，三口水井合起来寓意“财、丁、贵”俱旺。古井的泉水据说来源于诏安境内第一高峰龙伞崠，夏天，井水清洌甘甜；冬季，井口雾气腾腾。

一般土楼只有一口水井，而在田楼却因占地面积大，有三口水井，的确很特别。作为“现今世界上最大的超级土楼”，在田楼与其他楼明显不同的地方还有一个，即楼中有楼。它的外环楼高三层，约 10 米，呈圆形，内环是平房，方形祖祠高两层，位于楼的中央，俗称“楼心”。这一方一圆可不简单，自古以来人们认为天是圆的，地有四方。有天必须有地，有地务必有天，有方圆才有天地。所以土楼的先民们在构筑土楼时，认为只有方圆楼才是属于自己的天地；只有方圆楼才能集天地之灵秀，日月之光华、山川之神韵。于是，在我们眼前就出现了这座有方有圆的土楼，如果说在田楼外环的圆代表着天，这“楼心”的方形就代表着地，一方一圆构成了完整的宇宙天地。这也就是《周易》中所说的“乾为天，为圜。坤为地，为大舆”的意思。若从空中往下看，在田楼的外楼略呈八角形，这也正是《周易》中八卦的形状，每一角为一卦。八卦又以两卦相叠，推演成六十四小卦，而在田楼外楼恰有 64 个开间，每一角八个开间，每一开间代表一小卦。全楼为 64 小卦，这与标准的八卦推演完全一致。在田楼的建造真是奇妙，与《周易》处处有着密切的联系，似乎深藏着一些亘古的隐秘的气息，让我们不由得想去探一番究竟。

现在我们就行走在这天地间，行走在在田楼内环与外环之间的小径上，这是一条几乎以河卵石铺砌的通廊，形同小街。岁月就从这凹凸不平却已磨得光滑的街上匆匆走过。偶见一锈迹斑驳的铁锁迎面而来，门前屋后，天井里，也总有零星的一个两个石磨盘，石秤砣，石猪槽，老陶罐，只言片语地诉说着曾经的故事。凑近端详了下石磨，看来很有些年头了，坑坑洼洼的磨身上面尽是斑驳，磨的表面也纵横着道道沟壑，旁边横七竖八地堆放着成捆的杨梅枝秆和花生梗。石磨在土楼人家几乎家家都有，这是逢年过节“做粄”磨米浆必用的工具。大人忙年时小孩子也会帮着推磨或加米，看着乳白色的米浆从石磨磨盘的缝隙汩汩流出，很有趣味。现在村里早就有了电动石磨，村民若要磨粉磨浆再也不用自己推磨了，做粄做粿也不再是孩子们的奢望。石磨终于像年迈的老人，停止了咀嚼，停止了歌唱，安然沉睡在岁月的残墙断垣之间。

而生活仍将继续。午后，红日当空，家家户户门前的空地上，都晾满了一大片一大片去梗带壳的花生。来前就听说诏安是“富硒之乡”，官陂的花生贡早有盛名，果真一粒粒饱满的果实挤挤挨挨地躺着，俯拾皆是，真有点“沙场秋点兵”的盛况。如此满目皆果的场面，不消说土楼人看着是喜上眉梢，嘴角堆笑，就连撑着各色各样花雨伞的我们走着走着，也仿佛不那么燥热了，也忍不住弯腰抓了几个，想要掰开闻一闻，嗅一嗅，看看这富硒花生到底长成什么样。

小心翼翼绕过一路的花生堆走到了楼心。楼心的前面原本是一个较为开阔的广场——俗称“禾坪”，可以容纳上千人，是村中办婚丧大事的一个好场所，也是晒谷的场地。可惜如今这个场地被楼内一些住户搭建猪圈之类，拥挤不堪，已经不是原貌了。站在禾坪，可以看到在田楼东侧直对着禾坪的巷子，有户人家门口的墙上埋着一块石牌，近前看上面雕刻了太极八卦图案和“石敢当”三个字。据载石敢当初为食鬼之神，因其镇压鬼邪有功，玉皇大帝敕封其为泰山护山之神，有“石敢当，镇百鬼，压灾殃，官吏福，百姓康，风教盛，礼乐张”之颂。所以，“泰山石敢当”被尊为“镇宅之宝”，一般刻于石碑之上，放在正对巷口、桥梁的地方，寄托了百姓安定生活的良好愿望，现在仍安然立于在田楼里。300多年来，在田楼的子民正如建造他的益垣公所期望的那样人丁兴旺、人才辈出，可是历经地震、火灾、洪水、风雨的劫难，房屋倒塌不少，其他未倒塌房屋的墙壁也出现大量裂缝。听村里老人讲，楼寨后原有一个三角形池塘，名叫“三元池”，池水清可见底，可是现在这个池塘淤积严重，长满了野草，也变成了一个草坪。想到这座号称“全世界最大的土楼”，再过十年、二十年也许就会变成废墟和遗迹，不禁叹惜。而今村民中能够描绘出以往大楼模样的人已经越来越少，对于一座几百年的老屋，人的记忆有时候却显得无济于事。没有了如同老屋般的印记，我们该通过什么来找回先祖曾经生活的记忆？但愿仅存的历史的残片不要经由我们这一代人消失才好。

遥想当初在田楼东西门相望，楼内居民门内是自家天地，户外是家庭世界，楼外是绿色的田园，几百年来日出而作，日落而息，过着简单而又朴素的农家生活。土楼王国的居民们群居一楼，生活自给自足，和和美美，亲密无间。这种充满凝聚力和安全感以及和谐气氛的住宅群，可以在某种程度上满足人们对原有栖息地生活方式的渴望。因而古老土楼建造均选址在依山傍水的坡地或溪畔山谷之中，或在山水田屋相和谐的地理环境之间。整个建筑追求天地人的统一和谐。于是苍穹之下，大地之上有了在田楼，于是观在田楼之方圆，悟天地之玄妙。天是主，地是次，两者相互感应，生成了天地万物，土楼，正是体现“天、地、人”三者结合的绝品。回望村中居民仍然以农耕为主，在田楼坐落于诏安山区盆地的一片青山绿水之中，与自然浑然天成。

在海和山之间

山的那边，是海。人类总有一种天性，想要去追寻那地平线的尽头，那遥远的天边海边，是否有我们所向往的未知而神秘的一切。

现在我就站在山中的一个安静的古渡口。人不多，渡口有一株巨大的榕树，据说已有二百多年的树龄，老榕遮天蔽日，华盖般把整个渡口都盖住了，许多渡口都有榕树，其实这就是一个天然的候船室。如今渡口边停了几条无人的小木船，夏日的午后，在水面上微微荡漾，显得有些落寞。这是一个遗存在华安县新圩镇的古渡口，从立于渡口边文字栏的介绍中得知，该渡口始建于唐朝，已有一千多年的历史，徐霞客就是从此处登船游览九龙江北溪。清光绪十四年（1888 年）十一月初五，漳州府立岭兜古渡口碑于此，题为“钦加二品卫署理福建等处都监运使司监法道加十级纪录十次司徒”。在华安通公路、铁路之前，这个古渡口是九龙江中游北溪段的交通要塞，当年华安、漳平等地的货物，纷纷聚集到此转水运。再辗转而运销海外，换回了各种海外“番银”。山岭重重，九龙江北溪水路成了地处偏僻受高山阻隔的华安联系外界的主要通道。

忍不住要去想象我们的祖先当年站在此岸望着彼岸的情形。山里的人，眼前是日复一日流淌的江河。河外的天地是什么？最初他们是游水过去的？还是坐着木筏顺着水流而去？他们见到了什么？是和他们一样陌生的同类还是另一种他们从未见过的风景？在许多山里人心中，遥远的海，因了这条水路的逶迤延伸而变得亲切切近。

眼前这一片清澈宽广的江面应该是当年繁忙的流域之一。据《龙溪县志》记载，早在一千三百多年前，唐朝初期的刘氏三兄弟开发九龙江北溪航道，就有排筏和船舶运输。宋元至明朝中叶，新圩古渡及九龙江沿岸各个分渡十分繁荣。有很多不同省份的商人出出入入，船流不绝。

想象那时船舶往返于华安与下游的龙海、厦门之间桅杆林立、众帆竞发的瑰丽场面。木帆船都是平底的，船头及尾部稍稍翘起；风帆用竹篾、竹叶数片连接而成；船体上方还有用木支架、竹叶与竹篾为板弯成拱形的遮篷。头梢、木舵、竹篙、木桨、桅杆一应俱全……等货物和行人都在船舱里装载好了，戴着一顶尖头斗笠的老舵手站起来喊声“开船”，分管大绳的就从渡口的木桩上解了绳索，利索地一步跳上帆船，两排撑篙的船底人“嗨——”的一声吼，老舵手轻摇几下大舵，船便离岸，缓缓地向河中央驶去。

由上而下，运的是华安、龙岩的竹、木、炭、茶及山里的土特产；由下而上，运的是盐、青菜、糕点、海鲜。满满舱舱。华安著名的东溪窑瓷器就是通过新圩古码头运至漳州月港，再经由月港运送到世界各地的。有诗为证：“古县华安，新圩渡口，曾经船运繁忙。任上游茶叶，日载千箱”。新中国成立初期，上下游的物品，都要用双肩从古渡口挑进挑出，然后再通过木帆船运送，熙熙攘攘的物流，使这里兴盛非凡，因为有新圩古渡，新圩村曾经风光无限，被誉为华安的“小香港”。篷船片片，纤绳悠悠，在如今难得见到一位摇橹船家的江面上，当年却是几百只货船齐发的热闹和繁忙。

久远的年代，在回忆里变得生机勃勃而鲜活。古渡口，沟通了大海与大山。古码头，又连接着乡村与城市。每天早上来自内陆各地的旅客陆续由新圩码头乘客船远走。去谋生、探亲、访友、旅游，去寻找外面的世界。浓荫遮天的老榕，湿淋淋的古码头，背着行囊各怀喜悦或伤感的人们一步一回头，或义无反顾地大踏步向前，从山中走来，走向古渡，顺江而下，去到遥远的天边海边。据说华安县共有旅居海外的华侨、港澳同胞 70 多万人，他们的先辈想必大多也是从这古渡口漂洋过海的吧。若是黄昏时离岸，太阳渐渐地隐没到林中，晚霞散射着一片凌乱的光芒，此时孤独一人倚着船栏，看微风波动着船边皱纹似的浪头，就会生出些许苍凉来。“渡口与你握别，再轻轻地抽出我的手，知道思念从此生根……而明日，明日又隔天涯”，从前时光总是那么悠长，以至于我们在聆听古人旅途中的感伤时竟有一点点神往。古渡口总是给人以许多联想：漂泊、沧桑、乡愁、艰辛、离别、寻求……也有满怀憧憬离乡的少年，《红日》《南征北战》的导演汤晓丹，六十年前就是从这个渡口登上木帆船，沿北溪顺流而下，到厦门转抵上海，走向电影艺术的殿堂；原福建省委书记项南同志十五岁时随父母由这里驶往龙海、厦门，并最终走上革命道路，从此人生展开新的一页。每个渡口背后，都有一些不同寻常的历史和故事。满载着旅客的木帆船，往来于两岸渡口之间，同样也满载着这些故事和情感。

木帆船一天天、一趟趟往返，把旅客送往他们要去的地方。到岸了，船系稳当了，卸载货物，一众客人也一齐下了，船一下变得空空荡荡，静静地泊在那里，等着下一趟的开渡。村民回忆说，木帆船上行时风力扬帆，上滩濑需用人力拉牵。在拐过鲤鱼滩的下游河道，有一块潜伏在水面下的巨石，自然在巨石下方形成一个可怕的旋涡。每次逆流而上的船行到这个地方，所有船上旅客都要卷起裤脚下船，在岸边“呼儿嘿哟”齐力拉动纤绳，帮助帆船快快越过那块大石头。那时候，有太多的景象总是摄人心魄。真正让河“活”起来的，就是许许多多这样的古渡口。

“长天一色渡中流，如雪芦花载满舟；江上丈人何处去，烟波依旧汉时秋。”90 年代初，客、货船仍频繁在此渡口停泊。直至 1994 年，漳华沿江公路（新线）开通，水上客运相继停止。舟楫不再往来，货物不再云集，古渡口也完成了它的历史使命，渐渐沉寂下来，没了原来的繁华和风采。而今的古渡口是不慌不忙，从容悠闲的。对面河中间的鲤鱼洲看起来也是平静温婉。站在渡口，看江中的“鲤鱼滩”长满了黄色苇草，偶有几只白鹭和黑色的水鸟在江面上飞上飞下。九龙江北溪流经这里，分成两股，江水绕着“鲤鱼滩”兜转一圈后，才又汇合在一起。据说鲤鱼洲正是因九龙江水至此作环流状，淤积成洲，状如逆水游鲤而得名。洲面积 369 亩，是北溪最大的江心洲。洲上方另有一小洲，状圆，称为“鲤鱼吐珠”。人们坐游船环游鲤鱼洲，在芦苇荡里捡奇石，吃溪鱼，贡番薯，这里成为休闲的好去处。

吸引人的还有关于鲤鱼洲的传说。据说从前鲤鱼滩上是有个村子的，村里住的都是姓饶的人家。饶氏大致于南唐、北宋年间迁入福建，沿北溪溯江而上来到新圩冷水坑口的鲤鱼滩，见这里洲滩开阔，江流趋缓，便定居下来，建筑码头，停靠帆船。航运的繁荣让饶家财富到明初已名贯北溪，人称饶百万，饶家世族达到鼎盛时期。有一天，天上来了个神仙，化成乞丐来乞讨，考验他们到底善不善良。起初村里人热心地给这个乞丐饭菜吃，到第一百天乞丐再来乞讨的时候村民们就板起脸不给了，说乞丐是骗子，还打了乞丐一顿。乞丐离开后回到了天庭，施展法力连续下了一个多月的大雨，把整个鲤鱼滩都淹没了，鲤鱼滩上的饶家帆船队被冲走，土楼被冲倒一角，饶家主人侥幸爬到土楼的屋顶，逃过人生劫难。鲤鱼滩上姓饶的人家有的死里逃生，到岸上投奔亲戚去了。这不现在九龙江沿岸还有姓饶的后代呢。新圩村人把传说念叨得有声有色。

传说不只是传说，古渡口停用后，江上又矗立起几座拦腰的大坝，水电厂发达，船儿过不去了，鱼儿也过不去了。世世代代的水上人家纷纷上岸，搬离了渡口，却仍怀念着把家安在船上，常年在风景迤逦的江上捕鱼为生自由自在的生涯。同来的友人小时候曾经在古渡小镇生活过，她说，永远使九龙江灵动的是江上的那些帆船，还有靠捕鱼为生的一群标记自己身份的水上人家。他们对人常流露出永恒谦卑微笑的表情。这种不与人争、淡泊平和的心境，或许与他们以水为生的生活有关。水上人家常常会与岸上人家成为好朋友，常常会带她们一起划船。她忆起离古渡不远的上游水域，有一个奇特的深潭。潭心水流平静，三面环山，热情活泼的船家姑娘熟悉这片水域，她把船摇到这里，然后放开橹桨，任由小船微微晃荡。在山光水色间，她们欢快地聊着。一旦发现小船离开潭中心，向外围水势较急的区域漂去，就喊："你们喜欢划船，你们来！"两位岸上的姐妹手忙脚乱拼命往回划船，于是摇摇晃晃中三个都哈哈大笑……而当夜晚，在靠近古渡的江上，常有二三十艘的帆船如在黝黑的梦幻中轻轻荡漾。灯光点点。这是友人描述的过往的画面。

习惯水上生活的他们，上岸瞬间，会不会可能犹如干涸的鱼儿？这令我想去看看这宁静的渡口附近住着的这一群上岸后的人家，和那条曾经热闹古朴的老街。

从码头沿着凹凸不平的花岗岩石阶走上来，岸上左边二层的红砖建筑是昔日的港务管理站，如今辟成了史料馆。右边有一座修葺中的庙宇，村民热情介绍这是在重建"天后宫"，也即妈祖庙。和所有江河码头一样，妈祖都是人们心中的水上保护神，依靠航运而发达兴旺的新圩古渡自然也是如此。据村民说这座妈祖庙在新中国成立前就有，当年古渡泊满了装载货物的篷船，船老大每次出航，都要备好三牲六畜，带领船工虔诚膜拜妈祖，企盼女神保佑一路平安，至今依然香火旺盛。

登完这百多级台阶，进入窄窄的用石板铺成的街道，这其实只是一条长约二百米的巷道，脚下铺着的卵石已经磨得发亮，门前不时可见一堆堆各种形状的石头。一路走来，既有闽南沿海风味的骑楼，又有山区半壁街道，时时提醒我们昔日水上人家在这山岭环绕中舟船穿梭的场面。新圩镇有逢三、逢八"五日一圩"的赶集传统习惯，当年各地商贩云集新圩古渡口盖屋设栈，盛极一时。谁会想到，今日的小巷曾是鱼贯而来的人群要侧身才能挤过的繁华商街，布满沧桑的骑楼，曾经都是商号鲜亮寸土寸金的铺面。

是啊，我们其实都是在渡一条历史的河。蹚过就蹚过了，河流总是不停地向前。古渡也淡然地走过斑驳过往。当我们走到船民小区，只见闲聊的闲聊，补网的补网，好不热闹。几个阿婶正头对头凑在一起做手工，额上几根银丝在傍晚的凉风中轻轻地晃动。看我们来了抬起头来，聊到过去她们的脸上就焕起特别的神采。她们说起船舱内的船板总是擦拭得油光发亮，勤快的船底婆们还会在微微翘起的船头架起锅灶，用新捕来的“战利品”炸出一大盆香喷喷的小鱼。一位阿婶快人快语，说，其实我们也习惯了岸上的生活，子女都很孝顺，每月都给我们生活费，也常回来看我们。现在每天也会去放放地笼捕捕鱼。一天差不多放上十几个，捕多了才去卖，溪里的鱼可新鲜着呢。看得出来，对于过去水上的那些故事，她们都历历在目。即使有些模糊了也如同在脑海里跳跃的浪花，偶尔光斑一闪，赶紧欣喜地张网将它捕住。她们还是一样生活在自己的“水上”人家，谦恭、平实而知足。

又回到绿水萦绕的九龙江北溪边，听村民说，渡口尘封近二十年后，从村口到水边码头的一段条石台阶，覆盖的淤泥曾有一米多厚，十几个人，足足挖了一个多月，才使新圩古渡口重现旧容。而今江边修葺一新的新圩古码头，古榕、水车、雕像、青石栏杆，错落有致。沿着步行栈道，又见“弦高犒军”“缇萦救父”等一幅幅木刻文化典故依墙而设，不时可见三三两两的游客漫步行赏。穿越历史的云烟来到千年之后的今天，作为“海上丝绸之路”重要码头遗址的古渡口已然中落了，也许随着现代交通的快捷到来，运输的功能将不复存在；但随着现代乡村游的悄然兴起，会再度进入人们的视野。是九龙江成就了新圩古渡口，同时也是新圩古渡口增色了九龙江。当我离开时，想起了诗人席慕蓉的一句诗：渡口旁找不到一朵可以相送的花，我把祝福别在你的衣襟。

归田而居

落日的余晖中，一幢红瓦白墙的闽南传统民居出现在眼前。红砖墙的立面，红彤彤似秋天的海棠花颜色。用白色花岗岩条石垒成的台基，古朴大气。门斗上绿色藤蔓安静而活泼地缠绕而过。一位老人背着双手，在古厝前悠闲地踱步，看见客人热情地招呼：“进来坐坐。”抬头看，与墙体同色系的褐红的门匾上赫然三个字：“归田居。”

这是位于龙海浮宫镇的田头乡。田头厝尾，这个村名一下带给我们熟悉亲切的感觉。似乎唤起了我们久远的乡村的记忆，我们抬脚步入归田居。民俗陈列馆里，石臼、蓑衣等各式各样带有闽南古早味的家具、农具依次排列，为我们打开那一扇扇充满温暖而疏远记忆的大门。老人指点我们看墙上悬挂着的田头汾阳郭氏祖训：“霞谷郭氏，源远流长；历史悠久，彪炳辉煌。祖上有德，历史有光。家风泽厚，家规谨强；世代相传，继承弘扬”，介绍说田头乡村民姓郭，正是传承自号称汾阳王的唐朝名将郭子仪之后。“喏，看这块‘武魁’牌匾”，墙上的牌匾静默而荣耀地讲述着田头乡的一个传奇故事。清嘉庆年间，闽南沿海一带，海盗土匪猖獗，民不聊生。为了保家卫国，郭氏家族兴办学堂，同时又开设武馆，勤学苦练。嘉庆六年，十四世祖郭振昌、郭连邦叔侄两人同进武举人，获得“武魁”称号。由于叔侄两人同期高中武举人，被称为“叔侄同科”，在当时轰动一时。漳州知府为表彰十三世祖郭岩山教子有方，又特地颁发“郃德高年”牌匾，以示后人如何治家、教子。果真如祖训所云“吾族子孙，裕后前光”啊。

“当年在郭家门口还竖起两对石旗杆。”老人骄傲地说。在老人引领下我们从归田居出来，穿行在有着一排排错落有致的红白相间的民居的村落，周遭古厝新居，宽街窄巷，恍惚灵动。我们前往郭氏祖厝，站在旗杆前，只见旗杆由条石凿成，底座是方形的，高两三米。想象当年石上竖起一面旗，旗上刻以龙、凤等图腾的吉祥物的情状，不由心生向往。每一柱石龙旗都是一面褒扬的旗帜，激励着一代又一代的郭家人。而今旗杆仅余残存一段，看似粗糙简单，透过兀立的无言的旗杆，历史深处的静穆与繁华，却仿佛依然在飘荡，隐约可见。

建筑正是一部“石头的史书”，讲述着曾经的一段段遥远而动人的故事。在田头乡“王伯公”厝，我们又“见到”一位可亲可敬的人物。时间又回到清末民初，同样是海盗横行，年轻的郭铭王逃离故乡，往印度尼西亚雅加达谋生。经过几十年的奋斗，开创出一片家具产业的天地，在当地稍有名气。恰逢家乡年年旱灾，又抓壮丁，许多年轻人被迫背井离乡，逃到印度尼西亚。到那里举目无亲，都投靠郭铭王。郭铭王为人仗义，重惜亲情，凡有家乡人初到印度尼西亚，都免费提供吃住，并帮助找工作或赞助做生意，一直到自食其力为止。所以人们尊称他为田头“王伯公”。民国 19 年（1930 年），念念不忘祖地的郭铭王，回家乡建起这座“王伯公”民居。这座建于 20 世纪初的百年古厝，梁上的漆画贴金几经沧桑，多有磨损，但精妙的杉木构架和梁、拱、窗花等构件上随处可见的木雕、砖雕、泥塑等精美的装饰，依然彰显着当时田头富贵人家富甲一方的身影。

出得大门，却见门两边各有一联为：数十年毅力造成，千百年基础永远蟲斯。“王伯公”后人解释说，对联意思是经过数十年的艰苦奋斗，才建成可以容下膝盖的房子；希望这来之不易的基业，能够代代相传。犹记得多少年前陶渊明就曾在《归去来兮辞》中发出“倚南窗以寄傲，审容膝之易安”的感叹，“容膝”一词原是说自己住的房间很小，只能容下膝盖，是夸张的说法。辞中五柳先生陶渊明看着小得只能容下自己膝盖的陋室，依然安逸自在。多么闲适的情怀。而身为田头乡一富的“王伯公”也说“容膝”，却更有时时谦恭警省自己及后人之意。“以富而贵，以贵而益富”，可知富也许是容易的，只是一个数字，富而且贵是更难的。贵，是人品高尚的标志，蕴含着受人尊敬的意味。

回望田头“王伯公”厝，依旧红砖白石，燕尾圆枋，静立于村庄。对其义举，田头乡郭姓宗亲，至今怀念不已。据说田头社户户有人到南洋，都跟他有关。当年年轻人挣到钱都寄回家乡购田建屋，才有田头乡今天的五十多幢的古民居。而今这些古民居清一色的硬山式屋顶上，那高翘活泼的燕尾脊，恰如群燕正欢动嬉戏。正是这些用泥灰塑造的双燕归脊传递了村中父辈盼儿归来的信息，声声呼唤着外出亲人的乡思，才使得古厝充满着无限的生气和魅力。于是那一条条凌空疾返的双燕归脊便成为红砖古厝在田头乡古民居中独特的标志。

古厝傍水而建。徜徉于田头乡，听水流潺潺，沐乡风徐徐，看村民走过，一种亲近自然的感觉油然而生。“农人告余以春及，将有事于西畴。或命巾车，或棹孤舟。既窈窕以寻壑，亦崎岖而经丘。木欣欣以向荣，泉涓涓而始流”。天好则出游，农忙则耕种，登高则长啸，临水则赋诗。劳动、自然、人文，构成诗人陶渊明充实的全幅生命。来吧，到田头来，到乡野来，享受青山绿水红瓦白墙边的田园生活。归田而居，给自己一天时间，像陶渊明那样生活。

山湖之居

黄昏时分，来到了九龙江畔的康山村。隔江相望，对岸的圆山秀丽浑圆，落日给山峰披上几缕柔和的光芒。据说，南宋徐矶任龙溪县丞时，曾感叹圆山为古都漳州平添了翠峰层叠之绮丽，留下了“尽说漳南风水好，众山围绕一山圆”的诗句。

沐在夕晖里的康山村让人心意安详沉静，我们的脚步却未因之而停驻。沿着一条两边丛草环绕的黄土路前行，远处矗立着的高大的电线塔和凌空而架的几条长长的电缆线依稀可辨，一个穿着迷彩服卷着裤腿的工人提着满是泥土的铅桶从面前经过，一黑一白一大一小两只狗，在后面撒着欢儿忽前忽后跟随。这里是正在启建的千亩西湖生态园工地，冬日的傍晚，四周很安静。站在一片堆满已拆或正拆建的砖石瓦砾的废墟之中，遥望一长排整装待发的运输车辆，和山坡上鲜亮醒目的“建设西湖生态园”白底红字条幅，分明感受到了一种暗涌疾奔的蓬勃的生机和活力。

这是一座有山水有故事的城市。自古以来，九龙江西溪与北溪夹峙区境而过，两岸百姓得其地利，靠水而居，江水在圆山脚下缓缓地流淌，滋润山乡田园，养育一方儿女，给两岸百姓带来了厚泽和福气。历千年而生生不息。而今“两溪环城”犹在眼前，“一湖映城”又创新章。一说起西湖，脑海里肯定涌出“接天莲叶无穷碧，映日荷花别样红”的诗句。杭州西湖是栖落在华夏子民心头的一个永久的美梦。曾几何时，漳州西湖亦为漳州先民眼中的一粒明珠。同行一前辈对古城掌故颇为熟悉，他告诉我们，漳州历史上确有西湖，就位于今芗城区通北街道西洋坪村一带，西到芝山西麓。现今的湖内村，原名“西湖内”，就是当年在西湖淤积的滩地围垦辟建村社而得名的。村中有一口著名的“湖内古井”，即古代从西湖边涌出“极甘美，可辟瘴疠”佳泉的泉眼。“烟收水曲开尘匣，春送人家入画屏……吴船越棹知何处，柳拂长堤月满汀”，蔡襄吟咏漳州西湖的诗句流传至今。只可惜后来随着泥沙淤积、疏浚不力，更重要的是人为破坏等原因，古西湖渐渐消失不见。仅余下湖内村的那口古井，圆形的井栏守护着甘泉，井泉镜映着湖内村的天色山光，也因此留下了漳州百姓对西湖的悠悠念想。

凭栏可坐看圆山，推窗即见湖波浩荡。重建原生态的“湖光山色”始终是漳州百姓的向往。漳州“西湖生态园”征迁工作启动了！新的西湖生态园地点位于漳州老城区、高校园区与金峰开发区、天宝、靖城的衔接地带，包含康山、林内、上坂、渡头、前山、谢溪头 6 个行政村。有趣的是，仔细看西湖公园规划图，很像数字“6”的形状，六六大顺，意味着漳州人民开始步入生态美、生活乐的顺畅之境。

康山村民老林告诉我们，今年 4 月，西湖生态园项目建设迎来征迁协议签订的“开门红”。伴随着三台大型挖掘机的轰鸣声，西湖生态园项目建设拉开了土地征用平整作业的序幕。施工现场热火朝天，一边是大型机械清表、平整的紧张作业，一边是征迁工作人员忙碌地进行着土地丈量和扫青。如今，200 万平方米的征迁拆除工作正全面收尾，推进速度令人震撼。

晚霞斑斓，老林的脸庞也涂上一层古铜色的亮光。说起征迁干部，老林频频赞叹：他们常常一早就到村，晚上 10 点多才回家。一次次登门，一通通电话，才暖化了征迁户的心，化解了征迁户的疑虑，赢得了大伙的信任和支持。今年端午，很多村民特意邀请干部来家里吃粽子，见干部一再推辞，急了，拽着他们往家里走，最后硬是把一串或几个刚出锅还冒着热气的香喷喷的粽子塞进干部手里才罢休。

你看，将来，这里是康山溪湿地，那是长湖绿谷，那是北仓观瀑，这里是林中树屋，那里是骑楼商街，还有湖湾水世界……老林的手机里珍藏着许多西湖生态园规划视频，他用粗拙的手指一一点开给我们看，神色间满是喜悦和自豪。以后我带着朋友过来，可以跟他们说，这里就是我的家。想想周边多了个大花园，“有山，有江，有湖”，就在家门口，多美呀。

的确拥有山湖之居的漳州西湖时代来了！规划中西湖的水体将依托原始地形并保留多个山丘，形成长湖、蜿蜒河段、跌水瀑布等多样的水体景观。三十来株百年以上郁郁苍苍的古木，还有大量上百年的芒果、香樟、檀香等树静立道旁，成为芗城的“绿肺”。居住在西湖公园旁，极目是隐隐青山，闭眼是能让人尽情呼吸的清新空气，享受到的将是大隐隐于市的惬意。如梭罗在《瓦尔登湖》中所道出的生活的真谛：回归于一种悠闲的足以让我们观看日出日落和在水边漫步的日常节奏等才是最终的意义。

远远的城市的街灯渐次亮了。回望康山港渠由西向东贯穿整个村落，夜色中一小山丘黑黝黝形如一艘覆盖的船只而得名覆船山，据说在这里曾发现推测为距今约六千年的新石器时代的器物石锛、陶等，村中还分布有合宝楼、元真宫、林氏家庙耕礼堂、七姓庵等古迹，遗存丰富。尤其是合宝楼虽历经四百年的风雨，但至今不倒，仍在守望着这一方水土。未来西湖地区，将努力把这些原有的传统建筑物保护下来，贯穿在整个社区中而成为人文西湖。春天不远了，几尾小巧的黑色的羽毛穿行期间。富含山水画般独特韵味的西湖生态园，将渐渐展示在芗城百姓面前。

这里的石头会说话

在漳州市以东约十公里处，九龙江西溪和北溪逶迤环抱中，有一座奇异的山，名叫石壁山，山由各种玲珑奇特、各具神态的巨石层叠垒成。远远望去，就好像是一个顽皮的大力士在这儿随心所欲垒起了一堆石头。岩石间隙，还有众多幽深的洞壑石室。这就是大家熟悉的云洞岩。

“云洞岩”之名应该是来自地方志的记载：山上有石室，深广一丈见方，天将下雨时，云从洞里冒出；雨霁天晴，云又收回洞中，故名“云洞岩”，俗称“洞仔岩”。而相传隋朝开皇年间，有潜翁于山上修道，养鹤石室中，山下时闻鹤鸣，故又名“鹤鸣山”。

上山有多条路线，我们择一踏上石阶顺山势拾级而上，路边的青松小草绿意盎然，远处岩顶的楼台亭阁若隐若现。不多时就到了鹤鸣楼，此楼据说是20世纪初国民党上将张贞为纪念北伐战争中牺牲的烈士而建，弘一法师也曾在此弘法。此次我们是慕石刻之名而来，稍作休息继续前行。来前就听说了，摩崖石刻是这座石山最大的特色。从五代到清道光年末，不少名人都在此留下了翰墨，有行书、楷书，又有草书，篆书，诸体皆备，琳琅满目，据说有二百来处，一部石山的游览史就在这些千姿百态的石刻中生动地展开，因而云洞岩被誉为“闽南第一碑林”。

一路相伴的各色石刻，或大字题留，或诗文联语，仿佛有了生命的会说话的石头，向人诉说着古人至此的游踪心迹，讲述着一个个古往今来的模糊或清晰的故事。两块并立的巨大石柱“得朋”石联袂而来，单个石柱如“月”，合立则如“朋”字。岩旁一新建石碑上刻记：明代嘉靖年间，钦点状元翰林院学士丰熙进谏被贬为龙溪镇海卫，长居云洞岩与大儒蔡烈论世吟咏，遂成挚友。见山中二石并立如朋，有感而题，寓与大儒之情如石永恒，永不分离。有时觉得过往今昔真是神奇，某些岩石、岩洞因其特殊形态而被赋予生命，有了活生生的人物情节故事。山上还有一些千百吨重的大石头被风化成各种各样的形状，其中一个石头被起名“鱼头石”，连眼睛和背鳍都清晰可见。

前人留下的石刻已然成为后来者眼中的风景，后来的游客凭“鸿爪雪泥”可以一窥前人游山的心迹。朝东环山而行，许多洞室和石刻主要都集中在这一条线上，除“得朋”外，一路所见还有“万玉”“云窝”“玄岩”“枕流”……两个字便画龙点睛揭示景点特点。“天开图画”“霞陆云丘”“一川风月”“玉韫含辉”……四个字一听就让人对云洞岩心生遐想。翻过“仙岛”来到“霞窝”，对面巨石上题有“溪山第一”，为宋代太守朱熹来此题留，以其代表性成为今天游客争相留影的首选。而突兀迎面而来的“有容乃大”等题刻，似简单明了存在我们身边的自然之道，静静地等待着我们在不经意中瞥见它而蓦然醒悟。

石刻恰似云洞岩会说话的眼，会无声地告诉游客，这里是什么景，有什么历史掌故，这里的景该怎么看，往前走又会有什么。山间随时可见石刻，有的整面山坡巨岩上就刻着老子的道德经，驻足品读，更能体会云洞岩的风物。寻觅中我们得知云洞岩石刻中最早的是五代时期的“许昔寻偃月子至此”题刻，至今已一千余年。最大的石刻是在天柱峰百丈峭壁上刻着的“搔首”二字，每字两米见方。还有丰熙的《鹤峰云洞游记》石刻，全文一千一百多字，概述云洞奇观，文章高古，书法遒劲，为国内碑林所罕见。在登山途中，石刻无言，但却像导游一样在游客与风景名胜、文物古迹之间架起沟通的桥梁，成为游览不可替代的“导游”。

云洞岩的每一处石刻都是一处景点。除此外还有许多由山上布满的嶙峋怪石所构成的无数幽深石洞和奇特的山石风光。特别是在南坡的陡峭山谷里，从上滚落的大大小小的石蛋型花岗岩，重重叠叠构成众多洞室，有狭小的石隙、有开敞的大洞厅，有山岩突兀、明暗相连、迷宫式的石洞。据说大小洞穴如先天洞、云归洞、罗汉洞、仙樵洞、师谦洞等有四十余处，被誉为“丹霞第一洞天”。其中最令人流连忘返的是千人洞。千人洞是云洞岩最大的岩洞，丰熙《鹤峰云洞游记》中有“有洞可容千人”的描述，故得名千人洞。洞深数十米，洞内宽敞，幽静阴凉。洞里有元朝文人题诗：“天生岩穴受千人，隐隐幽处隔世尘。不识人间经几代，洞门依旧锁闲云”。还有石刻“虫二”，风月没有边，也就是“风月无边”之义，更添其趣。神奇的是石洞中还有一口清澈的饮水井，井中水清有鱼。出了“千人洞”，一块巨石挡住视线，只见巨石裂开一线，长达数十米，仿佛利斧劈开一般，叫“一线天”。两边高立的山石像小山一样挤压过来，要从三十多米长的窄缝中侧身而过得含胸吸腹，变成“肉饼”一点一点蹭过去。抬头望去，一线悬天石壁耸立，真是名副其实。

惊险的不只“一线天”。云洞岩奇石林立，常有千百吨的巨石当道而立，不时可见由石块参差垒建而成的关隘，不知何时所建，真是“一夫当关，万夫莫开”。有的巨石下方只有一个能容一人通过的小洞遮掩在树丛之间。记得小时爬云洞岩手持树枝忐忑不安地钻进其中快步穿过时，常怕阒无人声的山中会有怪物钻出来。等爬到山顶时衣衫尽湿，却是有惊无险。而那时于春日时节老师也常带我们去登云洞岩，除了看千奇百怪的石头，我们最大的乐趣就是钻山洞，穿石缝。中午找了一块平坦开阔的地方大家团团而坐，吃饱喝足了就围拢在一起说笑谈天。也有两三个同学跑开去看风景或玩游戏。突然谁喊了一句：看镜头，茄子！于是全体侧过身子，灿烂或羞涩地笑。也有老师或同学站着的，就立正，叉腰。一脸豪迈。至今还留有这样一张在云洞岩师生的合影。这座神奇的石山连同家乡许多山山水水的记忆已然伴随着我们走向岁月的深处。

多年过去，石山还是石山。所见皆为石景。云洞岩“三月峡”也是由几块巨石叠垒而成，左右相通，洞底是一泓清泉。仰观穹顶豁开咫尺，每逢中秋月夜，天上一轮圆月映入水中，水中之月又照映在石壁上，形成三月交辉的自然奇观。这儿还流传着一个优美的爱情故事：很久以前，有一打石凿字的少年蔡二小与一小尼姑苏亚柳冲破天增寺主持的反对，在三月交辉时刻获得美满姻缘。穿过月峡，左边巨石上留有一个长38厘米，宽15厘米的深深的脚印，便是仙人迹。五趾之印十分清晰，传说这是某仙人得知地壳变动要“沉福建浮七洲”的消息，为了拯救漳州百姓不受沉海之难，派大力神士挑土阻止下沉而留下的痕迹。此外还有五代名人许厝，为寻偃月子，从荆襄、峨眉，历经武夷、霍童，到达云洞岩，留下“留仙榻”“晒衣台”“瑶台”等胜迹。

最高石峰为天柱峰。站在峰顶，周围云雾缭绕，远处那条河流就是漳州母亲河九龙江。北溪、西溪如玉带般环绕着美丽的漳州平原。每当人们历经艰辛攀登到达山顶，就有一种心旷神怡或一览众山小的豪迈，难怪人们总是坚持不懈地以登顶为快。

山顶有石约二十吨，突兀在另一块更大的巨石上，阵风吹过，悬崖边的石头摇摇欲坠，好像随时都有向山下跌落的可能，使劲推推可纹丝不动。早在明代张岱的《夜航船·荒唐部》里就有记载：“漳州鹤鸣山上，有石高五丈，围一十八丈，天生大盘石阁之，风来则动，名风动石。”在宋朝就是盛景，还被载入宋《皇舆胜览》。

下山道上依然还是各式各样的奇石。周围不过十里见方，主峰海拔280米，却像一座缩小的“山石盆景”，具有千山万壑之概。怪不得明朝学士丰熙说这里“石尽石，石尽美且巨，他山莫侪”。到达山脚出了大门远远回望云洞岩，最大的奇石当属那个背屏青山由巨石叠积组成的“老仙翁”了，只见它坐西北朝东南望着九龙江的出海口，双手抚膝，安然而坐，白须飘飘，微笑慈和，迎接四方来宾。

第二辑　游历山川

七月情思

年年七月，岁岁七月。

犹记得那一年潇湘烟雨，青山滴黛，碧水流淙……

犹记得那一年齐鲁大地，淡月疏星，灯暗人静……

2007年的湘西之行和2008年的齐鲁之旅似乎总是在雨声中行进，眼前是曲阜淅沥的夜雨，偶尔有车在水声灯影里哗哗地驰过；耳畔是沱江细切的涛音，黄龙洞的瀑流，芙蓉镇的溪桥，像一幅幅烟雨蒙蒙的梦境。7月，我的记忆里就总飘洒着一些多情的雨丝儿……

画帘慢慢地拉开，又现出2009的7月，我们一行人，来自天南地北，因为喜爱的工作相聚在一起，又相约走在北京的长街，天坛公园里晨雾笼罩着的青草尖上的露水打湿了我们的脚面，颐和园烟波万顷的湖面上纷飞的燕子牵动了我们的视线……曙色未露，我们就已来到天安门前，和如织的游人挤在一起，静待广场里那面鲜红的国旗肃穆地升起；夜色渐浓，我们又就着朦胧的灯笼，踩着那些细碎的橙色的灯花，绕开转转角角的人群，来到十字街头，偶尔像小孩子一样坐在街角的铁栏杆上，惬意地看着来来往往的车辆和人流。市嚣渐渐地稀薄了，空气里却多了一些紫色的尘雾，那一路晶亮的街灯在尘雾中变得迷离斑斓，闪着灯光的一辆辆汽车从远方缓缓驶来，就像游走在灯河光影里的宝石一般……我们默默地为北京的夜色感动着，为曾拥有的七月而幸福着，我们默默地祈祷，来年七月，在未知的某地，我们依然能够相聚……

生命里总是有所期待，是一件多么美好的事！在流逝的光阴里，在庸常的岁月中，我常常感念这一切带给我的思悟，一月一日，走在晴阳下，看那些蒙着尘迹的泛黄的店铺的招牌，在阳光下透着沧桑的味道，从空气中缥缈而来的是隐约不定的几丝浪漫，仿佛就依恋在这样的沧桑，甘心老去……旧日的一切却蓦地涌上心来，啊，北京，北京，你是昔日皇城的北京吗？你是现代都市的北京吗？你是万众瞩目的北京吗？不，都不是，在我眼里，你是柔情万种的北京，你是烟花千幻的北京，你是平凡的人间的低调且亲切的北京！

七月了，你用你的絮语将我再次羽化成碧天里的一丝浮云，飘悠至白浪滔天的秦皇岛海滨，仿佛又见着了那天初到北戴河登上轮渡的情形：甲板上，猎猎旌旗迎风招展，我们拥向船舷听那激荡的涛声，海鸥在我们的头顶上优美地叫唤，偶尔细切的海风却将浪涛攒聚起来，又把它们揉碎成无数银色的细小花朵。低头看，这些花朵就在我们的脚下，轻轻地舐舔着白色的船沿……

望着旷远的蓝天和蓝天映衬下那一丛细密的树枝，心里忽然变得异常柔和。那是一团包裹着沉静的柔和，像是穿越了纷繁夏日之后，来此歇足的一次缠绵，令人痴念。此时此刻，我真想把我的笔迹当作我的脚印，重又游走于那属于我们的光阴：

浪淘沙·北戴河

灯火初上时，相约酒肆。皆云相聚不容易，举斛相劝言嘘唏，别情难已。

曲终宴罢去，残夜漏止。驿馆窗冷人独立，犹忆斯人燕关语，梦落河西。

从潇湘烟雨的梦境中醒来

一

直到今天，仍在想念张家界的那些日子。相聚的日子弥足珍贵，诸多细节，历历在目，犹如浮雕般清晰。

“青山滴黛，碧水流淙，梦回故地重游”。当黛山秀水、奇景异色呈现于我们眼前的时候，那些来以前运筹谋划中的冗细烦琐，乘车旅途中的劳顿疲惫，异地见面时的激动热切等诸种感受就如同蒸笼里存堵了好几天的热气忽地被揭掉锅盖之后迅疾消散得无影无踪，我们全副的身心陡然沉浸在全新的惊异之中了。

张家界的山，独石成峰，峰与峰之间决不连绵，嵯峨罾隼。各峰竞相拔地而起，刚硬奇警，卓尔不群。远山近峰交相辉映，各呈硬朗挺拔之态，别具阳刚豪迈之气。张家界的树，疏朗者直指苍穹，参天耸立，将山峰衬托得锋芒毕露。细密处济济匝匝，把山坡遮蔽得严严实实。和山与树形成鲜明对比的是张家界的水，极为柔美细切。流得缓的贴着岩石从容地絮语呢喃，流得急的呈一条银线潺浣而下。急流缓水汇到山底形成一道宽溪就着蜿蜒曲折的山形悄声敛气地向东逶迤而去。

我们冒雨翻越黄石寨，沿着金鞭溪穿越森林和峰林来到天子山景点门前时，雨却更大了，十几个人只好挤在屋檐下躲雨。雨水滴滴答答落下来，似在“洞”前织了个透明的水帘子。我们忆起相识见面前后的一些趣事，雨声笑声交织成一曲。我忍不住问你：“你见到的大家和照片上一样吗?”在一大群喧嚣的人群里，你总是默默不语，我再问，你赶紧拿起相机装作拍照从容而慌乱地遁去。过后，你还是给了谜底：意态由来画不成，一张小小的照片怎能涵括所有的美丽、所有的风情和所有的精纯别致的特质呢？可这一切又怎能在三言两语之间说得清楚?

二

“梦里相聚何殷切，酒醒后犹自恍惚”。当晚，我们宿于索溪峪。宾馆坐落在公路转弯的地方，索溪河载着一川细碎的星斗不紧不慢地流淌着。蛙声参差，月光如水。站立窗前，索溪河的涛声丝丝缕缕撞击耳鼓，心内忽地泛起一种身在异乡的那种薄薄儿的乡愁，却又很快被天南海北彼此相聚的欣喜赶走，大家不约而同拥到站长房间里，你一句，我一句，聊起每人刚开始任这个语文网站的编辑时，无一例外被副站长的苛刻严厉所“打击”，却又渐渐心生敬意的经历；又说到因为下雨，我带的吹风机成了唯一的宝贝，各家各户每晚排队来借去吹干衣鞋的情形，忍不住大笑，惬意。那晚，房间里灯光亮了许久许久。第三天，从黄龙洞回来，我们又到张家界。当晚聚餐喝酒，大伙儿明显喝多了，却还不舍离去。有人又往大家的杯子里倒满了白酒，这些酒对于几个北方汉子来说是不在话下的。南国的我在一群陌生而又熟悉的兄弟姐妹里，也没了顾忌，端起杯子抿了一口，几朵飞花红上脸庞，竟也带上了几分北国女子的豪爽之气。你痛快地将杯里的酒一口闷了，然后眯缝着醉眼嚷嚷着再倒白酒，把人家都给唬住了，没人再敢上前“挑战”你。后来的事就模糊了，第二天我们都起得很迟，我才知道那天晚上所有人都喝醉了，一个个踉跄着脚步唱着歌跳着舞摸回各自房间里，倒头大睡。那真是一场抛却了一切拘束的欢乐自由的晚宴啊。

三

我们从张家界穿越湘西，途经芙蓉镇来到凤凰古城。最后两天的时光似乎过得更快。天上老是飘着零落的雨，耳畔是沱江细切的涛声。走在这片诞生了沈从文、熊希龄、黄永玉等震烁古今的英才俊杰神奇的土地上，一种古老的历史的人文的苍凉气氛就一直围裹着我，心里是一种神圣的敬仰的沉重。带着这种神圣的敬仰的沉重，我们的离别也开始了。

离别的时候，雨却停了，天出奇得晴好。我们相互握手，踏上各自的回程之旅。当车开动的时候，我没有回头，我感觉有许多手仍在向车驰去的方向频频挥动。我仍没有回头。车开始快速行驰，这个城市中的一切都迅速消失在我的身后。我似乎刚刚从一幅潇湘烟雨的梦境中醒来，索溪河的涛声，黄龙洞的瀑流，天子山的奇石，芙蓉镇的溪桥，还有沉默伫立的你们……一瞬间，都消失在我的身后。

我有些魂悸魄动的感觉。似梦醒之后惊起而长嗟，又有一种烟霞顿失的寥落之悲。

四

客车在黑黢黢的群山中穿行，离长沙越来越近了，我似乎听到了湘江的涛声。车内一片寂静。我又想起你向我挥手的样子，似乎一切都不真实。我闭上眼睛，另一种离别的情景就像电影镜头一样幻荡在脑海里……

时令似乎是秋天，一些红黄错综的叶子在画面上飘飞着。镜头拉远，滚圆的落日已经搁浅在对面的山顶，血色般的霞光给面前的一切都抹上一层脂粉一样细腻的哀伤的色泽。一棵硕大的榕树下，一对古装男女相对而立。

近景。镜头在古装男子刚毅执着的眼神和古装女子平静深婉的表情之间切换。而后再次拉远，沐浴着血色霞光的苍山如屏环合，榕树无语穆立。在山和树的衬托下，古装男女如两尊相对而立的小小的雕塑。镜头渐远，一条曲曲折折通向远方的白线似的山路隐现在画面中。这时候柔情哀婉的音乐似乎从很遥远的地方翩飘而至……

音乐声中，女子盈盈拜别，随风飘然而去，空气中是女子银铃般的声音：幽幽琴声今犹在，翩翩剑影何处寻……男子凝眸伫立片刻，也跃然马上，鞭声里人马绝尘而去。远方传来隐隐琴声，主题曲就随着字幕迭迭而出——

人如梦梦如水水波逐天。
忆往事事如昨昨夜花残。
西风里人无语秋雁声远。
寻声问还有谁仍在思念……

这样的电影般的画面，我们讨论过多遍了，我还记得我说，生在江湖中的男女真是太有意思了。高山流水，后会有期，很喜欢这样的年代。英雄儿女，侠骨柔情，令人感叹唏嘘不已。你说，那时候，交通不便，信号不便，人与人之间的离别或许就在天涯，甚至阴阳之隔。所以，故人重离别，就是这样情形。哪像现在，千里之遥，一日即可相会。你还说现在什么都快，真想回到慢悠悠的古代……

真想回到慢悠悠的古代，是不可能的了。即使那种“执手相看泪眼，竟无语凝噎”的离别情形，也已经恍惚成极为久远的一种文化风情了。

客车仍在黑黢黢的群山中穿行。我在心里向窗外无边的夜色挥手，让我们的离别也染上一种星空悠悠、林竹萧萧的深沉。

五

推开窗，外面是一片翠绿的世界。原来，盼望了一个冬天的春，在不知不觉间无声无息地来了……

时光真是飞快。一年又一年的光阴就这样在我们的指间流淌，有没有一些岁月的印痕，会永远地刻在我们的心上？

想起那些烟雨中的梦境，却又忽地清晰，如同超脱了凡俗的岁月和平庸的世相，轻灵如烟，从尘世的村庄里升出来，一直飘浮到澄澈的空中，直和天上的那些云羿合为一处，成为天空中清纯别样的一些景致。

潇湘烟雨，铭记真情实意。

古都长安的那一场雨

刚到西安，就逢到了潺潺的雨。那会儿，天刚破晓，我已经等待在铁轨挤在一起的车站，走出站台，彩伞攘攘，人声鼎沸，滴答的雨滴和喧哗的人语混在一起，我撑开一把米色的雨伞，但仍有几粒小雨滴顽固地从雨伞下面钻进来，生硬冰凉地打在脸上。一年的相聚就要来到，眼前的古都长安天色虽有些阴暗，望着雨帘萧挂的檐角，等待着，心里却渐涌起重逢的喜悦和温暖。

和以往一样，每至夏季，我们这一群来自天南地北的熟悉的“陌生”人，便从四面八方同赴一地，开始了我们的七月之旅。这会儿已是激动地报着各自平安到达的消息，彼此热切地联系。

冒着雨提着大小行李赶到下榻的旅店。第二天一早我们出发前往长安华清宫遗址的时候，雨仍在淅沥着。

华清宫，因唐明皇李隆基和爱妃杨玉环的爱情故事而著名，更因大唐两大诗人白居易的《长恨歌》和杜牧的《过华清宫》而名传千古。“天生丽质难自弃，一朝选在君王侧。回眸一笑百媚生，六宫粉黛无颜色。”《长恨歌》中的句子可以窥见当时杨玉环的美丽绝俗。“一骑红尘妃子笑，无人知是荔枝来。”《过华清宫》中的句子可以感知到君王对爱妃的爱意。让驿卒骑快马长途辗转，从广东岭南运送荔枝抵达西北长安，这是何等的荒唐和何等的艰难！但爱情就是这样的，逾越了荒唐和艰难的爱情，才有打动人心的浪漫精神和纯粹元素。

在华清宫，在那些曾经盛极一时洒满玫瑰的华清御汤池旁边，看到郭沫若的题鉴，不由想起上面的诗句，心里荡起温情的涟漪，普天下千千万万个平凡的女子，谁又能拥有杨玉环般的“天生丽质”且能让人创造出“红尘一笑”的千古奇迹呢？

离开华清宫的时候，雨仍在淅沥，唤起多情的思绪。生命中似乎总有一些重要的经历在雨季中度过。我想起了大伙儿第一次相见那年七月的雨，凤凰古城，雨中的猛洞河翻腾着湍急的波涛。那时候，我也曾在雨雾里默默地祈祷。我相信无际的雨广袤的天地能感知我们对它的敬畏及喜爱，也喜爱着每于夏季假期挣脱一切羁绊全身心投入它怀抱的我们。

还是在雨中，我们又到了华山，西岳以奇险居五岳之首。曾经有过登泰山的经历，总觉得华山之险莫过于泰山而已。然而一到华山才明白，那种奇险和泰山之险绝非一个概念。登泰山之所以称为“登”，是因为沿途石阶一铺至天街。而上华山则称之“爬”，那种险峻和陡峭容不得你从容去“登行”。有的地方，直立如壁，只有两根铁索悬吊两边，游人只能拽着铁索沿石梯攀缘而上，两边悬崖令人心惊胆战。

淅沥的雨更是增添了攀爬山峰的难度。被雨淋湿了的头发粘贴在额际，山脚下临时买的雨衣被突兀的岩石划破，胸前的几粒纽扣已经脱落。大半个身子狼狈暴露于雨中。又冷又饿，我们在一个小卖点里暂做休整，惊喜地发现这里还提供方便面和开水。热腾腾香辣辣的面泡开了，身上又暖和起来了。同行者意兴未艾，继续去攀爬最险的西峰和最远的南峰，每次出门尤以队中一对年纪最大的夫妻最令人敬佩，他俩比所有年轻的队友都走在前头。当真是精神抖擞。我们把随身带来的铁观音泡开在水杯里，一边喝着清茶，一边等待我们的那些“爬”兴未尽的勇敢的同伴们返回。心里暗暗安慰自己：在峭壁林立的华山险道上，静观风景也许也是另一种风味。

终于雨过天晴。我们置身于世界园艺博览会的园区，觉得天空是那样的高远。隔着水天一色、岸汀逦迤的广运潭湖看过去，园区里的那些画阁飞甍、亭台廊桥是那样的茫远。一片淡淡的雾霭和云翌弥漫在广运潭湖的上空，湖区边上的长安塔、创意馆和关中园就像是隔着轻纱的圣景仙地。车水马龙，游人如织，欢声笑语，笙歌交错，“复道交窗作合欢，双阙连甍垂凤翼。”“梁家画阁中天起，汉帝金茎云外直。”仿佛唐初才子卢照邻《长安古意》里的意境又重现在我们的眼前了。我们在人流里徜徉，在花海里停驻，相倚危阁芳亭，流连溪桥竹影。长安花谷、五彩终南、丝路花雨、海外大观、灞上彩虹，五大主题园艺景点我们一一走过。最为喜爱的是“长安花谷”，只见芍药玫瑰、石榴牡丹，淡紫色的薰衣草、橙黄色的金光菊，连亘成一大片，古都长安就成了花的海洋。晴阳下无忧无虑不悲不喜的这些花们，你们也知道我们来自远方，也在用你们的方式欢迎着我们吗？我能感觉到，每逢走过你们的时候，即使没有风，你们也会轻轻摇曳着。有风的时候，你们就热烈地跳动着，美好的小生灵呀，莫非你们也能体悟到我对你们的缱绻和留恋？

雨却总是淋漓。离开的那天早上，我们来到最后一站西安大雁塔。音乐喷泉在欢快地上下飞舞。塔边清冷的地面，映出了三三两两游客手里伞的各色模样，华丽的朴素的，浓烈的淡雅的，我的还是那把米色的淡黄的小雨伞，此刻，却成了我的全部世界。我是多么感激它用它的密实把我藏住，让我可以放肆地在自己的天地里，听着雨的哭泣。

7月还未离去，思念已然开始。潇湘烟雨中的那场梦境，曲阜古城下的那片灯影，我们牵手而过的那些短暂的光阴，会逾越我们所有青春岁月里的晦涩的记忆。即使欲望和追逐搅碎了人间的平和宁静，我坚信，我们的执着及共同的信念能超脱浮华浅俗的尘世，成为一块沉实透亮的水晶，然后珍藏于心。

黄山风情录

终于坐在了出发前去黄山的车上。“五岳归来不看山，黄山归来不看岳”，这句据说始自民国的诗句现在已成了黄山脍炙人口的宣传标语。古代著名旅行家徐霞客也曾两次历游黄山，盛赞黄山为“天下第一奇山”。“自此以后，普天之下，殆无异议”。于是我们一大群人也欣欣然准备领略黄山之于我们的欣喜与惊奇。

一个水杯

据导游介绍，黄山前山雄伟、险峻，后山奇特、秀丽，都是游客必到之处。游客从前山登山步行要上行 15 华里，经过了几个小时的艰苦跋涉才能到达精华景区，而黄山日出更为此行必看。我们此次选择了从前山上山，到达山顶后住一晚，第二天看日出后从后山下山的路线。导游说，由于山路奇陡，交通不便，山上的东西都由挑夫一担一担运上，极贵，让大家山下购买。于是一大群人遂相约到山脚的一家小超市，面包、火腿肠、方便面挑了一堆。同去的黄姓一家，除了夫妻孩子仨还带了老母亲，孩子又是个壮实的小伙子，他们的装备最为齐全，除了沉甸甸的饭盒，大大小小的矿泉水瓶，每人还备了一根登山用的拐杖。从小店里拎着几大袋东西走回山脚下客栈，突然发现杯子不见了，要不要回去找呢，正犹豫，同行的四口之家回来了，杯子似长脚般神奇地出现在我眼前，还有一家之主那张笑吟吟的脸：“我认识这个杯子，这几天都见你带着它，看它被落在柜台边，就顺手牵‘杯’带回了，呵呵。”

“哐当”一声，杯子碎了。该喜该悲？同伴说，打碎了杯具（悲剧）是好事，预兆等待我们的是快乐和美好。闻知此语时，正置身于白云景区，此处瀑潭相接，潺潺流水，如同琴音。又悬垂如练，溅珠喷玉。掬一捧清水拂手，真是绿色的天然的洗具（喜剧）……于是释然。相传黄山的得名，来自上古传说：轩辕黄帝曾在此炼丹，所以黄山非但以景取胜，还是几千年来道家仙士的常游之所。若能细细品完黄山，你也就离仙境不远了。一个普通的水杯，一段失而复得又复失的故事。忽悟四季之于自然，不也一样有来有去？何须太过执迷？“始信黄山天下奇”，庆幸自己身在黄山，也沾了一点仙气了。

一箱枕头饼

我们的团队，是一个极为特殊的团队，成员都来自全国各地，我来自闽南，你来自西北，他或她来自江苏、江西和湖南……结下了兄弟姐妹般的情谊。每次相聚，都美美地品尝了各地的乡音、乡情及小吃诸美味，宛如南北风情大荟萃。

我曾自豪地把闽地水果荔枝龙眼带给了团队。今年，带去了一箱我老家平和的特产枕头饼，这种饼长约一寸八分，小指般大小，形似四方枕头，因形而得名。还有关于它的一个传说。相传，平和小溪侯山人氏李文察，曾任明太常典簿，万历年间李氏告老还乡，一同带回一位京城糕点师傅。这位师傅别出心裁地用面粉、生油、白冬瓜条、麦芽糖、山柑、炸油葱、花生仁、芝麻等，按适当比例调配而成做出“枕头饼”。后来，这枕头饼传入宫中，被一些达官贵人品尝后极为赞赏，进而传入深宫，为后妃、皇上所喜爱，从此，平和“小溪枕头饼”被钦命为贡品进贡朝廷，至清乾隆年间，开始传入民间，历来被视为糕点中的珍品。车上，一箱枕头饼很快分发一空，大伙儿笑说要留着半夜登上山顶享用。

那晚，四点多，我们就出发前往山顶观日出了。天边的星星似乎还只有稀微的几颗，周围的一切，山谷，石头，松树，形态各异，黝黑而神秘。脚下的石阶一级又一级，似乎永远没有个尽头，只有抬起脚不停地走。同行的十几个人中，有三两个男同胞带去了手电筒，就安排在前面后面照明和殿后。忽听一人惊叫:“有黑影！”于是有人哼起了山歌，大着声音“哟哟”喊了几句，又有人“啨啨”回了几声，大伙笑了，似乎壮起了胆气。心里很是奇异，周围是似有似无的黄山云雾，空气清冷，有一种梦中置身于黝黑偏远的乡村急急赶着夜路的感觉。终于太累了，两腿酸软无力，大伙儿提议歇歇。夜半的山里，我们在台阶上逐级而坐，分起了“果果”，大家把枕头饼带到了黄山之上，有人还把它塞还了我。喝一口凉爽的矿泉水，就几口清风，嚼几条金黄绵软带着橘柑醇厚芳香的家乡枕头饼，想着即将要见到的黄山日出。佳景，良友，美食，那时，真觉得天下之美不过如此！

“一夜”情

黄山之美又何止于此？早在登山前夜，我们已于山上一室中苦中作乐，满堂生春。那确是个很简陋的住处，我们几个女同胞被导游临时安排住到了离光明顶较远的一个驿舍，八人一屋。只是一个狭窄逼仄的隔出来的长条，摆放了四个双层铺，似乎被褥也是凌乱狼藉。众人见此，又念及夜半三四点即要出门观赏日出，激动之余，再没了睡意，只是草草地和衣而卧。不知有谁提议，大家说说各自婚恋趣事，如何？即刻响应。易老师最先开了口，她是队里最年长的，却不逊于年轻人的浪漫，老两口常常同进同出，携手登山，几次我们都搭乘缆车下去，唯有他俩，意气风发徒步而行，可敬可佩。说起她的另一半，易老师有点不好意思却又爽朗地笑了：我们很简单，他就问我一句，你看我中意不？中意就在一起。这么多年过去了，就一句，两人过了大半辈子……那一晚，春风得意，欢声笑语，一忽儿就到了动身的时辰。众人不舍，相约明年的旅途一定要再续此番“一夜”情谊！

转眼黄山归来已几月有余。秋来了，冬到了，每每看到一些叶片儿从树干上飘落而下，在风里打几个滚儿，然后无声无息地缀在街面上，就又想起了夏季的黄山上那一棵棵形态各异挺拔而又飘逸的松树，那云，那石，还有那一个个树边行走的人。

也许，真正的风景并非在眼中，而是在心中。它们历久弥新，葱茏着生活，茂盛着生命。

异乡之夜

夏季，青岛。一条仄仄的小街。枯色的街灯将它朦胧的光线倾泻下来，透过密密匝匝的梧桐树叶，在菱形的五彩石块砌成的街面上，投下一道道紫色的影子。小街恬静幽清，蜿蜒曲折，一直延伸到神秘夜色的尽头。我们从大江南北相聚在这里，历经几天快乐之旅，明天又要分离。此刻一行人正无声地憧憬地行走在小街，七拐八弯之后，面前出现一条宽敞明亮的大道。临街的霓虹灯和电子树变幻着令人头晕目眩的色彩，两旁的高楼大厦就像是一排排披上了迷离光带的巨兽一样，有着一种奇特而别样的美丽。这时候，轻柔如水的音乐从楼群间流逸而出，糅合着漩旎的海风，夜色里有一种令人迷醉的朦胧的啤酒的气息。

穿过大街，发现一道灯火辉煌的长堤将海岸和海中央的一个圆心小岛连接在一起。你说，那是著名的青岛栈桥。我们便走上了栈桥。细切的海风将浪涛聚攒起来，又把它们揉碎成无数的银色的细小花朵。这些花朵轻轻地舐舔着栈桥下的石墩，石墩就发出情人般的柔切的絮语。轻轻地走在上面，仿佛走进大海的怀抱里。栈桥两旁的巨大的钢链上，有许多链扣上挂满了摞摞叠叠的连心锁。栈桥的尽头，圆心小岛的最中央是一座双层飞檐八角亭阁，名为回澜阁。伫立阁旁，天上一轮纯银似的圆月刚好从絮淡的云层里露出她皎洁如玉的脸，在月光的清晖下，层层巨浪澎湃涌来，拍打堤坝，击起万千碎玉，“飞阁回澜”的青岛佳景真是名不虚传。可是，你却对面前的壮观景象视而不见，因为，我发现，你的忧郁的目光一直在追随着同伴。我知道，明天就是离别了，离别是一种无言的疼痛。我的眼睛里也有了一些海水一样咸涩的东西。

那时候，只希望让世界和时间全部停驻。一切都是寂静，只有我们。我们的世界就是这样的寂静无声。

又想起刚至鲁地时那一个晴朗的夜，我们几个相约，在夜色中走上济南的街头。这座城市的一切是那样新奇而亲切。夜色却略略有些清冷，暗淡的灯光下，我们踩着青石条砌成的街面，小心地躲避着一丛一丛的小商贩设置在街面的那些冰柜或水果摊点，谈着笑着走着。走累了，就歇在街角的庞大的臭椿树下的石条凳上。几颗星星在遥远的夜空或明或暗地闪烁。心内是一种沉实的宁静和喜悦。

也曾于雨夜时走在这个异省的长街。我们深一脚浅一脚地蹚水走在曲阜古城的街头。在雨雾的笼罩下，路灯的昏暗的光晕里，一边是连亘在一起一直绵延到远处的苍黑色的古城墙，一边是栉比紧挨的小店铺。稀疏的灯火，零落的人语，淅沥的雨声，坑凹遍布的小街，偶尔有一辆计程车在水声灯影里哗哗地驰过，然后是怅寥的空旷和寂静。我们撑着伞走着，似乎行走在一幅烟雨朦胧的街灯为背景的已经褪去了色泽的油画里……

岁月流淌着四季，思念凝砺成矸石。历经秋冬，南国木棉绛红的花瓣仍在零落的雨里沉稳地静默着。一切都会成为美好温暖且略带忧伤的回忆。就像沉潜于河底萦滑如玉的卵石，任缓波激流淘涤它的容貌，也难于改变它的执着的思念与厚实的情意。于是，异乡之夜终至会成为人们心头里年年永久亲切的相约。

凝于记忆里的声音和身影

直至今天，仍在想念8月行走于南靖、永定、华安土楼的那些日子。几天的相聚弥足珍贵，诸多细节，历历在目，犹如浮雕般清晰。

耳边又响起领队那甜美而略带沙哑的声音："各位老师，上车了，点名了。"一遍遍地提醒，不停地说。声音有些疲惫了，听起来却还是那样的悦耳。那是一张圆圆的青春的脸，自然而蓬松的短发。不论是红或蓝白搭配，或抑浅浅的粉色衣服，都显出主人的活力十足。这样一个可爱的年轻的女孩，却俨然大姐姐一般，一路细心照顾团里这些比她都年长的"哥哥姐姐"，"叔叔阿姨"，"各位老师，明天还要早起，早点休息。""后面有车，不要光顾着拍照，安全第一啊！"每去一个景区前，每到一个景区后，都不胜其烦地叮嘱"唠叨"。密匝的土楼群，曲折的卵石路，山山水水间，回荡着那动听悠长的声音，回来后几天仍在耳边萦绕不停。古人云"既去而余音绕梁，三日不绝"，的确如此啊。

这个有着如此动听声音的女孩，有着一个和她声音一样美丽的名字：晶瑛！大家喜欢她，亲热地叫她的昵称：猫饭，"猫饭，来个猫步！"招手，作势！云水谣的石桥上，飞溅的清流边，咔嚓，咔嚓，几个镜头纷纷对准她，抢拍下了那俏皮的一瞬间！

眼前又看到了另一个女孩的窈窕而美丽的身影。一路行走，一路驻足停留。裕昌楼，二宜楼，集庆楼，大大小小的土楼里，老老少少的当地农人旁，她拿着一个小本本，专注地听，细心地问，飞快地记，有时又举起相机熟稔地拍摄。土楼的一人，一物，一景，都存在她的心里，又潺潺地流出于笔端，形诸图片、文字。“今日，采风团走进福建土楼第一站南靖，探秘神话般的建筑模式”，“上午，汽车驶出永定土楼景区，沿着九龙江穿城而过一路向北”，一篇篇，看似容易，却不简单。当大伙儿一天游玩兴尽回至住处，各自聊天歇息，谢曦，这个勤勉的年轻的女记者，却总是第一时间打开电脑，在桌前紧张地忙碌。一天一文，及时迅速，连续四天，实时播报。

“二宜楼中最吸引团友拍摄的，当属楼内令人目不暇接的600平方米的晚清至民国时期的东西方彩绘和壁画，一共有壁画彩绘966处，壁画楹联100条。”一个个数据，又是如此精确、清晰。桌前那专注的身影，正是谢曦身为一个记者敬业的见证。她熟练地敲打着键盘，偶尔停下来轻言细语几句，是那样的用心，那样的投入，工作中的女子，原来如此美丽，美得无与伦比，每每令同居一室的我感动不已。

采风团里留下最可爱足迹的又何止她们两个，“到了景区内，酷爱摄像的团友们便迫不及待地掏出专业摄影机，无论是每家房门上充满祝福的大红对联和高挂的灯笼，还是悠游自得抽着手工烟的土楼老人，抑或是嬉闹在土楼里淳朴天真的孩子，都成为团友们眼中的美景”，摄友们或站或蹲，奋不顾身，而抢拍到美景的又是如此兴奋，炫个不停。个个似回到了顽童时代，着实天真可爱啊。

几天时间就这样倏忽而过。在一起的那些光阴，竟是如同金子般的珍贵。这一路，穿梭于土楼，匆匆前行，却也不忘流连风景，栖栖停停，喂饱了眼睛，也轻盈了心灵。凝在记忆里的声音和身影是如此的美丽，文字图片，则让这一切永恒，得以长久地沉淀在岁月的河底。

一次惬意的行走

车，似一条长龙般，蜿蜒行驶在闽赣大地。

这是9月里的一天，我随二十多位采风团成员，踏上最美高铁向莆行体验之旅。全长632公里的向莆铁路穿越了武夷山脉、戴云山脉、大金湖、玉华洞、青云山、淘金山等诸多风景区。坐在D3266车舒适的座椅里，凭窗而望，眼前，一座座青山起起伏伏，偶或，一湾湾绿水如带，飞掠而去。天色清蓝，云絮纯白，太阳周边有一些幻彩的雾霭，慢慢变淡，变淡，弥散开来。却又似在青山的表面披了一层碎金的衣裳，华灿灿的，为远方的客人们展开了它温润的笑意。青山下，蓬勃的作物，大片大片绵延，如一张张绿色的毯子，柔密得只想让人往上面躺一躺。矗立的房屋，也三五成群或连亘一排，安居于大地之上，现出一种古朴的亲切的老家人的姿态。所有的一切都是会说话的，活跳跳的，它们在晴天丽日下，在青山的怀抱中招摇：来吧，来吧，欢迎你们的到来！青山也越发显得苍翠壮美，惹人喜爱。

一切却又是默默无语的样子，沉静而深情。

我为这大自然无言的表白而感动。这一天，云在青天，太阳在云上。车行在闽赣大地上，我在车上。一切的美好，就在我的心上。

一路却又非处处光亮晴朗，由福建出发，一个隧道连着一个隧道，动车穿山过洞，时明时暗，有时突然一片漆黑，却又豁然开朗。令人想起一句，黑夜来了，黎明还会远吗？总计穿越二百多个山洞才进入江西，一片稻谷飘香，丰收在即。不由得对眼前的光明灿烂倍加珍惜。大自然真是我们最好的老师，山绿，那是春衫装裹了眼睛；云飘，那是夏绪梦游时身体。这就是自然，给我们以无穷无尽的启迪。

行走，行走。三个多小时的车程飞逝而过，不觉已到南昌，短暂停留，又奔回福州。快到目的地时，已近傍晚，红霞在天。“我望着夕阳渐渐地西沉，大地迎来了微醺的黄昏。河水不停地向东流淌着，归鸟飞向了远处的丛林”，眼前依旧一派美景，山清水绿。大地充满了生机，众生具备了灵性，可以对话，可以倾听。一切是那么活泼自然，滋养人心。原来，欣欣绿意就依于大山的深处，最美的风景就是与山同行！诗人顾城不也云：我把我的足迹像图章印遍大地，世界也就融进了我的生命。

既如此，朝晚四季又有何分别？过去现在又有何分别？朝阳似血的清晨，落日熔金的暮晚，恬然自安的花草，宁静沉穆的远山，成为每天必经的风光，渐渐地浸透于季节和岁月之中，凝砺成丰盈的人性。只要不沉溺于过去，不停滞于现在，始终以行走的姿态憧憬，期待。始终具一颗纯粹心，一颗童心，行走于大地，那么，必将绽放出最美丽的生机。

这就是采风团 2 号车厢里的我们，天为幕，地为席，车厢是舞台，演绎了一幕幕的华彩：有最美列车员的微笑亮相，有最亲和站长的推车送饭，有最具人气“演员”的逼真出镜，有最佳创意“导演”的精心策划：吟诗，唱歌，演讲，做游戏，有最多才多艺的采风团成员们的积极配合，有最热心观众的争抢摄像……那天，采风团 2 号车厢当之无愧成了最火热、最有活力的车厢，是最美铁路列车的最美车厢！

一路乐事多多，欢笑多多。满车因可爱而有情趣的演出团而春光灿烂。周围照例也有如我般的听众或看客，在那静听，默想，鼓掌，微笑。也许生活就是这样，有人演出有人旁观，有人主场有人客串，有人舞文弄墨，有人口说笔落。各有各的舞台，各有各的收获。倘得了空闲有了心情，偶尔换换角色换换生活，也不失其乐。

就这样走着，看着，走在一个个不一样的地方，看一个个陌生或熟悉的脸庞，年轻的，年老的，青春的，沧桑的……人在旅途，无数风景扑面而来，又慢慢消逝，却如墨滴宣纸般渗开，深透，留下永恒的印迹。总是庆幸自己，有许多美好的记忆，年年过去，年年经历，却并不老去，又有许多新鲜的希冀！

也许人生的意义就是行走的意义。行走，寻觅，让生命充满活力和情趣。让我们以行走的方式等待下次的相聚！

为你唱支豪迈的歌

微山湖，我来了。

千里迢迢，我由闽南来到齐鲁大地。正是盛夏7月，站在这片古老苍凉的土地上，眼前是滕州微山湖十万多亩的湿地红荷风景区，苇草争绿，荷花竞红。湖面一望无际的波峰层层叠起，微风中碧水涌起阵阵涟漪，似向我亲切地轻言细语：你好呀，欢迎你！我感到了由衷的喜爱和欣喜，却又隐隐地冒出一种疑惑和惊奇：眼前的微山湖，分明应该是一个风姿绰约的少女，有着温婉柔美的模样，晴天丽日下，亭亭的莲梗将直径一米多的荷叶高高擎起，层层展开，像曼妙的舞女的裙。朵朵粉荷，半遮半掩于叠叠翠翠的一眼望不到尽头的碧叶宽阔的胸怀间，羞涩地，甜美地，灿烂地绽放。这是一个静美的少女呀。即便有几只野鸭迈着懒洋洋的步子，或突然跃起，追逐着躲入藕花深处嬉戏，不见了它们的踪迹，却更增几分湖荷的调皮与情趣。

我的心也不禁欢愉起来。我在心里踮起脚跟、跳着舞步轻轻走近她，这是一个清香流溢、色彩缤纷的世界。荷有红、白美人两色，红的嫣然如霞，白的清丽淡雅。更有黄荷，紫荷。近来又新增湘莲、白莲、美人红、六月报等各色品种，朵朵如珠，璀璨夺目。竞相开放中我看到了一种天然的、糅合了野趣与柔情的美。看那颗颗的绿莲蓬随风跳蹦，摇头晃脑。更有那一只只小蜜蜂在荷间嘤嘤嗡嗡，穿梭来往。偶或还可看见蜻蜓用尖尾轻掠水面，于蓝天碧水一色间倏忽不见；水中游鱼也不时愣头愣脑冒出来凑凑热闹，有时猛了点，“嘭”的一声落在荷叶上，又弹起，空中划出一条漂亮的抛物线，重又钻回水里面……这是一幅活生生的画面。试想驾了小舟，划了双桨，荡入翠绿的清波里，或一径驶向密密的荷草丛中，看着栖息在花汀渔浦的鸥鹭扑啦啦飞起，周围是同伴们清凌凌一阵嬉笑声。那是怎样的一种野趣和真味？会不会在一瞬间沉醉？争渡，争渡。一种回归大自然和童年的强烈的新鲜的活力就从心底里短促的节奏和响亮的韵脚中蓬勃而出。

于是，我知道了，微山湖，你是一个静美的也是一个天真的活泼明媚的少女啊。我要为你歌唱。我要为你唱支什么样的歌？似乎有一种更为澎湃的激情在召唤着我前往。微山湖，微山湖，你还有什么动人的模样？

游船在周遭山峦的起起伏伏，在一路红荷的相偎相伴中登上了微山岛。近岛的地方，湖面依旧静静地浮动着圆圆的荷叶，碧碧的苇草。一切是安静的，却又是繁忙的。游人和乡民来来往往。我们直奔小李庄——这个英雄的岛庄。“前方进入小李庄”，指路牌赫然在目。去往小李庄的路基本都是架在沼泽地上的栈桥。沿途只见芦苇丛生，植被茂密。这里曾是铁道游击队刘洪大队长大队部、芳林嫂故居及铁道游击队一分队、二分队驻地。夏天，满湖绿色，一片一片的苇子长高了且片片相连，形成天然的绿色屏障。当年铁道游击队就是凭借这绿色屏障与日本鬼子周旋并多次化险为夷。

这就是小李庄房舍。一眼望过去多是石墙土屋，上覆茅草，还有粮囤多处。墙上贴了许多标语：将革命进行到底！打倒侵略者！带着敬仰的心情我在“刘洪大队指挥部”周围驻足流连。十几位身着游击队服装的塑像不时出现眼前，或为刘洪大队长在给战士们掷地有声作战前动员，或为游击队战士们伏在沙袋上手持长短枪英勇射击，或为战士守在村口爬上高树警惕眺望，或为战前战士们勤练石锁，备战杀敌。而芦苇就是他们御敌的天然的最好的武器。到了秋天，满湖青绿的芦苇黄了，冒出了苇花，远远望去，一片白茫茫，十分壮观，形成天罗地网，一样令敌人胆寒。

微山湖的芦苇啊，原来你不只柔美，也有刚烈！对敌人，你就是钢枪，是匕首！

“湖边儿女强中强，管天管地管龙王”。据民间传说：日寇多次欲放火烧掉满湖的苇子，但湖里苇子有着微山湖人一般坚强的性格，靠着水的保护，点火不着。即使浅水处的苇子被烧后，第二年却长得更旺更密。此法不行，鬼子便强拉民夫，割出一条条水路来，以便于汽艇巡逻。坚韧的微山湖人哪愿受鬼子的摆布，便在芦苇荡摆起“迷魂阵”。鬼子的汽艇一开进芦苇荡就辨不清方向，最后“入瓮”，被游击队打个痛快，吓得再也不敢贸然进入芦苇荡了。凭借芦苇的掩护，游击队护送过不少领导同志，如刘少奇、陈毅、朱瑞等，陈毅同志还写下《过微山湖》的诗篇：“横越江淮七百里，微山湖色慰征途。鲁南峰影嵯峨甚，残月扁舟入画图。”

而据此拍下的著名影片《铁道游击队》中的女主人公芳林嫂也被人们所熟识。芳林嫂故居是三间正房，两间南屋，南边是厢房，院落共两个出口，屋内还摆着纺车等农家用具。当年芳林嫂为了掩护铁道游击队员，在此院落边开了个茶馆，发现情况及时向游击队通风报信，游击队员回到小李庄后也在此吃饭、休息。“茶馆”成了微山湖抗日烽火岁月中的一个瞭望哨。

站在芳林嫂塑像前，看着芳林嫂整齐黝黑的发髻，一身干净利落的蓝衣，清澈而又坚定的眼神，自信有力的手势，我终于不再疑惑：微山湖，你是一个静美的也是一个天真的活泼明媚的少女啊，你更是一个豪爽大气的侠女！

中华儿女多奇志。当年的你，有着抗日杀敌的飒爽英姿。而今的你爱上红装，依然楚楚美丽！和平建设年代，勤劳的微山湖子民们春捕鱼牧鸭，夏打草下箔，秋摘莲摘菱，一派生机。冬天，微山湖沉寂了，湖区女人依然繁忙，依然豪放。她们犹如置身于奔腾着千军万马鏖战急的沙场，指挥着手里那一片片柔滑修长的苇眉子，在院子里船舱中飞梭织网，编织苇席，编出一幅幅银白雪亮的美好图景，运往全国各地。微山湖区人民的聚宝盆——芦苇荡！

而每每采荷归来，爱美的女人们也会信手将一片碧绿的荷叶倒扣头上，或采几枝含苞的秀荷拿在手里，娉娉婷婷，那又是自家或别人眼中一路的风景。英雄慷慨，儿女情长；豪迈壮美，风花雪月。一豪放一婉约，似乎大异其趣，却又相傍相依，豪放与婉约，是否可以融为一体？

苏轼是豪放派的代表，但其婉约处，恐怕柳永、秦少游都不能及。曾听人云："苏子瞻有铜琶铁板之讥，然其《浣溪沙·春闺》曰：'彩索身轻常趁燕，红窗睡重不闻莺'，如此风调，令十七八女郎歌之，岂在晓风残月之下？"

李清照最先提出"词别是一家"，应为婉约派的领袖，但是，她的《渔家傲》"天接云涛连晓雾"，却也雄奇，更不用说她的那句"生当做人杰，死亦为鬼雄"，怎样的侠气！

原来婉约与豪放兼具，自古有之，而刚强与柔情，就这么着在微山湖这合而为一，成为今古传奇。听码头晨曲，观微湖夕照；看渔舟唱晚，赏芦荡飞雪。微山湖啊微山湖，南国的我由衷地喜爱你！

"西边的太阳快要落山了，微山湖上静悄悄，弹起我心爱的土琵琶，唱起那动人的歌谣……"

盛夏七月，我在安静祥和、婉约秀美的微山湖上，想泛舟而歌。微山湖，我要为你唱支豪迈的歌！

静静的金昌

第一次在冬天的时候来到北国。这里是位于戈壁城市甘肃省金昌市市区东部的金水湖景区。湖区由五个不同面积的湖面组成，总占地面积有二百多公顷，据说是西北最大的人工中水蓄水景观带。来的时候已是深冬，湖面都结冰了，湖边泛着层层的冰凌，如同浪花一般。空旷的原野里，青灰色的树干，静静竖立。远处的烟囱，散着淡淡的白烟。

一切是如此静谧而安详。我却有些疑惑了。来之前特意找了一些金昌的资料看，赫然写着：金昌，一座富含矿藏的城市，镍矿储量丰富、巨大，仅次于加拿大萨德伯里矿，居世界第二、全国第一；铜、钴等矿产储量居全国第二，还有二十余种稀有矿产储量居全省首位。金昌因而被誉为“镍都”名扬世界……这分明应该是一个喧嚣而繁忙的工业城市啊，我甚至有点隐隐的担心，穿行金昌，尘埃沙粒会不会就在头顶上空飘来浮去？而据载金昌地处河西走廊中段，年均蒸发量是降水量的18倍，是全国110个重点缺水城市和13个资源型缺水城市之一，照理看到的应是一片干涸灰黄。此刻的金水湖区，天空却是蓝得像刚染过的布，只要轻轻一拧，就能拧出瓦蓝瓦蓝的水来，空气稍稍润湿而清爽，弯拱的石桥，湖边的长木椅，一丛丛绿色的小灌木，都那么安谧地静立在那里。而那成行成行的国槐，却像要招惹你似的，在眼前以各种各样的姿态，婀娜妖娆。这里曾经是丛草不生的戈壁沙滩，什么时候，这座年轻的工业城市变成了一颗丝绸之路上最亮的明珠而熠熠发光？

在金川博物馆找到了答案。一个身着红裙白衣的秀美的解说员带我们走进了大厅，向我们介绍，金川科技馆是金川集团公司投资兴建的大型企业文化投资项目。场馆建筑面积将近七千平方米，展馆设有五彩缤纷的金属世界、矿物与资源、金属矿物的开采与加工、金川集团公司概貌和多媒体信息中心等展厅。周围是络绎不绝的人群，我们在专注地倾听。听到了一个关于金娃娃的神奇的故事：甘肃祁连山北麓、河西走廊中部有一片荒滩。1958 年秋，地质工作者在这片荒滩上找到了一块泛着银光的墨绿色石头，它就像孔雀展开的翠屏，因此被称为“孔雀石”。这块孔雀石的发现，标志着我国第一座镍矿——金川镍矿的问世，也开启了金昌城市的历史。工作人员勘探后发现，在河西走廊东部腾格里沙漠边缘的龙首山下竟深埋着一个“聚宝盆”。这是一个多金属共生的大型硫化铜镍矿床，并伴生着大量稀有金属。60 年代，邓小平视察金川时，欣喜地把这个矿称作“金娃娃”！从此，一座新兴的矿业城市在西北高原的茫茫戈壁上迅速崛起。

置身于博物馆那看似没有温度的金属工业世界，随着解说，我们却感受到了一种惊心动魄的激情：1959 年秋天，数千名工作人员从松辽、三湘、齐鲁大地，南国鱼米之乡，繁华的北京、上海，从抗美援朝归国部队的军营，从甘肃白银等地赶往金川集聚。在换乘的兰州车站，金川镍矿第一任总指挥杨激中和副总指挥史源不停地大喊：“那是一个苦地方，但有咱们国家急需的镍！现在，有困难的人可留下，愿去吃苦的人跟我上车！”没有一人退缩，大家挤上闷罐火车颠簸西行，来到龙首山扎了家。那是一段开发金川镍矿的不平凡岁月啊，我们为之动容。同来的一群人中，有一个十来岁的小女孩，看到展厅陈列的当年开发龙首山矿山工人们用的头盔，铁锹，特别好奇，于是我们离开博物馆，来到市区西南部龙首山脉北坡的国家矿山公园，去追寻当年镍矿开采的战斗足迹。

登上龙首山，整个金昌广阔的面貌一览无余。金昌，我来了！从高处俯瞰那中国最大的最壮观的人造天坑——露天矿老坑，我们真的有一种豪情想要呼喊出声！1960 年 5 月，矿区第一声开矿的炮声就在这里响起。1964 年秋天，龙首山下又相继发出了三声撼天动地的怒吼，这就是当时震惊西方世界的甘肃金川露天矿区的松动性大爆破！这是我国首次依靠自己的技术力量创造的奇迹。“点石成金”的神话在这里成为现实。“龙首山，你白天和黑夜之间的门虚掩着。借助光的力量，千万盏矿灯，推开了你的门扉。”山上的风把我们的红的黄的围巾吹得飒飒响起，我们似乎回到了那红火的年代，当了一个热情澎湃勤勉耕耘的金昌子民！

我懂得金昌人豪爽幽默的原因了。就在那天的欢迎宴上，主人好客地奉上尊贵的全羊礼，诙谐地唱起金昌当地的小曲。他们的心里，有一种自豪和憧憬。这是一片古老的土地。早在四千多年前的原始氏族社会，人类已在此生生不息。今天，当你站在骊靬古城遗址上远眺，古时瞭望报警的烽燧，驰骋战马的平川，元代驻军的营盘依然在猎猎朔风中抖动。而永昌西村至毛卜喇 7 公里的那一段明长城蜿蜒在北山脚下，就像是历史的一杆秤，称量着那个时代的重量。这让金昌人有了厚重和底气，有了一种韧性和活力。金昌是安静的，又是不安静的。内心里隐藏着一股春天蓬勃的跃动不止的消息。为此，郁郁葱葱的“万亩防护林”工程启动起来了，挡风抑沙的“绿色长廊”将市区紧紧地围起来了。独具特色的循环经济“金昌模式”让“包袱”变成了“宝贝”。如今的金昌已进入全国宜居城市百强行列，成为甘肃省最宜居城市之一。金昌，这个地处沙漠边缘、戈壁深处的古老而又年轻的城市，正悉心地一步步营造出一个美好的“绿色镍都”！

“我和春天有约，我枝头的草籽。要借春风的手，把自己种进沙漠”，在一个冬季的傍晚，离开金昌时，心里默默吟咏起这首诗。

千年的守望

出了敦煌，汽车行驶在一望无际的戈壁滩上，两边是无尽的沙漠，偶有几丛沙棘在窗外一掠而过。往城南走了五公里左右，就到了鸣沙山风景区。

初见鸣沙山的时候，我惊诧于它的静。这是一座流沙积成的山，古称沙角山、神沙山，东西绵延四十公里，南北广布二十公里，最高处海拔一千七百多米。对于身居南国的我来说，这样一座巍峨的山，连同它的东麓断崖上层层叠叠的千年佛窟——莫高窟，便一同绘铸成了我惦念已久的大西北之梦。

如今，我来了。天很蓝，蓝天下是一望无垠的苍凉。眼前，是仿佛永远也望不到尽头的沙海，只有一种单纯和高贵的色彩。踩在这片金黄色的海洋里，脚缓缓往下陷，心里升腾起一缕缕神圣和敬仰。

天地间一片广大而沉寂。午后的阳光下，鸣沙山宛如一匹头角峥嵘的巨兽，在我眼前静卧，我感到了一种困惑。它的绵延的山脊如一道道锋利的刀刃，直指蓝天。它由沙聚攒而成却是如此坚实刚硬，如此有棱有角轮廓分明。壮硕的胸膛上分布着重重深邃而峻峭的线条，它分明应该是一位雄健而威武的西北汉子，霸气而喧嚣。可是它沉静地在那里，以一种默默的姿势迎你。以一种柔情的姿势迎你。双手捧起一抔沙，沙子又细又滑，慢慢地从指缝间漏下。一脚下去，踩出一个很深的窝，却不必担心会陷落，沙窝似有弹性，托着你，沉沉浮浮，深深浅浅，留下一长串足印。连绵起伏的沙岭，婉转纯净地漫延流泻，沙背平滑得像绸缎一样，让人直想仰面卧躺于沙背之上，眺望一会儿幽深碧蓝的天空和天空上缀着的云朵。有时你故意跌倒在沙地上，或从沙坡上溜溜地滑下来，它终会以宽大的胸襟容纳你，以温存的微笑抚慰你。若歇息够了，起身而去，它又会细心地把你留下的印记抹平，等到第二天太阳升起时，一切又恢复了原状。鸣沙山又变成了杳无人迹的峰岭，光滑如水的坡面，以新的姿态等待下一位客人的来临。有时觉得，时光真有一种不可名状的力量在改变着万事万物，譬如面前的鸣沙山，这匹头角峥嵘的巨兽在阳光的涂抹下就变成了一尊静修千年的金色佛陀。如同原本是西北的一位冷峻刚健的大汉，历经千年沧桑，晨风淬其骨，暮雨浸其心，便也拥有了江南秀士般的锦缎心肠。

我默默地凝视这座山，看到了它千古不变的坚毅而又柔弱的面容，那一片金色瀚海看似波涛汹涌而又凝固从容。它缘何能有这般姿态？那一队队从远远的太阳里走出来的驼群，响着声声驼铃，仿佛诉说着故事的古老和大漠的神奇。远处的攀山人群和近处的屋顶，在浩渺的沙海背景下显现出一点点的影迹，让人不禁想要去那里一探究竟。

现在，我就骑在骆驼上了。拽着骆驼的绳子悠悠地随着它走，如同当年丝路古道上的过往商旅或大漠里拿纱巾把自己围得严密的俏美女子。沙山更近了，阳光下一道道沙脊呈现出优美的水波样的曲线，山与峰间亲密相连又高低错落，明暗相间。蜿蜒的驼队像一幅流动的画卷。骆驼不回头，也不左右看，它熟悉地走着它走了千万遍的老路，我却贪婪地抓取着从未有过的新奇和瑰丽。它踏着它平稳的步伐走着，一步步前行，我却一直心潮起伏不停。鸣沙山，鸣沙山，我要去寻你啊，去探寻你深藏千年的秘密。

耳鼓里似乎已经有了沙山的鸣声了，那是勇敢的人们从山顶往下滑时，沙子发出的呜呜的响声，像鼓鸣，又似隐隐的雷声。鸣沙山因此而得名。据说，在晴朗的天气，即使风停沙静，有时也会发出丝丝缕缕的管弦之音，“沙岭晴鸣”便是敦煌十景之一。难怪清代诗人苏履吉称：

“雷送余音声袅袅，风生细响语喁喁。”而我，却依旧惊诧于它的静。我看到的仍是它那佛塔般的沉稳与月夜般的静寂，任凭千百年来雨浸风蚀，鸣沙山何以能日复一日地静穆于西北一隅，棱角分明，淡定笃实？莫非那些隐约的鸣声，便是它巨大胸膛里怦怦跳动的心声么？鸣沙山，鸣沙山，你也有你的言语，你要传达你的快乐与满足，你的悲喜，说给谁听呢？

就在这时，在天地之间的一大片土黄土黄的苍茫之中，出现了一棵弯曲而挺立的百年旱柳，这是万黄丛中一点绿啊。我看到了一大片沙漠中的绿洲。啊，绿洲，绿洲！答案似乎便在眼前了。但见在四围的连亘的沙山环绕之中，有一弯月牙形的清泉，竟眨眼间柔媚地静卧在人们的面前。那娇弱安静的模样儿让人心疼，水更绿绿得让你心疼。如一块凝固的翡翠。蜿蜒而来的流沙与碧绿的泉水之间仅隔数十米，就像两条沙臂张伸围护着山麓的清泉。泉在流沙中，却风吹沙不落，干旱不枯竭，多少年来，保持着她温润鲜活的模样，形成了“山泉共处，沙水共生”的神奇景观。清泉在遥远的大漠里与世无争地流淌着，蓝天和黄沙倒映在她的水面，我看到了她的沉醉和幸福。我听到了她无声的涟漪，那也是她的言语：不去望你，我就知道，你仍在那儿。静静地望我，守我。默默地欢喜。

沙漠与清泉本来是难以共存的呀，鸣沙山与月牙泉，却始终相处得那样和谐，相伴得那样自然，相爱得那样不可思议。月牙泉畔，掬一捧银子似的泉水，泉水从指缝间漏去，却停驻在了我的眼眸里。一切如江南般秀媚，让人儿欲忘记了此时恰置身于大西北的沙漠戈壁。清泉里是摇曳的水草和鱼儿，清泉边是茂密的芦苇，随微风起伏，那是遍布于北方沼泽湖泊间的一种常见的植物。可是，我却想起了我南国的家乡，那一泓平静澄澈的江水边，风中也曾飘拂着开了花儿的这样的植物。看到的那刹那，我自己也纳闷了——这是北方的植物，怎么会让我给找到了？我曾长时间地惊讶于人与人之间的那种特别的机缘。如同那时看着眼前的芦苇而惊讶于我的发现一样。普陀山的浓雾，富春江的明月，腾格里的黄沙，月牙泉的碧波，它们各有各的景致，可不可以将它们熔铸在同一幅画面里？可是，那个原本生长在北方的芦苇却到了我家乡的江畔，那株开了花儿的芦苇，就到了我的手里。我曾固执地认为我寻觅的同类终会出现。因为，他们身上所固有的一种和我的灵魂息息相关的东西会汇合成一种遥远而神秘的声音，这种声音曾一直顽强地呼唤着我，在梦中，在无数的长夜，这样的声音就一直顽强地呼唤着我。所以，在最难预料的地方和几无可能的时间里，我们定会相遇。这样的情形看似偶然，实则必然。那是荒漠对甘泉的吸引，草原对羊群的吸引，蓝天对大雁的吸引，溪流对鱼儿的吸引。这样的吸引早就存在，只不过等着冥冥天意中不经意的安排。

现在，我心驰神往的月牙泉，就这样静静地躺在西域阳关的流沙之间。如翡翠般镶嵌在金子似的鸣沙山的臂弯里，玲珑秀气，惹人惊叹。我就确信人与人之间的确有一种特别的机缘。那碧波荡漾间的明亮的辉光，如一缕永远凝固在岁月里的柔韧眼神，穿透了人群，穿透了四季，穿透了西北东南，穿透了万水千山，也穿透了最为艰难也最为神圣的所有征程。终将抵达彼岸。

这就是大自然的言语。是一山一水相依相偎千年化成的一个梦一般的沙漠传奇。“就在天的那边，很远很远，有美丽的月牙泉……”，在这一条著名的丝路古道上，多少年来有多少商旅和文人学士不倦地往来，走近这片沙泉共存的地貌，探寻它们的谜底。当地人告诉我，据说月牙泉是观世音菩萨为了帮助途经沙漠艰难跋涉的唐三藏，从紫金瓶里滴下一滴金水，落在沙漠上瞬间形成的一汪月牙似的清泉。于是唐僧获救了，便继续向西天前进，取得宝贵真经。在漫长的历史长河中，这里逐渐成为中西文化交流的荟萃之地。这样的传说，使清泉更具神奇。关于月牙泉的形成还有其他种种的传说，而我，宁愿相信，鸣沙山和月牙泉是大漠戈壁中一对恋人，沉默的山也有细致动人的倾诉，故而鸣沙有风雷之声；娴静的泉也有柔婉活泼的思念，故而泉水有灵秀之气。山的笃定烘染了水的柔美特质，水的明亮衬托了山的刚硬威仪。山水之恋，最终构成了大西北最完美的画卷。而千百年来人与大自然间，也彼此传达了一种奇妙深厚的意愿。人们赋予大自然许多悱恻动人的传奇色彩，而大自然则是一种永恒而真实的存在，山绿山黄，云飘云停，这就是自然。亿万年里，寥廓苍穹，辽远大地，沉默地伫立。永远给予人类无穷无尽的爱与智慧的启迪。

驼铃声声，又掠过耳边，离开景区的时候，再一次回望，月牙泉，鸣沙山，它们仍如来时所见，在大漠之中相恋相安，构成恒久不变的千年的守望。

幔亭峰的仙影诗情

风景如画的武夷山，三十六峰闻名遐迩。然而，如果要评选一个最能体现武夷山历史文化源渊深远的岩峰，我以为当首举幔亭峰。就山势峰形而言，幔亭峰无天柱峰之磅礴嵯峨，无玉女峰之婀娜多姿，无三仰峰之高峻挺拔，更无丹霞峰之错采华丽。但是，如同天上的绯云烘托出皎月的明朗，池间的荷叶反衬出莲花的亮艳一般，幔亭峰幻化出的美丽生动的神话传说就丰蕴了武夷山的精魂与气魄。也许，正是这些美丽生动的神话传说才为武夷山抹上了神圣的传奇色彩，令天下凡夫俗子、雅人清客云集闽北，一睹武夷神采。所以武夷山名冠华夏，幔亭峰实在功莫大焉！

我对武夷山的神往就始于幔亭峰。曾偶读明人李昌祺的笔记小说《剪灯余话》，至今犹能想起的就是《幔亭遇仙录》。李昌祺讲述的是巴丘逸士杜僎成在武夷山巧遇仙人赋诗酬唱的佚事，情节生动，具有一定的艺术感染力。再后来，读到晚唐诗人李商隐的《题武夷》之诗，幔亭峰再次让我揣摩思悟了好些时日。李商隐是晚唐“爱情诗”的创作圣手，写诗总是隐晦迷离，难于索解。读《题武夷》时也很费劲，翻阅许多资料才知道《题武夷》的内容又和幔亭峰的神话传说有关。

幔亭峰的神话传说赋予了武夷山超卓凛然的人格化的精神特质。在先秦时期，传说武夷君修真于闽北仙山，受天帝之命统管群仙，武夷山因此得名。宋人祝穆在《方舆胜览》里记载，始皇二年八月十五日，武夷君与皇太姥、魏王子骞等十三仙人，在又平又宽的峰顶张幔为亭，结彩为屋，大宴乡人。应召而来的男女两千多人，循着虹桥鱼贯而上，抵达峰顶，但见“幔亭彩屋铺着红云茵、紫霞褥，金宇缀花，馨香氤氲；鼓乐齐鸣，歌声嘹亮；席间食品全非人间所有”。《方舆胜览》成书于南宋理宗嘉熙三年（1239 年），作者祝穆是朱熹的得意弟子，可能因为恩师朱熹对武夷山情有独钟，故在书中极力渲染武夷君幔亭招宴的盛大画面。然而，即使极力渲染也不过是干巴巴的枯燥记载而已。倒是因为武夷盛产名茶而引来了大唐时期的“茶神”陆羽，陆羽在其专文《武夷山记》里记载的“幔亭招宴”就较为详细。

《武夷山记》里记载的“幔亭招宴”绝非一般的宴会，那简直就是一场彩袖翩跹、扇影绰约、笙箫交奏、佳丽荟萃的盛大歌舞晚会。而幔亭峰绝非普通的岩峰，那是诸神之首武夷君设在武夷山上的宴会大厅。作者简述武夷君每于八月十五布置幔亭，造化虹桥，通知村人聚会。而后，将聚会的场景、气氛描摹得极为逼真。如“既往是日，太极玉皇太姥、魏真人、武夷君三座空中。告呼村人为曾孙，汝等若男若女呼座，并按男女分东西列坐。亭之东幄内奏宾云左仙之曲，西幄内奏宾云右仙之曲。”这些文字分明描述了歌舞晚会的方位和欢宴场面。“主宾”皇太姥、魏真人和武夷君三仙座位在半空中，“观众”村人则男女分坐于东西两侧，“演员”安排在幔亭东西两旁的幄幕之中，且东幄和西幄中各自演奏着不同的乐曲。接下来作者描述“文艺节目”演出过程，先是乐器合奏，鼓师张安凌等八位乐师分别操槌鼓、副鼓、苓鼓、兆鼓进行演奏，艺人有姓有名、乐器各不相同，演奏有板有眼。继而写玄师董娇娘等七位美女携带箜篌、筚篥、洞箫等管类乐器上场，且歌且舞，同样有姓有名，有板有眼。最后写“歌唱家”彰令昭隆重上场演唱《人间可哀之曲》。此段文字写仙人观看演出过程，文字精微却璀璨有声，令人如历其境，如闻其声，堪称千古奇文，不仿照录如下——

乃命鼓师张安凌槌鼓，赵元胡拍副鼓，刘小禽坎苓鼓，曾少童摆兆鼓，高知满振嘈鼓，高子春持短鼓，管师鲍公希吹横笛，技师何凤儿抚节板。次命玄师董娇娘弹箪篌，谢英妃抚掌箪藥，吕阿香戛圆鼓，管师黄次姑噪悲栗，秀琰鸣洞箫，小娥运居巢，金师罗妙容挥撩铣。乃命行酒，须臾酒至，云酒无谢，又命行酒。乃命歌师彰令昭唱人间可哀之曲。其词曰:“天上人间会合疏稀，日落西山兮鸟归飞，百年一晌兮事与愿违，天宫咫尺兮恨不相随。”

这段文字除了作者描摹细腻、条理清晰、言辞精练的文字功夫外，歌师彰令昭演唱的《人间可哀之曲》是令我动心的另一个因素。能为皇太姥、魏真人和武夷君演唱的歌师彰令昭即便是小神仙也是神仙。一直以为，生活在天堂仙境里的神仙是没有悲伤和忧愁的。然而，歌师彰令昭演唱的歌曲题为《人间可哀之曲》，演唱的内容是“事与愿违”“恨不相随”，表达出神仙与众生分离时的悲伤失意。“茶神”陆羽身经唐朝“安史之乱”的凄惨场面，记录“幔亭宴会”时可能有意无意地带出了自己饱经忧患的身世之感。自古人间与仙界天地两隔，霄壤之别，而这段文字中陆羽却打破了这种阻隔，武夷君邀请村人与神仙共度良宵，且亲切地称呼村人为“曾孙”，已经是很夸张很离奇的想象了。曲终宴罢之际，还要让神仙歌手吟唱出伤感的离别之曲，寄托神仙诸君哀怜人间痛苦的悲悯情怀，这是何等的绮丽、惊异且美好的想象啊！在这里，武夷君和他的神仙朋友让人觉得和蔼可亲。要知道，这是一些即使没有翅膀也会飞翔的神仙，但是他们没有飞翔在天上的九重金阙云宫，他们是一群像麻雀一样贴着地面飞翔在村庄周围的神仙，他们与山下村人和谐共乐的心意与场面，使人能感觉到他们呼吸里吞吐的人间烟火气息，让人从心底里对武夷君等神仙尊敬而又亲切。

幔亭宴罢，乡人拜别，回顾山巅岑寂，葱翠峭拔如初，从此再无仙人光临此地。这是《武夷山记》的最后结局。当年舞裳圆月、歌吹茶花的盛事已经一去不复返；如今仙影远逝，空留幔亭峰在季节的轮回里沉默回忆。然而，“幔亭招宴”的绮丽想象和美好胜景，却引发了多少迁客骚人兀自共鸣的伤感和个体秾丽的诗情。大中十一年（857 年），晚唐诗人李商隐在江南东道任盐铁推官时游览闽浙名胜，曾泛舟闽江建溪而下，畅游武夷并留下本文开头提到的著名诗篇《题武夷》：“只得流霞酒一杯，空中箫鼓当时回。武夷洞里生毛竹，老尽曾孙更不来。”李商隐写诗喜欢施事用典，大多晦涩难懂。但因为知道了“幔亭招宴”的神话传说故事，这首诗的内容一读就懂。诗人面对风景秀美的武夷山，欲赞美其醉人风光，却宕开笔触从“幔亭招宴”的美丽传说著笔，诗的前两句以“流霞酒”“箫鼓乐”想象当时盛况。后两句抒发感慨，武夷洞中毛竹丛生，当年乡人已不再可见，人世间固然变幻无常，然而仙人却又在何方？引人深思遐想。清人董天工在《武夷山志》里称李商隐为题咏武夷第一人，这首诗当为题咏武夷第一诗。然而，题咏武夷第一人第一诗却都眷顾了幔亭峰，岂非偶然？

无独有偶，南宋诗人陆游初来武夷山，欣然命笔，写诗《初入武夷》：“未到名山梦已新，千峰拔地玉嶙峋。幔亭一夜风吹雨，似与游人洗俗尘。”名为题咏武夷的诗，内容却是幔亭峰的风雨能够洗却附着在游人身上的“俗尘”，何也？因为幔亭峰的仙气灵光会给人带来清丽绝俗、超然出尘的清澈感觉。自此，幔亭峰开始常驻于迁客骚人的彤管翰墨之中。宣和元年（1119 年）冬，抗金英雄宋忠定公李纲由京师谪迁至南剑州沙县税务监，路过武夷山就留下了千古名诗《幔亭峰》——

宴罢虹桥绝世氛，曾孙谁见武夷君？更无帝幕空中举，时有笙竽近处闻，猿鸟夜啼千嶂月，松篁寒锁一溪云。洞天杳杳知何处？翠石苍崖日欲曛。

李纲的诗，前四句叙述“幔亭招宴”的神奇传说，虹桥不再，武夷远遁，但善于深思妙想的诗人，仿佛聆听到了时断时续的笙竽声，宛然有重温仙境之感。“时有笙竽近处闻”一个“近”字使驻足现实中的人们仍在回味当时宴会的盛况。后四句写出了幔亭峰日薄西山、山月新出、鸟鸣猿啼、云雾缭绕的迷离景色。这样的景物描写既符合暮霭四合时幔亭峰的景致特点，又回溯前四句的仙境描摹，整首诗显得自然圆润，意蕴丰瞻。《幔亭峰》既能抓住景物的特征进行准确细致的描摹，又能展开丰富的想象幻化美丽生动的传说。让人们沉浸于武夷山钟灵毓秀的美景和瑰奇丰蕴的神话传说中，以至于模糊了天上人间的时空概念，陡生不知今夕是何年的恍然离世之感。

以幔亭峰为主题的吟咏武夷的诗歌，为武夷文化增厚了底蕴，为武夷山水添加了色彩，未尝不是“幔亭招宴”的遗风余绪所致。远逝的仙影牵来了绵邈迢远的秾丽诗情。明人钱士升在《南宋书》里记载，南宋词人辛弃疾和理学家朱熹政见不合，却私交甚笃。辛弃疾阅读了朱熹《武夷掉歌》中“一曲溪边上钓船，幔亭峰影蘸晴川”等诗句之后，尤为喜欢，也来武夷，写了一首《幔亭诗》：“山上风吹笙鹤声，山前人望翠云屏。蓬莱枉觅瑶池路，不道人间有幔亭。”此诗极力盛赞武夷君“幔亭招宴”神话传说的神奇之处。一般而言，“蓬莱”是传说中神仙居住的地方，而诗人却不再去蓬莱“枉觅瑶池路”，因为来到武夷始知“人间有幔亭”！这样的秾丽的诗情就将曾经远逝的仙影凝固在永远的武夷山巅了，喜欢赞誉之情溢于诗外。由此看来，在文人学士的眼里，幔亭峰几乎成为武夷山的代称了。闻名八闽的道家南宗传人白玉蟾在武夷山修道时曾写诗《题武夷五首》，五首诗中写幔亭峰的就有三首，特别是“不见虹桥接幔亭，空余水绿与山青”等诗句，历为方家称道不已。

翩跹仙影何处觅，诗情画意到幔亭。千百年来，幔亭峰还是那个卑处于武夷山大王峰北侧的朴实无华的幔亭峰，峰崖似无剞纥峥嵘之势，峰顶平缓舒圩。但是，如果一定要为武夷三十六峰颁发一枚勋章，那么这枚勋章单属幔亭峰无疑。千百年来，诗人和他们吟诵幔亭峰的诗篇使武夷山具有了一定的风雅之气和清丽之姿。都说文化搭台经济唱戏，武夷山在中国旅游舞台上独步天下，就是因为这些柔弱的诗人墨客以自己的诗词歌赋为之堆垒舞台有关，而诗人墨客为武夷山堆垒舞台的诱因不正是因为这座朴实无华的幔亭峰吗？

中西合璧——澳门漫游印象记

细雨中，我们一行人撑着各色各样的雨伞，漫步在一条铺着小石板的古旧的路上。这是澳门大三巴牌坊周围，沿街低矮的楼房前种满了密密匝匝的花草，参天大树则依山而长占据了小半江山。大三巴牌坊就建在大巴街附近的小山丘上。

大三巴牌坊是澳门最有名的建筑，也是澳门的象征。当地流行一句话："不去大三巴，就不算到过澳门。"听导游说，大三巴牌坊本来不是牌坊，它是1580年竣工的圣保禄大教堂的正墙（"三巴"即"圣保禄"的粤语音译）。澳门拥有众多西式的天主教堂，其中圣保禄教堂建造时代最久远、最著名，是当时远东最大的天主教石建教堂。可惜1835年的一个黄昏，教堂在一场大火中被烧毁，仅遗教堂前的68级石阶及花岗石建成的前壁，因为它的形状与中国传统牌坊相似，所以取名为"大三巴碑坊"。

站在大三巴牌坊前的台阶上，仰头看，牌坊高约三十米，宽二十几米，共分五层。顶端竖有"十"字架，其下嵌有铜鸽，铜鸽像的旁边围着太阳、月亮及星辰的石刻；铜鸽之下为一圣婴雕像，左上是"永恒之火"的雕像，右侧则是"生命之树"的石刻；第三层的正中刻着一个童贞圣母像，旁边以牡丹和菊花环绕……各层各种雕像栩栩如生，那些天使历经几百年，仍然生动纯真，堪称一部"立体的圣经"。不时有鸽子飞来落在神龛里，叫唤、嬉戏、栖息，左右张望。精美的拱门，细致的浮雕，以及如织的游人、淅沥的雨滴，融合在一起。一座如此古老的天主教堂就这样静静矗立在那里，喧嚣与宁静并存，历史与当下交织，沧桑而又庄严。

如今的大三巴牌坊已经失去教堂的实际功能，但它与澳门人的生活仍息息相关，很多文化活动常常在这里举办。牌坊前长长的梯级正好成为天然的席位，让牌坊刹那间变成巨大的布景，浑然而成舞台。往下走到第二十级台阶，导游说，这就是澳门回归时吟唱《七子之歌》的地方。当年那个站在澳门标志建筑物大三巴面前稚声领唱的年仅 9 岁的小女孩容韵琳，以一首带着澳门味儿的《七子之歌》，让人们记住了“澳门”这个名字。微风似传来歌谣声声的倾诉：

你可知“MACAU”不是我真姓，
我离开你太久了，母亲！
但是他们掳去的是我的肉体，
你依然保管着我内心的灵魂。
三百年来梦寐不忘的生母啊！
请叫儿的乳名，叫我一声“澳门”！

一曲反反复复的吟唱：“我要回来”，“我要回来”，唱出澳门同胞渴望回归的依恋之情和爱国之心，天地为之动容。大三巴牌坊也默默记录了这一切。历经历史长河沧桑变迁的大三巴，见证了澳门曲曲折折的回归，从此迎来了她辉煌的新生。一个西方教堂，烧成座东方牌坊，澳门人愿意叫它是牌坊，里面或许包含着顽强的传统意识。经过四百多年欧洲文明的洗礼，东西文化的融合共存最终使澳门成为一个风貌独特的城市，留下了大量的历史文化遗迹。

位于澳门半岛南端妈祖山下的妈阁庙正是中葡文化融合起点，也是澳门最著名的名胜古迹之一。妈阁庙始建于明朝弘治元年（1488 年），至今已逾五百年。相传四百多年前，葡萄牙人登陆澳门，在庙门前面的海滩上岸。询问当地居民这里是什么地方，居民以为是问妈阁庙，故答“妈阁”，葡萄牙人以其音译而成“MACAU”，遂为澳门的葡文名称由来。

妈阁庙又称妈祖阁，是为纪念被信众尊奉为海上保护女神的天后娘娘“妈祖”而建。“妈祖”原名林湄娘，福建莆田人。自幼聪颖，为人善良，得老道秘传法术，经常在海上搭救遇难船只。传说曾有渔民在出海时遭遇大风浪，美丽的姑娘妈祖出现，立刻风平浪静。渔船平安抵达澳门后妈祖即化青烟而去，人们感其恩德，在妈祖消失的地方建立妈祖庙，把妈祖尊为“护航海神”。

带着神往之情来到妈阁庙，只见庙背山面海，沿崖而筑，周围古木参天。庙前那一对镇门石狮，雕工精美，神情威严，形态逼真，据说还是三百年前清人的杰作。入口大门为一牌楼式花岗石建筑，宽约五米，门楣有“妈祖阁”三字，两侧书有对联：“德周化宇，泽润生民”。

微雨中进入妈阁庙，大殿、石殿、弘仁殿和观音阁之间都有石阶和曲径相连，两旁的岩石上有历代名流政要或文人骚客题写的摩崖石刻，为这座古庙平添了几分雅趣。由大殿到弘仁殿到观音阁绕了一圈出来，雨天稍显冷清，一路却仍见不少信众虔诚膜拜。据说妈祖阁平时香火不绝，每年农历除夕、三月二十三日妈祖宝诞、九月九日重阳节，这里更是人山人海，热闹非凡。其时妈阁庙上紫烟弥漫，一派祥和，这就是澳门八景之一的“妈阁紫烟”的景色。为什么妈阁庙的香火如此旺盛，海外华人也都信奉妈祖呢？设计、创作大型妈祖像的澳门著名雕塑家、画家梁晚年告诉大家：妈祖是人，也是护航海神。妈祖在海上舍己救人，为民消灾解难的博爱精神受到人们的尊敬，信众就把她当作神来朝拜。

雨渐渐停歇，回望妈阁庙，石狮镇门、飞檐凌空，俨然是一座富有中国文化特色的古建筑。红黑栅栏、青砖瓦顶历来是中国传统的“代言人”。妈阁庙、哪吒庙等遍布澳门全城的庙宇，带着中国传统色彩观念中浓烈的神圣、吉庆意味。而大三巴牌坊这座昔日完好的圣保禄教堂，则呈现出朴素精致的灰白色。走在澳门的大街小巷，不断映入眼帘的也是带有葡萄牙特色的黑白碎石路，独特的碎石艺术在你的脚下延展，遍布全城的葡式黑白图案，让你仿佛觉得身处一个城市艺术馆，更为旅程平添几分浪漫。

在澳门，不单能从名胜景点的色调上看到中西交融的特色，更因多年来住着不同种族、不同宗教信仰的人，有着中西方各种不同的仪式和节日。游览澳门，也许能碰上苦难耶稣圣像巡游，庄严肃穆。也许能碰上传统妈祖文化旅游节、哪咤诞等，锣鼓喧天舞龙弄狮，缤纷多彩。2008 年 5 月 3 日下午，北京奥运会圣火途经澳门的妈阁庙。来自奥林匹亚的圣火与妈阁庙的香火相遇，澳门以最具代表性本土文化迎接奥运圣火的方式，展示其中西文化荟萃的特性。听说在大三巴这个充满西方历史文化特色的景点后面，也有一座代表中国历史人物的哪吒庙，中西两地文化相映成趣。

最美妙的还是当你徜徉在澳门以意大利水都威尼斯为主题的威尼斯人，周围处处是带着威尼斯特色的拱桥、小运河及石板路，以及鳞次栉比的欧式建筑。河道并不宽，约可容纳两只小船。偶或可以看到有外国人在船上弹着琴，刻意地用双脚把船荡来荡去。此刻听着贡多拉船夫天籁般的歌声，仿佛置身于世外桃源。令人称奇的是整个度假村的天空都是来自 3D 的创意，天空永远那么蓝，云朵总是那么白。恰如一句：白天不懂夜的黑。在威尼斯人的时间似乎是静止的，但我们的时间却飞快地流逝着，澳门一日游就此画上了句点。

回程中行道树和路边的高楼大厦在车窗外飞快闪过。经过澳门新口岸新填海区，导游提醒我们看在澳门文化中心斜对面的望海观音神像，远看望海观音低眉垂眼，据说因为是由葡国雕塑设计师李洁莲构想的，所以此观音像与传统的观音容貌有很大差异，它造型简洁流畅，具有中国传统佛教文化与欧洲雕塑相结合的风格，又是中西合璧的一个典范之作。

文化是相通的，包容的，无论是东方艺术文化，抑或是西方艺术文化，都是人类共同的艺术瑰宝。地球本来就是一个大的村落。唯有兼收并蓄，方能生生不息。这也许就是澳门这片土地特有的性格。几百年来，这个国际化的都市，一直是中西文化融和共存的地方，但骨子里却也始终未摒弃传统的民族意识。不论离家多远，都惦记我们的家乡。夕阳西下，仿佛听到一位在外游历归家的少女，安静地坐在家门口，又唱起那首熟悉的歌谣——你可知 MACAU，不是我真姓，我离开你太久了母亲……

第三辑　穿越四季

豆花情缘

叮叮当当，小巷悠长……

不用探头看，就知道准是卖豆花的来了。说也奇了，据母亲讲，过去，在我的老家漳州一带，卖豆花的人，挑着豆花担，走街串巷，不用吆喝，只需一只手的手指夹着瓷碗、瓷匙，一摇晃，一碰撞，就能发出清脆的声音招引顾客，每每这时，楼里就飞出几个快乐的小毛孩，攥着钱，拎着碗，领了大人之命，直奔那担而去。

到我记事时，豆花就设点摆摊了，来了客人，摊主就掀起瓷缸的木盖，拿一把铜勺，将浮在豆花表面的水珠捞起泼掉，舀出白花花、粉嫩嫩的豆花，拌入透亮的粉丝加以熬制的骨汤，滴上酱油，洒上味精，又有那细心的摊主将油葱、菜脯切得细细碎碎，吃时随着豆花粉丝一滑入肚……思念就从这一碗一毛几分钱的美味开始。记得，冬日的下午，盼啊，放学了，快快地来上一碗，热热地吃了下去，“风卷残云”，那个舒服！不过瘾，怎么办？我们几个凑在一起商量，咸了就加汤，淡了就加盐，校门口那个慈眉善目的老婆婆，任着我们添了又添，一毛钱吃出几大碗……

这样的小摊，鲜活在我的记忆，遍布漳州的街巷……多少年了不变，却又悄悄地改变，忽然案头多出各色卤料，香肠、粉肉、卤蛋、猪肺、豆干，味儿更足，摊儿更旺。林荫树下，你会常常见到一个勤快的妇人，一辆简朴的推车，车上锅碗盂盆，热气腾腾。每每，客人来不及放好车子就先喊“阿香”或是“阿芬”，“来一碗”！也难怪，慢一步，人就满了。先到的，捧着碗，得胜似的在你面前香飘而过。你只好挤到摊前，心急地看着“阿香”“阿芬”们麻利地将一勺勺豆花轻扣在碗里，又飞快地将一把把芫荽末、芹菜丁、虾米碎飘洒在汤上。你听着“阿香”和人熟络地招呼:“要哪样，卤大肠、咸猪肺、脆笋干”？又亲热地唤着，“下一个，到你了”，你的肚子啊，早已唱起了空城计。

就这么着，豆花伴我走过好些年，成了我日日不变的早点。每天，我都到小区边的豆花摊，吃上一碗清鲜爽滑的咸豆花。真巧，这个摊主也叫“阿香”，却又与众“阿香”格外不同，那些“阿香”呢，将豆花制好后就装进大瓷缸，外层保温，吃时盛出。这个阿香，却是将豆花舀出后连同粉丝送到小炉上，咕咕冒泡，滚开，才加汤放料，浇上自家特制的辣酱，五色缤纷，吃着啧啧烫嘴呀，闻着阵阵浓香……可惜，入秋来小区前修了条大道，大道通了，小吃却撤了，听说，那儿，要改成街心公园。

又是一个秋晨，远远望见大道边，一临街的店面新开张，人头攒攒。近了一看，赫然几个大字:“阿香豆花店”，豆花摊旧貌换新颜，果真不同凡响：靠墙，一色的红桌绿椅；店员，一色的蓝裙白衣，整洁光鲜，颇有些麦当劳肯德基的做派。一坐下，就有人来招呼，一点好，就等着人送来……奇怪，老板不是阿香，柜台上一对年轻夫妇吆喝着，忙碌着，男的眉眼和阿香有几分相似，是儿子儿媳吧？正琢磨着，看到阿香怯怯地立在穿梭的店员间，不知干啥好，走向豆浆机，好奇地摸摸，却惹来儿媳慌忙喊:“妈，别按！调好了！”想帮着盛碗豆花，刚捞起勺子，就有店员笑眯眯抢下:“您坐，有我们呢！”阿香转了几个圈，终于怅怅地走开。

豆花送来了，精致的瓷碗，玲珑的托盘，漂亮的小勺，我有些认不得了，舀一口，似乎，味道淡了点。

自那后，好久没见到阿香，那店，倒也热闹，红火。渐渐地，大家喜欢了那里的干净齐整，渐渐地我也成了那里的常客，豆花是我永远的早点，虽然，我还念念不忘那粗的瓷碗，大的汤勺，长的茶几，矮的板凳……

秋天的傍晚，我走在这日日经过的大道，拐过街角，习惯地又一瞥，那辆熟悉的推车再也不见，现在就成了街心公园，夕阳，绿草，长椅，老人，小孩，笑声，阿香也在里边。

我的鸟儿邻居

夜，醒了。天似块青色的玉，渐渐朗润。晨曦里，一片宁静。窗外，一只鸟儿在叫，我看不见它，只听见它的叫声似笑声。咯咯的，轻轻的，就在身旁。又接连传来几声，稚嫩的，和善的，老的，少的，一短一长，欢快对唱。这回听得更清，分明就在耳畔，难道鸟儿它也贪恋我的书房，搬来与我做了亲密的友伴？

一墙之隔，我的鸟儿友呀，它把我书房外那小小的安装空调留下的“洞穴”，当了它温暖的窝。从此，我不再寂寞。我热切地倾听它们，又是几声清鸣，高高低低，抑扬顿挫。我想，你们，一定是亲密的一大家子了，现在，你们是在做早课吗？

鸟爸爸严肃地说：咯咯，鸟儿们，蓝天白云，高山大川，这就是生活。新的一天又开始了跋涉！鸟妈妈慈爱地说：叽叽，鸟儿们，杯盘交错，碗筷叮当，这也是生活。新的一天又开始了忙碌！鸟哥鸟弟们七嘴八舌应答：喳喳，吃饱喝足，拍拍翅膀，我们就出发！

“所有移动的高山都是我的父亲，所有流淌的河水都是我的母亲，所有微笑的花儿都是我的世界，所有的所有，爱着一个美好的你我……”我看到了，一只，两只，小小的，抖着灰黑色的羽毛，唱着歌，飞了出来。阳光下，它们一上一下，如翩翩的花朵，在我窗外的栏杆上自在地飞舞，踱步，起起落落。它们似乎默许了我是它们的友邻，离我是那么近，我看到了它们那黑溜溜的宛如珍珠的小眼睛。一只扑棱棱地飞起来了，飞的技巧还没有老鸟的老道。我从它那啾啾的音里，听出了它对世界的好奇与喜悦。它忽高忽低地飞行，偶尔一两声清亮而又怯怯的叫声。我知道这里有它的家和兄弟姐妹，它还会回来的。

在这样的冷冷的寂静的冬晨，它们在跳，在笑，比刚才的还要响亮，还要灿烂。我分明听到了那遥远的春讯，自北而南踏步前来的声音；看到粉粉的桃树一棵棵摇曳在风里，我拿截树枝偷偷地画上了这剪影。

“我是精灵的飞羽，停落在每一片流过的时光里，春天已经不远，我的幸福的人儿，我把今生的翅膀，送给你！”鸟儿啊，我看到你朝我友善地亲热地点头，吟唱。我该对你们说些什么呢？就让我做你们的手和眼睛，勤快的忠诚的伙伴，记下我和你，你们，一切普普通通的人们，一切的悲与喜，聚或散。当时间河缓缓流过，我所能予人的，只有我繁华里跳动的心音；静默的，是我那永不枯竭的生命之井。

我庆幸，当岁月渐渐凋零，老去的只是风尘里的笔，不曾老去的是你我年轻的呼吸。鸟儿呀，我是不是该对你说声谢谢呢？世界在你们的笑声中一刹那鲜活，也包括你我。阳光在我的后背上抚摩地发热，成熟的太阳花种子，亮闪着光泽。舒展我严冬里僵硬的身躯，绽放我似要枯萎的生息，鸟儿呀，让我遵守和你的约定：寒冷不惧，风雨不侵。同伴同行。

阳台上，不见了鸟儿的身影，青空中，几个小小的黑点越来越远。我希望，明天一早，我又能听到你们一家子叽叽喳喳的声音。

鸟儿，我希望我与你天天为邻。

江南的冬

立秋过了。冬，真的来了吗？北边，真的很冷了吗？南国的天，太阳却还是艳艳地照着，满街的男男女女，短袖花裙依旧飘飘地荡着，舍不得褪下它已美丽了一季两季的色彩。只是傍晚才见三三两两老人，或被家人追上塞给一件长衫，或自个儿手搭一件薄薄的夹克，凉风里绿树下悠闲地踱着，偶尔，叹一声：天，真个凉了。

白天，却是朗朗的。一早，将窗帘拉开，阳光就急不可耐挤进来，细细碎碎跑了满地。我的鸟儿邻居，它把我书房外那小小的安装空调留下的“洞穴”，当了它温暖的窝，现在就在我耳边一声长一声短地咕咕叽叽。似乎是鸟妈妈唤大家早起，鸟孩儿们磨磨蹭蹭不愿意。家人说，吵得很，把鸟窝移了吧。我却舍不得，我喜欢和鸟儿一家为邻。月光下，安静入睡，清晨，相继苏醒，各做各的一份儿事去。

江南的小城，总是那么温晴。老天有时也会冷起脸，呼呼地阴一阵，却又似乎不忍扮演这种硬派角色，等不得导演喊停，自己已悄然变身。要上班的人，一早起身，心里还恋着周末的慵懒，口里嘟嘟哝哝，抬头看到那张金灿灿暖和和的脸，不由得就微微笑了，还有什么可抱怨呢，欢欢喜喜丢下笨重的外衣，轻轻巧巧出了门。

老人孩子也相继出来了，角落，还看得见许多杂七杂八的秋花。可不，这晴空，就跟晚秋一样的高爽。小区隙地里，老人们或坐或站闲闲地晒着太阳聊天，任由小孙子们在旁边活泼地奔来跑去。有什么要紧的呢，老天，是这样的热情洋溢，即便不上班，恐怕也会被招引得在房间坐不住，直想搁下纸笔，去“春光”里走一遭吧。

心，在暖阳里晃了一早。中午下班，走在街上，看三三两两学生郎，连薄夹克也不穿，脱下来胡乱塞在书包里，卷起衣袖，把自行车蹬得飞快，在路人笑骂中，呼三吆四，快活而去。冬是春的门票，难道春天提前进场？却见一些乡下女人，已如往年般扎了一束束水仙花在卖，翠绿的叶，黄白的朵，挤挤攒攒。

两束水仙在我的车前摇摆，一股清香袅袅把我圈住。我把春天的气息带回了家里。从此，我既有了墙外那闹闹的鸟儿邻居，又有了案间这静静的水仙伴侣。我情不自禁暗暗得意了，我之于鸟，花之于我，成了相互，最亲近的人了。这就是冬给予我的一种特殊恩惠。这一暖冬，倾听倾诉，彼此欢愉。幸甚至哉！

岁末随想

春节渐近，年味也渐渐浓了。

挤在人流中，忽觉原本宽敞的大街，不知何时窄了几分，抬眼一看，大包小包，拥挤喧闹，满街人多了，神色、步履也多了点匆匆。

一群群学生模样的在眼前晃过，不时爆出一阵大笑，旁若无人，满脸轻松，那必是已放了假的，想想，几天前，还只能盯着窗外的阳光，耳边传来不耐的“教导”，心头泛起莫名的浮躁。现在，“成绩单要下周才领呢！”一句话把追出来的母亲堵在门里，书包先扔到一边，那豪气陡然冲天，约几个好友听听周杰伦，唱唱兰亭序，“雾涣风月我题序等你回，宣笔一撅那案边浪千叠”，待明年，收拾旧心情，再搏过……

三三两两的上班族从旁边睬过，却像都有些心事重重，年关就到了，报表还有一大堆没填，烦！身兼主妇的呢，更是将着急满写在脸上，房间还没打扫，年货还没置办，一家子老的少的大的小的新衣，也还没空上街逛逛……悄然刮起的萧条风，也不免让这个小城居民觉着寒意阵阵，平日在一起，也少不了发发牢骚，出出怨气，但岁末突然的提薪却又给大家带来意外的惊喜，暖暖的阳光下，心一宽，手也宽了，一边走着，一边盘算，补发的几个月工资，算是额外的奖励，该给家里添置点什么呢，电视？早落伍了，电脑？也该换了！父母呢，今年可以多给；孩子嘛，带他出来挑挑；自己呢，也眼馋上橱窗里的那套裙装，动起了满街花花绿绿的心思……哟，算来算去，还是不够。反正多拿的，总比没有强！这么一想，女人心里就偷偷荡开了笑意，女人眼睛就溜溜地往大街两边瞧去，眉头还皱着，天空却已晴朗，绽放阳光。

知足常乐，自得其乐！生活有情趣，则饮白水亦有味；无情趣，则嚼人参如泥土！其实，尘世中的男女，又何尝不知其意？

君不见，每逢岁末，有多少人，停下匆匆的脚步，打住飘忽的思绪，认认真真，盘点一年：

也许，偶然，他来到曾经的校园，“那些我曾经就读的教室不在，那些我曾经寄宿的屋舍不在”，物非人非，更让人伤怀。一点一滴，看似早已忘记，实则深藏心底，如同一株株紫色的小花，静静开在岁月的山谷里，有一天，不经意进入，那就是一大片缤纷的天地……

也许，依旧，她又期盼着亲人还乡，从行程确定的盼望，到抵家欢喜的接迎，到归去黯然的送别，似乎一瞬间，过去了！走的人走了，送的人还留在原地，想到来时的热闹，散尽的冷清，无比伤感！有时甚至莫名地想：不如不聚，不敢相聚啊！但，毕竟几天的欢乐给家人带来的是无尽的慰藉……一切都在春天到来时，会变得更加美好吧，她快乐地想。这种幸福的感觉尽够延续到下一次相聚，于是又盼着来年，再订归期！

日子就这样飞逝，转眼到了岁末，空气中，似乎就流逸着某种馥郁的酒的气息，转眼春节又过，于是，和千万个寻常的日子一样，年味就又成了一杯白开水，普普通通……生活的滋味，你品我尝，是苦是甘？加些盐，撒点糖，揉揉捏捏又是一篇美文，一顿美餐！只希望，即便是一杯淡淡的白开水，也能欣然接受，也能喝出健康。

白开水的人生，纯净透明，亦为色彩斑斓！

清汤白丸元宵夜

白丸，就是汤圆。流行于宋代民间，最早叫“浮元子”，生意人还美称它为“元宝”。每逢正月十五这一天，百姓人家纷纷备好纯白的糯米粉或面，里面裹上桂花白糖、玫瑰、芝麻、豆沙、黄桂、核桃仁、果仁、枣泥等馅，用手搓圆，就成了一粒粒的白色丸子，大小如核桃，洒水滚成，即成汤圆。到南宋时，也有“乳糖圆子”的称谓，元初时，汤圆已成为元宵节的应节食品，所以人们也以“元宵”来称呼这种糯米团子。里面有的包了咸的猪油肉馅，也有的包了用芥、蒜、韭、姜等组成的五辛素馅，表示勤劳、长久、向上。馅料内容甜咸荤素，应有尽有。风味多样。

每年春节刚过，元宵又到了，在中国传统的节日中，元宵节最具特殊的情调，它的“狂欢”色彩最浓，旧时有“正月十五大似年”的说法。因为，其他各节多少都有一种“遍插茱萸少一人”的思亲之慨，加上从大年初一开始，人们忙于辞旧迎新、探亲访友，顾不上游逛，而元宵节则因春节刚过，人们庆贺新年的热闹情绪未衰却又掀起了一个新的“高潮”，所以街头巷尾就都显出一种红火与热闹。“男女老幼围桌边，一家同吃上元丸”。元宵节成了年味最浓的时刻。

这一晚，万家灯火。家家户户都勤快地烧开了各自的铁锅。清清的汤里，白丸在跳上跳下地欢舞，热气腾腾的锅，敞开它的大嘴儿，汩汩地唱着一首厚实的歌，木勺在悠悠地踱步，丈量那份满足。一年到头，一家子的甜酸苦辣，在那天都麻麻利利地抖落铁锅，在十五的热气下团团团圆圆煮成了一窝，一粒粒白丸，你拉着我，我扯着你，黏黏稠稠，甜甜蜜蜜，只等着长长的木勺，挑中他，瞅上她，盛作一碗，捆作一团，送往今夜一家家的欢声笑语里去。

年年的元宵，就是这样，在老百姓传统敦实的团圆意味中，又跃动着一种人们隐隐期盼的诗情和浪漫。特别是在古代，男女有别，而元宵是唯一的“金吾不禁夜”的良宵佳节。“元宵之夜，三五风光，月色婵娟，灯火辉煌”，许多女子一改平日羞涩，名为观灯实则专瞅情郎，见有中意的就投巾掷果，相与说话幽会。人们的恋情心理在这一特殊的晚上得到了空前的诱发，有诗为证：“玉楼人，暗中掷果。珍帘下，笑着春衫袅娜”。这就告诉我们，元宵之夜，常有男女恋爱的情事发生。传统戏曲里陈三和五娘在元宵节赏花灯一见钟情，乐昌公主与徐德言在元宵夜破镜重圆……所以人们往往把元宵节与爱情连在一起，元宵节因此被称为中国古代的“情人节”。

今年的元宵节，又恰与西方情人节相遇，于是，那一粒粒白丸里，桂花、玫瑰、芝麻、豆沙、黄桂、枣泥等就又和着新的情愫被浓浓密密地包裹了进去。家家户户的窗子里，或朦胧或清晰地映出一部部正在上演的轻喜剧：多少俗百姓，欢欣的笑靥才绽开颜，眉头轻展，却又些些地愁上了心头。多少情儿女，娇嗔的泪水刚挂在腮边，红红的脸，却又旋开了酒窝。

情是什么，爱为何物？恰似那一粒粒清汤里的白丸，沉沉浮浮，喁喁欲诉：

清清的水里，芝麻问豆沙，“你是什么味？喜欢什么味？”豆沙羞答答：“绿意盈盈，清香袅袅，无论在哪儿，都能好好地‘烹饪’自己，让自己秀色可餐——女人味”！豆沙问芝麻：“喜欢什么味？你是什么味？”芝麻稳稳答：“有尊严，节节高，不屈膝，不低头，磨炼中点滴积累，自然里而成大美——男人味！”芝麻傻傻地说：“你真美！”豆沙妩媚地问：“我哪儿美？”芝麻“深情”地说：“四大美‘仁’——核桃，榛子，腰果，松子，你真‘没’！”豆沙一气，一挤，哎呀，芝麻白丸露馅啦，黑亮亮的流了一底。豆沙急了，问芝麻咋办？芝麻不紧不慢答：“没事，蘸点白糖，凉拌！男人嘛，磕磕碰碰算啥？”咧着嘴儿，一脸坏笑，一拍，豆沙白丸也扁啦，不好，快逃！沸汤里，沉来浮去，白丸追逐，嬉戏……

一对白丸儿，裹了素皮，藏了馅儿，有赤、有黄、有绿、有蓝紫，多彩多姿。清清的汤里，翻腾跳跃，懂了生命的蓬勃。历经黑白拥吻，穿越冰火重天，终究熬成了醇郁的味，悠长的香。

任是素白也动人。不管有无馅料，元宵都是同样的美味可口。如今它已成了一种四时皆备为人喜爱的小点。而元宵之夜的故事却不总是那么甜，有时也会带点苦和涩。爱情常常就是由甜蜜的幸福和巨大的痛苦共同构成的一种严酷的状态。尤其是在古代，“易求无价宝，难得有情郎”，平素被深锁闺中的可怜的女子仅凭唯一的“金吾不禁夜”的元宵佳节来寻觅自己的幸福，在一盏朦胧的圆月和一街绚烂的明灯里，守着一份甜蜜的希冀与激动在痴痴地等待，她们所得到的遭际也就更多带有“东风恶，欢情薄”的悲剧色彩。在这方面，最为人熟知的就是欧阳修的那首《生查子》里所描述的情景：“去年元夜时，花市灯如昼。月上柳梢头，人约黄昏后。今年元夜时，月与灯依旧。不见去年人，泪满春衫袖。”这阙元宵词所写的正是一位痴心女子在元宵之夜对自己所恋男子的挚诚怀念与甜苦交织的回忆。

多少年过去，灯节之夜，依旧喜乐喧天。“元宵争看采莲船，宝马香车拾坠钿。风雨夜深人散尽，孤灯犹唤卖汤圆。”今天，元宵夜的圆月，灿烂的灯街，和那一粒粒清汤里的素丸，仍在浮浮沉沉地向我们讲述着年华里一些关于节日的历久弥新的故事。

温暖

春到了，大地渐渐地暖和了，苏醒了。

走在清冷的街，却觉得三月的天，还夹着些冬末的凉气，尤其早上，出门须得带了件外套同去。渐渐地上班晨练的多了，城市的十字路口，红绿灯交替闪烁，形形色色的路人及各式车辆在身旁穿梭而过，想起江西卫视《杂志人生》栏目曾播出的一条消息，心生暖意：一个盲人小伙子上了的哥马志刚的的士，下车时马志刚师傅不收费，小伙子坚持要给，两人争了一番。老马急了，说，我挣钱比你容易点啊。又一个乘客知道了这事，下车时，把盲小伙子的车费也一并付了，也说的那句：我挣钱也比您容易点啊。过后马志刚的女儿小马在微博里随手写下“老爸跑车录”，一时成为热门话题，40 个小时内被转发数万次，众人纷纷感叹：“这种微博看着就暖和。”“又开始相信这个世界了。”

是的，每天，这个世界都在上演着一幕幕悲或欢的剧目，春光中，风已翩翩拉开了千家万户新一轮故事的序幕。

又是一出暖人的喜剧。周日，去了一趟银行，几台自动机前，依然如平时一样挤得满满，挑了人少的一队排上。门外晃进了一个小青年，花衬衫，挺时尚，在银行里转来转去，不由得生出防备，看他站到了左边的队，才放下心来。眼看着排在我前面的几个磨磨蹭蹭，反而是旁边的那台自动机前，人一个接一个，存钱取钱，很快办好了离开，很快轮到那小青年。

小青年只要上前一步，取款机即在眼前。这让还在不耐烦等着的我既悔又羡，早知道排那队就好了！也许我的焦急写在了脸上，那青年不进反退，让出前面一大空位示意让我过去，似乎还很绅士地做了个弯腰邀请的姿势，我有点意外，不敢正眼看他，只略略点头，很快过去，很快出来，为自己胡乱猜疑人家而惭愧，却又一次温暖不已。

平平淡淡的生活中处处充满了这种不经意的欣喜。春天的脚步，已经悄悄地为我们带来了暖融的气息。

前几天，去医院参加单位例行体检。在一群白大褂和白色的墙壁之间，忽地感到了一种静寂的冰冷。每个人，无论你职位高低年龄大小，到这里都变成了一个符号。3 号，到你了。下一个，4 号。你向医生诉说着你以为大得不得了的病痛，医生温和地笑着，细心或随意地说几句，匆匆又走了。

生老病死，在医生那早已司空见惯，人似乎就是一部机器，一部他们眼睛看过去由五官、心脏、手脚等组合而成的机器，只要还动还走，就不成问题。也许只有当这部机器老化了，就要轰然倒塌，医生才会全力以赴如临大敌。毕竟，救死扶伤是他们的天职，只是久了，会有点麻木，会不自觉疏忽。所以，我就安之若素地把自己当成了一部机器，在 X 光 B 超各科间转来转去。然而我还是看到了人，看到了人与人。一个女儿，搀着她的老母亲（也许是婆婆）过来了，要打针。老人很瘦小，佝偻着身子，看起来像个小孩，脾气也像，到了门口，迟疑着，执拗着不进去。

女儿像哄孩子似的低声说，妈，不要紧，一下就好了。也许，她想到了自己小时候，妈妈也是这么哄自己，所以，一遍遍，不胜其烦地。老人终于坐在了医生面前，人瘦小，穿得多，背又驼，很困难地要把胳膊抬到桌面上，在她面前的那位中年女医生起身，从靠墙柜子里取出一个小枕头，似乎是自己休息用的，细心地塞到了老人身下，稍稍垫高，成了。那一刹那，我相信医生把病人当成了她的亲人。

人与人，真是可以，也需要相互取暖的。辗转于那群白大褂和白色的墙壁之间，不再感觉冷冰冰，眼前一片春光灿烂了起来。

那些生命中温暖而美好的事，原本就在人群里，并非遥不可及。当第一枝花报春的时候，我们会惊讶春来了。当所有的花都开了，春天也就绚丽而又平淡了。春天就和平常一样，天天都来了，花，满满地静静地开在了心上。

春，真的已经来了！

“痛”思

它生我的气了。

从这里到那里，只有短短的几步距离。可是我走不过去。我试着迈出我的步子，一阵锥心的痛。我看着我的身体，它不是我的了吗？我让它往东它不再往东，让它往西它不再往西了。

我很沮丧，却还想再试试，我又小心地迈出一小步，一动还是痛。我没法像常人那样走路，突然地，我成了一个病人了。我要坐不能一下坐，要站不能一下站，我费力地转动我的身躯，它好像不是我的了。

我后悔了，我的身体不是一向没问题吗？不是一向能吃苦，能使劲，能熬夜打拼吗？我原以为它是我最忠实的伴侣，原来它也是有脾气的。可我不怪我的身体，我感觉刚才它也在暗暗地使力，却只能干着急。

我第一次觉得愧对自己的身体。我是如此的不珍惜，如此地挥霍它。我该如何补偿呢？站在了医院的大厅，周围是来来去去的人群，有年轻的夫妻抱着他们的小宝贝欢天喜地地走过，有中年的儿子搀扶着老父亲小心翼翼地经过，而大厅外，远远的空地，我看到了几个花圈斜立在那里，一阵哀乐声在耳边依稀响起。第一次觉得自己离生与死，离病痛是如此之近。

我看到自己在 CT 台上，被推进去，又出来。如同无数次在电视里看到的情景，今天身临其境。我听到医生看了片子开了方子后，和气地对我说：没事，会好起来的，做一下理疗吧。

一位同样很和气的护士领我进了治疗室。我的身体，将在这儿享受它的三道大餐。我要把我以前亏待它的补给它。护士端着一个盘子过来了，上面是大大小小的竹筒罐子，只见她娴熟地夹起一个棉花团，蘸上酒精点着火，又用另一只手拿起竹罐，将棉花团在罐中很快转上一圈后撤出，然后迅速地将罐扣在我的背部，瞬间，我有了一种罐口紧紧吸在身上的感觉，一会儿，背上长起了十几个这样的竹“蘑菇”。“罐中有水汽出，风寒尽出”。这就是第一道大餐：“拔罐”。

“正餐”随后上来了，一个汩汩冒着热气的大桶子，里面是用沸水煮开的各式各样的中草药。中医云：人食天地之物而得病，因而宜采用天地之物来治病。“药食同源”，这就是第二道大餐——“中药熏蒸”。治疗床的中间有一个四方形的小洞，底下，热气从桶中源源不绝地涌上，空气中缭绕着一种芳香的青草味儿，此刻，我的身体正躺在那儿，舒缓地享受着这个奇妙的“食”方。

餐后“甜点”也上了。这是一个用细棉纸卷成的长约 30 厘米，直径约 1.5 厘米的小圆柱，冰棍似的，内包艾绒及桂枝、香附、白芷、丹参等各种草药，名曰艾条。护士熟稔地把艾条点燃，插入一个四方形的小巧的灸疗架，“痛点在哪里？”每次她都不胜其烦地问我，随后准确地放上，系上固定带，又细心地交代，“太烫了要记得告诉我。”“嗯。”我像个学生老老实实地回答。10 分钟，20 分钟，我感觉那一点渐渐地温热起来了，却并不灼痛。一天，两天，一周，渐渐地，疼痛奇迹般地离我而远去。

我不再像刚开始那么慌张了，又能从容地用眼睛看，用耳朵听了。这个世界，有着那么多鲜活的人和事！每天，这个穿着白衣裙的干净利落的护士都忙碌地转来转去，她说，做理疗的人多，她得轮着做。“手术室有时人手不够也得叫我呀。”说起这些的时候，她的口气像是在诉苦，脸上，却是一种工作的满足，始终温和地微笑着。一个穿着黄衣裤的护工每天也忙碌地进进出出，收拾屋子，打扫地板。“明早我六点多就到，把药先烧开。谁如果担心轮不过来，可以早点来。”他又悄悄安慰我：“别急，咱中医讲究一切都由火而起，火退了身体就清凉了，清健了。”他的脸上，也始终是憨厚地笑着的。

我不再像刚开始那么笨拙了，我有手有脚，又能惬意地走路、干活了。每天，我都早起搭公交去医院，穿行在这座喧嚣而有序的都市，心里充满了感激。“今年政府给百姓办了件大实事啊，夏天开了空调，车钱却没涨，还是一元，可给咱赶上了。”几个打工模样的在车上兴高采烈地大声谈论着。“爸妈，你们去哪里？”到了一个站点，突然就上来了我的父母亲，爸爸换上了出门的白衬衫，看起来十分健朗。“我们去看新房的装修，今天开始做木工活了。呵呵。”下一站到了，他们又相互搀扶着下去了，“走慢点呀。等回来后我也去。”我在后面喊着。心里暗喜，我因与二老同城而居而巧遇。

生命如此美好，不管白昼，抑或黑夜，我都舍不得它的离去。坐在公交车上，看着车里车外的各色人等，或陌生或熟悉，忽然想到，日常里，有谁想过几十年后，这世间已经没有了自己的模样？总觉得不会老，不会死，其实这个熙攘的世界上已经没有那个自己了。几十年短短一瞬就过了，那么，人该畏惧这一切吗？一切该来的必来，一切该走的必走。唯有珍惜！山绿了，山黄了，云飘了，云停了，这就是自然。山川河流，天地宇宙，只有它们是永久的，或者哗哗地流，或者默默地立，慈和地说着自己的爱语。

从医院回来已是傍晚，下了一阵小雨，雨停了，路面还有点湿，空气清凉。街灯也渐次亮了。下了公交，在站台一条长椅子上坐下，平时几乎都是来去匆匆，难得让自己有这样的空闲，看着这座城市下班回家的人流。行人和车辆在面前这条宽敞的大道上穿梭而过，留下的是一张张生动活泼或略显疲惫的脸庞，和归家的向往。也许人该这样，偶或停下来看看周遭的生活。晚风中思绪也安静起来，却又是不止息的，它在慢慢地走，在很快地跑，在飞。流连在我喜欢的时间和空间。

我的自然之神，当我还在你的怀抱，我只愿，给我足够的时间，还有健康的身体，让我能和我所爱的人及爱我的所有人，做着我所喜爱的一切有意义的事。那么，当我离开这尘嚣时，请让我留下一点岁月带不走毁不掉的东西。

又是一个新的早晨，晨练的，上学的，上班的，渐渐地从各家各户涌出。今儿天气不错呀！忙碌的，悠闲的，彼此热络地打个招呼。这个世界苏醒了，一切都显出初生的蓬蓬勃勃的模样。

我的下厨纪事

我不算一个巧妇，平时几乎属于“远庖厨”一族，却也有自己的一道拿手好菜，叫作：红白豆腐。

这还是儿子激将出来的。饭桌上，儿子常有意无意提起班上某某的母亲，如何如何勤快，如何如何小资，言外之意，我这个下班后就一头钻进书房借故不出的妈妈是如何如何的懒而粗疏。每逢这时，家里另一个大男人总在一旁居功自傲，似笑非笑。有一天，“不甘受辱”的我从书架上翻到一本家常菜谱三百例，大喜。即刻出了厅堂，直奔市场，采得食材，下了厨房。

我的这道菜充分体现了我的懒人哲学：简而美味、健康。白豆腐一块（约 300 克），要买本地那种特制的盐卤豆腐，比较韧，口感好。红豆腐一块（约 200 克），即市场上常见的猪血或鸭血鸡血。葱段若干，姜丝一小把，大蒜几瓣，小红椒一个。加上适量的酱油、白糖、盐、味精、淀粉，备好上场。为防失手，我是“红宝书”不离身旁，一个步骤一个步骤对照着看。

首先我按说明把红白豆腐分别切成 5 分大的小块，等锅内水烧开，倒入稍稍焯一下，捞出控干。炒锅烧热后放油，放入白豆腐煎至正反面微黄，拨出放在盘子里。炒锅再上火放油，撒入葱姜丝和蒜末，等香味飘出后赶紧放入焯好的红豆腐。煸炒几下，再倒入白豆腐。红白合炒后放酱油、白糖、盐、味精和半手勺水，撒入红椒段，翻炒数下后淋水淀粉勾芡出锅。一盘热乎乎、香喷喷、软糯糯、鲜嫩嫩的红白豆腐就做好了。

这么简单！我暗自得意，把我的胜利果实隆重推出。老妈也闻讯赶来当了评判。几双筷子一齐伸来，三下两下就扫荡而光。我“厨”凭菜“贵”，荣登“入得厨房”之列，终于也当了一回精致的女人！

我乘胜追击，继续研究。这道菜的特点是一个盘里两种豆腐两种味。颜色则红白相间，加以绿色点缀，好吃又好看，经济又健康。豆腐素有“植物肉”之美称，据称两小块豆腐，即可满足一个人一天钙的需要量。而动物血则被称为“液体肉”，含铁量较高，容易被人体吸收利用。红白豆腐的搭配是那么的自然和谐！

红与白的搭配，又是那么的奇妙。我又“研发”出几个养生新系列，红枣和白莲，枸杞和银耳，红豆和薏米，祛湿健脾，养阴润肺……天天钵满盆满熬出红白交杂色香俱佳之美粥，乐此不疲。俗则合宜，雅则得趣。偶尔，也喜欢上了红酒的芳醇和白酒的清冽。独处一隅，拿来两个杯子，一高一低，缓缓倒入紫红色或透明的澄静和迷醉。红玫瑰是火，白玫瑰是冰。这时脑中便会倏然闪过张爱玲关于红玫瑰与白玫瑰的譬喻，暗夜中轻笑得悄无声息。每一个女子的灵魂里其实都同时存在着红玫瑰与白玫瑰，或纯白或艳红，它会展露给懂她的人世上最微妙的彩衣。

世间万物皆有色。由红到白，实际也完成了由年轻到年老，由生到死的轮回，故百姓早有红白喜事之说。婚礼是人生大礼，被称为红喜事，丧礼视为喜丧，又称白喜事。《庄子·至乐》里云：庄子妻死，惠子吊之，庄子则方箕踞鼓盆而歌。庄子认为人之生死就跟春夏秋冬四季运行一样。从天地中来，回天地中去。除了颜色不同，本质上都是可喜可贺的，都要红火、热闹。这就是民间“红白喜事”的来源吧。红与白的思索，又是多么朴素而深刻。

红白交错，伴随你我。无论行走在怎样的路途中，让自己学会清闲与劳作同步。这一路，珍爱自己，珍惜生活，为所有忙碌而蓬勃的生命，为这个多彩而熙攘的世界，微笑，驻足。

碧水青山间度过的六一

我的六一，是在碧水青山间度过的。

每年立夏一过，夏天到了，节日也就到了。

我那时在九龙江对岸的桥南小学就读，这是全市唯一的一所江边小学，从学校左侧一条小道往下走十几级台阶就可以直达江畔。课间，或是放学早了，我们常会迫不及待地飞出教室，到那一江粼粼的碧水旁嬉戏玩乐。顺着逶绵曲折的九龙江，看到了远处隐隐约约且层层叠叠的青山，心儿也就跟着飞得很远很远。于是，开始盼望六一快快地到来。因为，每年的六一，学校总会组织各班童子军，在老师带领下浩浩荡荡开往城区附近的白云岩、石狮岩、鸡母石，去登山，去郊游。

六一前一天，是小伙伴们最忙碌的时候。从学校兴奋地回家，开始准备第二天的出游。妈妈赶紧从柜子里翻出我必带的宝贝：一个暗绿色的军用水壶，这是爸爸复员后从部队带回的，漆皮有些脱落却依旧亮眼，壶面正中嵌着一个红黄相间的五角星。还配有两条绿背带，既可以背又可以随时解掉别在腰上，轻巧又结实。爸爸像训练新兵那样告诉我：水壶要右肩左斜，挎包则左肩右斜。我牢牢地记下，在家里美美地操练了好几遍。六一那天，外婆早早起来为我准备好了蛋炒饭，香喷喷的白米饭间杂着黄澄澄的鸡蛋，绿油油的葱叶，趁热盛入一个四四方方的铝饭盒里，盖紧了，放入挎包。外婆又塞进一个洗干净的苹果，几块饼干，水壶也灌得满满。终于一切就绪。出游前的这些准备真是快乐无比啊。多年后，有一天我发现，孩子们出门再不带水壶了，他们嫌土嫌笨，宁愿去买一大堆花花绿绿的饮料水。又是多年后，我知道，孩子们再也不能够像我们那样自由自在地出外郊游了。

这让我常常回忆起我们的幸福的六一。那是一片多么舒畅的天地啊！一群背着挎包水壶的孩子在老师指引下，各班轮流大声地响亮地唱着歌，意气昂扬地走在马路上或田野里。这在现在看来似乎不可思议，但那时，我们就是这般简单欢快而又勇往直前地徒步投奔到大自然的怀抱里。到了市南约六公里处的龙海县衍后村，开始登山。那山远看就像一头蹲伏的石狮，我们向这头威武的“狮子”挺进。初夏暖暖的风就在身畔和你捉迷藏，忽来忽往。周围的草丛密又绿，红的蓝的紫的各色野花向我们亲昵地靠近或羞涩地躲避，有时也有几只身手敏捷的野兔或松鼠在树林间逗你似的一蹿而过。而快乐的我们哪有心思停留在这些绮丽的景色呢，只想快快地登临山顶。终于雀跃欢呼着到了石狮岩最高处，遥望那些山坡灰蓝色的变幻及白云在山顶上奇怪地、任意地漫游，不由感到迷惑和惊奇。而当我们从山顶往下看时，田野、河流，房子，原本一大片一大片熟悉的东西都变得渺小又让我们惊叹不已，幼小的心里产生出一种天地广阔的豪情和向往。下山后老师又带我们去参观位于山脚的地震台，看地震计、地震仪等各式各样神奇的仪器，我们渴望了解它们，接近它们，一切是那样的新鲜、蓬勃而有趣。

午餐时，大家团团而坐。你咬一口包子，我吃一口炒饭，你分我一半梨子，我给你几块饼干，尝到了集体里分享的快乐。偶尔也有孤单悲伤的时候，有一次，我贪看山景掉了队，忽然天色也暗了，正当害怕哭泣时，远远地看到前面影影绰绰的身形，还有熟悉的大声呼唤我名字的声音，那是小伙伴和老师们齐心协力回头来找我。于是一下安心了，眼泪还挂在脸上就笑了，知道自己又回到这个温暖的大家庭里。

多少个春夏过去了，每逢六月来临，总会忆起我们在碧水青山间度过的六一。那些踩在田野里的闪亮的足印，那些飘在山林中的飞扬的歌声，那些洒在岩石间璀璨的笑声，那些缀在天空中的新奇的憧憬，就共同熔铸成了童年最幸福最美好的记忆。带着这些幸福与美好的记忆，行走于岁月，心间常常洋溢着温暖、朝气、阳光与感动。

多年后，又渐渐明白林语堂大师于《我的家乡》中的自述，“如果我有一些健全的观念和简朴的思想，那完全是得之于闽南之秀美的山陵”，家乡的青山，温暖着大师漂泊的灵魂。“这些高山早就成为我及我信仰的一部分，它们使我富足，心里产生力量与独立感，没有人可以从我身上带走它们”。始终携带着童年走人生之路的人是幸福的，所有的这些连同家乡山山水水的记忆都将伴随着我们共同走向岁月的深处。

味道记忆

常听人说，味道是有记忆的。我们对孩提时代那些简单甚至还很粗糙的糖果的美妙回忆，都是源自甜蜜的味道。

还记得小时只要一放假，就往老家平和县城跑，好客的姑妈最拿手的就是红糖番薯汤，总是一大锅端上来，那切成一个个小三角形的软绵绵的醇香番薯，入口即化的甜丝丝的口感，到现在都难忘。还有那用筷子卷起的一大串黏糊糊的麦芽糖，应该有不少人的童年是吃着它长大的吧？那时的日子即使艰苦，也是快乐而有趣的。

味道是最真实的回忆。那味道，是一点点慢慢沉积在心里的，看似深藏，没有痕迹，却会在有时候，突然一下涌上心头。就如此刻，当我再一次来到我老家平和县城山格镇的一家糖果作坊，探寻山格特产生仁糖制作工艺的时候，空气里似乎就洋溢着我已许久未闻的这种陌生而又熟悉的气息。

一个大木勺在一口大锅里反反复复搅拌，探头一看，是金黄透亮的麦芽糖，还有晶莹细碎的白砂糖，一块在大锅中滚烫地煮开。坊主小郑说，锅里温度差不多有一百多度，所以边煮边要用大木勺均匀地搅动，以免锅煳了。有时他如拉面般把融化的糖块拉至银白色，鲜亮亮的，给我们看，又回锅用力搅动。香气从那还汩汩冒着细泡的锅里阵阵传来，忍不住让人生了馋意，一连吸了好几口气。

这是制作生仁糖的第一步。要连续搅动三四个小时才算完工。这可不是一件轻松事，常常需要几个工人轮流替换，中间不能停歇，否则就会凝结，有时连喝口茶都没工夫，也是很辛苦的。这又让人有了先苦后甜的体验。曾经有人对甜这个字有一个非常有趣的解释，说在造字上，五味当中只有甜这个字充分体现了舌头和糖相依为命的直接经验，只有甜洋溢着宁静和安全，有安抚人心的作用。人类对甜味的好感是天生的，就连出生仅仅几个小时的婴儿都可以明确地表示出对甜味的好感。电影《阿甘正传》里，阿甘的妈妈对阿甘说了一句话：生活就像糖果，你永远不知道下一颗是什么滋味。或许正是由于生活是苦乐搀半的，吃得苦方有甜，所以人们对糖的需求如此地迫切和喜欢。

三个多小时后，眼瞅着差不多到了火候，可以开始下一步了，小郑熟练一撒，往锅里再加一大把山柑和花生。花生是加进前已经炒熟脱皮自然裂成一小瓣一小瓣，香气也随之散开，随手拈起几个尝尝，一咬一个嘎嘣酥脆，差点停不下来。而野生仙柑，也即仙桔，闽南话叫山柑，类似陈皮，补中益气，味道丰富，也是不可缺少的成分。至此四味齐全，于是再反复搅拌融化均匀直至火候已到出锅。

火候掌握好坏要靠师傅的功夫。不要小看搅拌这招，连怎么站怎么使力都有讲究。首创山格生仁糖的朱金堤嫡系第五代传人朱步辉这样说："生仁糖生产的关键环节是搅拌，搅拌不但要求无外力辅助下的纯手工操作，而且对站位和体势也有严格讲究。这一环一旦以机械化方式来代替，生仁糖制品的传统风味必然荡然无存。"所以生仁糖制作难就难在全部手工。朱金堤为平和县九峰镇（时为平和县城）人氏，据传清咸丰年间创办了"锦泰糖果行"，首创生仁糖的生产加工，迄今为止已有近二百年历史。民国初期，朱金堤嫡系后人迁居山格镇，将生仁糖生产加工工艺带到山格，延续至今，山格生仁糖便成了山格镇一个响当当的特色美食名号。

大凡名声在外的特产，都会在当地形成规模化产业链，然而奇怪的是，这些情况却没有在生仁糖身上出现。据说长期以来，山格镇从事生仁糖生产的厂家仅有朱家，厂里仅有四五个产业工人，日产生仁糖也只有区区40公斤。产业工人稀少原因有二：一是了解传统制作工艺的人不多；二是年轻人大都不想躲在家里干这种极耗体力的手工活儿。但总会有固守手艺坚持下来的人，正如眼前的小郑，他告诉我们，他们家也是家庭式作坊，他的父亲母亲、妹妹、爱人还有侄子都是好帮手，节假忙时齐上阵，开店也有十多年了。

果见大家都聚拢过来了，趁着由麦芽糖、白砂糖、山柑和花生精心熬制而成的糖浆刚出锅，卷起袖子来捏制生仁糖。小郑爱人一边熟练地用手像揉捏面团那样揪下一块，搓成大拇指宽的长条，很快捏制出一个个不大的似圆非圆、似方非方的不规则形状的糖，一边说，一定要趁热，冷了就硬了捏不动了。我们问她，烫不烫？手会痛吗？她手没停笑笑说，不痛，习惯了。又郑重说明：一定不能用剪刀剪哟，那样就不是我们山格的特色生仁糖了。

同行一人突然又有新发现，那一个个圆不圆、方不方原本金黄的糖怎么变成了白霜似的呢？小郑揭开了谜团，原来最后一道工序是蘸糯米灰。也就是把糯米炒熟碾碎而成粉状，撒在生仁糖上，或均匀拌一拌。这样一是不黏糊，二是不甜腻，而且因为糯米是经锅炒过的会更香。最大的妙处还不在于此啊，小郑考我们：

知道山格生仁糖为什么还有一个闽南味极浓的别名叫作“查某囡仔肉”也叫“姑娘肉”吗？尝一下就知道为啥了。

迫不及待地拿一粒糖在手里，似圆非圆、似方非方，外层那轻细的粉末若有似无，嫩滑如未出阁的少女肌肤。塞进口里，仔细咂摸，有一股淡淡的香，轻轻的甜，还有种软软的韧，确实感觉其味无穷曼妙，还真真品出点“姑娘肉”的味道来。原来因“查某”二字连读与闽南人叫唤“女人”的读音相似、“囡仔”二字连读与闽南人叫唤“小孩”的读音相近，“查某囡仔”四字连读也就“顺义成章”地被理解为未成年女子，由之，生仁糖又有一个衍生别名，叫作“姑娘肉”。由于“姑娘肉”读之好听好记，现如今，“姑娘肉”已喧宾夺主地取代“生仁糖”的正统名位了。

这样恰切的称呼，这样别致的美食，又怎能不与好友分享呢？曾经我在出游时自豪地把它和同为平和美食的枕头饼一起带给外地的好友，车上，一箱生仁糖、一箱枕头饼很快分发一空，大伙儿笑说要留着登上山顶享用。终于到达山顶，喝一口凉爽的矿泉水，就几口清风，嚼几个金黄或糯白带着橘柑醇厚芳香绵软可口的家乡特产，看眼前的瀑潭相接，潺潺流水，如同琴音。又悬垂如练，溅珠喷玉。周围的一切，山谷，石头，松树，形态各异。佳景，良友，美食，那时，真觉得天下之美不过如此。

俗话说得好：家有梧桐树，自有凤凰来。而今山格生仁糖虽然因为纯手工制作，日产量不多，却也在闽南、粤东、台港澳、东南亚等境内外广大地区遍地出售，还上了央视《走遍中国》栏目，更为平和增加独特魅力。平和山格生仁糖以其独特的制作工艺已成为和邑的一项重要的非物质文化遗产。日前，平和特产“山格查某囡仔肉”地理标志商标被国家商标局核准注册。至此，平和县地理标志产品共计 12 件，保护品牌总数位居全国所有县份第一。我们一行人建议小郑家的加工坊也注册个譬如“郑记生仁糖”的商标，让山格“查某囡仔肉”不再羞羞答答，而是大大方方揭开面纱走出深闺，如同平和蜜柚般香飘天下。

美食之路是没有止境的。甜也好，酸也好，一种味道又一种味道汇集了人生的记忆。不怕苦涩酸楚，就怕没有味道。“味道”不仅满足了我们对美食的渴望，同时也成就了一门古老的技艺，就如小郑的母亲说他们刚开店时还多次不辞辛苦到九峰、杜浔等地拜师学艺，用心打磨。他们琢磨着生仁糖里加进炸葱花好不好？多次试验发现容易变质产生黑点和油渍，于是取消。一次次食材的改进只为了追求最好的品质。一个步骤一个细节几近完美地反复训练，源于对传统手工始终不变的热爱，也是一种使命与传承。保留了一部舌尖上的典籍，那就是——味之道。

了解了“味之道”的奥秘，人们或许会有一种很深切的感受，那就是吃绝对不是一个简单的事。有人说随便点一道春天的时令菜荠菜肉丝，可能一不小心你就吃到了千年以前的《诗经》：诗经有云，其甘如荠。所以吃传统、吃文化，这才是饮食的精髓。而透过饮食，人们也可以更好地了解传统。重要的不是吃什么，而是怎么吃，吃其实也是一种韵味、风俗和艺术。从小郑家出来，看到门口堆放着许多竹制的圆形的筛子，小郑说那是逢上七月十九“大众爷民俗文化节”、关帝君诞等年节做各种板仔粿、圆糕子、草粿等用的。正对门正是桥头关公庙，庙不大，近前看正殿之上关帝像卧蚕眉、丹凤眼、面如重枣，气宇轩昂，已经成为深烙在人们记忆中的形象。明年小郑家要扩大作坊规模，也许要搬离此地。小郑说，这里住很久了，舍不得搬走。离开时见他仍是虔敬地立于庙前，又见关帝庙门楼雕着“双龙戏珠”等各色彩瓷雕的屋顶下一幅红底金字横幅迎风招展：心中有关公，做事一定成功。也许，这正是无数如小郑这般固守手艺坚持下来的人们心中的信念所在。

小巷里的“兰”香

同学约我们几个到南靖一游，说要带我们去看“兰花”开。南靖兰花是早有盛名的，原以为要去的是兰花园，却不料同学带我们七拐八拐，从一棵老榕树的斜对面进入，到了一个小巷子。这是一个普普通通的小巷，迎面而来的也是一个普普通通的小店，没有显眼的招牌，只见店面靠街玻璃上贴了四个不大的“阿兰鸭面”四字。原来此“兰”不同彼“兰”。

香气却是一样的扑面而来。循着香气进入店里，只见靠窗一长排案板上，整齐有序地摆放着一个个托盘，上面琳琅满目地排列着各色卤料，有鸭翅、鸭脖、鸭胗、卤蛋、豆腐、笋干等，而最引人注目的就是那一只只色泽黄亮似乎还冒着丝丝热气的卤鸭，听同学在旁悄悄说，这就是这家店的招牌鸭，要用每天现杀的活鸭，刷子刷上特制的酱料，一只只层层叠放到一口大铁锅，经过近两个小时的焖盖卤制才拿出来。“鸭子是在山涧乱石中原生态放养的，吃的是玉米粒，喝的是山泉水，号称健美鸭，肉质肯定不错的啦。”同学说。怪不得看起来皮薄肉酥，似乎连骨头都是香的。

店不大，靠墙左右两边各摆了几张普通的长桌，一些椅子。我们挑了里面的一张坐下。系着棕红色围裙的店主笑吟吟地迎上来了。“阿兰，来四碗清汤鸭面。”同学熟络地打着招呼。一边介绍说，这家店2001 年就开了，十几年来，小城食客来来往往，对鸭面的热爱，却从未改变。果然看到人渐渐多起来了，有刚下班就拎包直奔而来的男女白领，有在附近悠闲地踱步前来的街坊邻居，有懒得动锅动铲的小夫妻，有像我们这样呼朋引伴的一小群……于是每一张桌子，每一条长凳，全坐满了人。店里的伙计一边揩台抹凳，一边收碗派筷，忙乱起来了。阿兰也忙碌起来了，熟练地一抓一把面，再加一小把青菜，在热气腾腾的汤水里捞一下过水，倒到碗里，浇上清汤，麻溜利索。阿兰手不停，脸上却是始终温和地笑着的，让等得心急的客人一时也燥不了，干脆就挤在案板旁边站着等。也有先等到的，捧着堆了各色卤料冒尖如小山般的碗，得胜似的在你面前香飘而过，纷至落座。众人热热闹闹嘈嘈杂杂在一起，面馆里于是弥漫着一股子烟火气。有了烟火气，才觉得亲切真实，因为它就在你的身边，看得见，也摸得着。

当然还是吃得着最好。四碗热气腾腾的鸭面上场了，一碗鸭面好不好吃，首先是看汤。看那汤色并不像一般卤面、猪蹄面、沙茶面那样浓墨重彩，清得让人担心味道会不会太淡了？嘬一小口，汤色如此清亮，味道如此醇厚丰富，据说秘诀就在于阿兰鸭面的清汤是用肥鸭和上排文火熬制而成，熬多少清汤，便配多少碗面条，保证原汁原味，汤好味清。虏获万千食客全靠那一口好汤底，果真汤头一流。看周围食客们几乎都把汤喝光光，有的还起劲喊：“阿兰，加汤加汤！”清淡入味的汤，喝一口都觉得舒畅。

料也是必不可少的配角。夹起一块色泽黄亮的小鸭肉丁，皮薄得像一张纸，咬一口肉里面还含着汤汁，香味从皮到骨头。切成片的鸭血滑滑嫩嫩，一到嘴里好像就要化掉了。那团团簇簇挤在一起的鸭胗卤笋豆腐条似乎也不甘寂寞，要在碗里江山争奇斗艳一番。美食，于漳州人而言，就是幸福生活的开始。转头瞥见旁边有个两三岁的小男孩，已经狼吞虎咽吃完了面，看着拿过鸭腿的那个手指实在香，忍不住又吮吸了一口。环顾面馆里一众食客皆埋头大快朵颐酣畅淋漓中。

“十几年了，几乎天天都要来吃一碗。有时加班到很晚，也特意和大家跑来一趟，趁热吃上一碗，那个爽啊。也不困也不累，又精神百倍了。”美食下肚，同学惬意至极，慢腾腾开腔。一碗鸭面，看似不起眼，却是日复一日年复一年在我们的生活里进进出出。2001 年，一对普通夫妇开创了这家鸭面馆，至今已有 16 年的历史。而 16 年的时间，五千多个日夜的坚持，意味着执着、缓慢、劳作，甚至少量，但是这些背后隐藏的是专注、技艺、对完美的追求。“专注做点东西，至少，对得起光阴岁月。”著名音乐制作人李宗盛如是说。世界再嘈杂，总有一类人是安静而专注的。他们就是李宗盛这段话里提到的匠人。而阿兰夫妇也正是这样的匠人。独门心传，用心打磨。其间走进了几代弟子、学徒，如今南靖大小街头，尽是桃李满荆城。这源于对鸭面始终不变的热爱，也是一种使命与传承。每一个固守手艺坚持下来的人，都因为纯粹而美好着。鸭香如兰香，弥漫了光阴流年，越久越浓。

从面馆出来，我迫不及待和同学约了明天中午再来。同学不由笑了，和你们说过的忘了？这家店傍晚才开。阿兰知道少吃多味，任何美味吃腻了，味道再好也不过如此，听说这在经济学上叫作边际效应递减。所以你才会对鸭面留下深深的回味和眷恋啊，让你欲罢不能，自然就成为店里的常客了。

果然是“兰”香不怕巷子深，远远地，回头似乎还能看到阿兰温和微笑的脸，还有夫妻俩不知疲倦忙碌进出的身影。日子真就像一条河，总是一刻不停地向着前。只要你留意，就能发现那些在生命里时隐时现的同行者，以及生活里远远近近大大小小的美景美食等一切美好的东西，总能在不同的时节里带给我们不同的惊喜，并一路相随。就如此时，同学特地给我们每个人打包带回的这只芳香阿兰卤鸭，拎在手里，却在舌尖、心间百转千回。

且吃茶去

每每读到王勃《秋日登洪府滕王阁饯别序》里的一句：“物华天宝，龙光射牛斗之墟”，就想到漳州市芗城区的天宝大山。王勃诗里的“天宝”是取其“天然的宝物”之义，用来赞美我们的天宝大山也不为过。据说“天宝”命名的由来有一段佳话，《漳州府志》中记载：从前，天宝山中有宝物，每当雨夜，时常吐出光气。宋朝时，一天夜里，人们看见有一颗光彩灿烂的夜明珠从山间飞出，流星般地划过夜空，坠入九龙江中。后来被一个打渔的人网得，进贡给皇帝，因此赐名为“天宝”。

天宝大山高近千米，是漳州的主山。山上的“宝峰飞翠”历来是漳州的古八景之一。朱熹曾在芝山开元寺后讲学精舍前手撰一副名联“十二峰送青排闼，从天宝以飞来；五百年逃墨归儒，跨开元之顶上”，以赞美天宝大山美景。在这样的宝山上喝喝茶，清风为侣，溪泉为伴，神交自然，物我两忘，想必是一件很美妙的事吧？若是一众友人相聚品茗，谈天说地，言古论今，就更是一大乐事了。

山风和清泉诱惑着我们。夏末的一天，我们从漳华路一路向北，经过天宝国有林场，如约来到山下的仙都村。两截竖着的大树桩上面又横着一截，搭成了一座号称“凤凰三曲”的山门，穿越此门，似乎回到了简朴而悠远的原始时光。登上蜿蜒蔓延的由山上天然小石块铺设而成的小石阶，随意停歇。一条清澈的小涧在岩石缝间弯弯绕绕一路陪伴。正想找个栖息处，前方一座覆盖着竹篷的凉亭恰到好处地出现，远远地就能看到亭中那一方简简单单的木长桌和几把椅子。众人提议在此坐坐。

进入凉亭，只见亭前后廊道两边的棚架上都种满了爬藤类植物，一些百香果似守护神般已经悄然爬上了亭上方，主藤有如小拇指粗细，恣意生长得好不快意。我们把带来的香蕉、葡萄、龙眼干等一一摆上桌面，花香果香摇曳起来。凉亭周边霎时成了一个生气勃勃、绿意盎然的小庭院。友人来了雅兴，又四处寻觅找来一圆口浅边的土黄瓷盆，把葡萄、梨子拿到亭边的小水池一个个洗净了装上，双手轻托着瓷盆，盈盈一笑走向我们。只见绿藤下石阶上一袭碎花棉布长裙飘飘，那画面真是仙气兼古意十足。咔嚓一声，相机捕捉下了人与大自然相逢的美的一瞬间。

友人说，重头戏还在后头呢。她又变戏法般从随身带的双肩包里变出一套茶具来，茶盏茶杯样样俱全。我们正赞叹，她却说，若要齐全，须得茶匙、茶针、茶漏、茶夹、茶食、茶筒都有，才合称茶道六君子。今天在野外大家将就些吧，率性就好。说到“茶”字真是一个神奇的字眼，细细端详是由“草”字头、“人”及“木”三个部分合写而成，“人”在“草”字下，木之上，这不也意喻着人要回归大自然？人要快乐、无忧、放松，岂能不爱茶喝茶呢。

道旁的岩石缝中，不时有泉水汩汩流出，掬起喝一口，味道都是甘甜的，我们原本特意带来的桶装矿泉水，都用不上了。待山泉水烧开，友人娴熟地用开水将茶壶、茶杯等淋洗一遍，而后轻轻撕开茶包。颗粒紧结沉睡梦里的茶，在与缓缓注入盏中的滚滚沸水相拥的那一刻，被唤醒了，展开了。清澈的水，因茶而绿。碧绿的茶，因水而明。一杯杯颜色碧绿、汤水清澈的热茶递到了我们的手中。茶汤尚烫，先杯沿接唇，小啜一口，让唇舌慢慢感受这期待已久的茶汤滋润。茶香也开始慢慢地沁出来，那是一种如兰般的天然的悠长的香气，慢慢地通过鼻子，通过唇间喉舌等其他通道，到达大脑，到达心，到达意念与幻思。果真是“盛来有佳色，咽罢余芳香”啊，我们渐渐地沉静下来。身畔一位“老茶仙”

很有经验地说，茶本就喝的是一份恬静，为什么人们总爱先洗一遍茶叶的原因，就是将那些枝枝叶叶的杂物都洗掉，还原茶的本质。还有喝茶的整个过程有很多细节啊，你快不得，所以你的心就变得从容。你会回到一个很单纯的状态。看繁体的“禪”的左边是“示”，右边是单纯的“单”,“禅”就是一颗单纯的心，单纯地表示。这就是禅茶一味的道理了。相传唐朝有一位高僧叫从谂，常住在赵州观音寺，人称赵州古佛。因嗜茶成癖，每说话之前总要说一句“吃茶去”，后来这句“吃茶去”就成了禅林法语。而曾任中国佛教协会会长的赵朴初先生也有诗云：七碗受至味，一壶得真趣。空持百千偈，不如吃茶去。

“啜之淡然，似乎无味，饮过之后，觉有一种太和之气，弥沦乎齿颊之间，此无味之味，乃至味也。”同来一长者也慢慢颔首赞许，云，由苦到甘到无味平淡，说的就是茶啊，也是生活。那份从容淡定，如纯醪在岁月里散发芬芳。

茶味渐渐淡了，我们又改喝红茶。红茶汤色如琥珀，醇香绵绵。茶分绿茶、红茶、白茶、黄茶、青茶、黑茶、花草茶种种。茶不同，茶韵和茶味就不同。各有风情，慢慢品饮，听生命的精灵在杯水中浸润、张开、升腾和翻滚，蜷曲而秀丽地呈现的声音。第一次感觉，原来茶是有颜色和有声音的。

风和蝉鸣也是有声音的。午后，亭子里有些闷燥起来。山间的风虽时不时吹来，地上仍隐隐冒起一股热气。这时长者又不慌不忙起身，到池边找来一脸盆，盛满一盆清水，就地轻轻一泼。围坐桌边的我们猝不及防，“哎哟”一声赶紧缩起了脚，那清水却只是低低地自脚下而漫过。几盆清水覆过地面，一股清凉随之而生。长者笑笑说，这是以前在乡下插队时我们的经验，那时哪有风扇呢，有时我们还泼水上墙，燥热的气温一下就降了。这就叫从劳动中产生的智慧吧？长者又莞尔，这不就是我们那时经历的乡村生活吗？这日子过着过着就回去了。我心里一动，还真是这样呢，记得苏格拉底说，“我们需求越少，就越近似神”。从这个意义讲，简单就是我们要追求的精神王国。这日子过着过着，就回到能看到牛儿撒欢，听到鸡狗鸣吠，闻到稻花飘香，提篮采摘蔬菜，执杆垂钓鱼虾，披星戴月下田干活，气喘吁吁上山割草的时代，多美呀。正想着，早有童心未泯的友人又凑到池旁，接过清水，趁着泼地也趁机泼了我们一身的星星点点，大家倒是不恼，也罢，大热的天，清凉清凉吧。日光从绿色藤架缝隙里投射下来，外头偶尔响起的车声人声仿佛与我们隔了一个世界的屏障，城里有乡，自成一方，凤凰仙都，成了庇护我们的清宁安适的“桃花源”。

后山却是热火朝天的。廊桥式大竹棚的不远处，有一座风车，再上去的山梁处，有一座瞭望楼，走过瞭望楼，是一处绳索游玩区，这里是孩子们最喜欢的地方。夕阳下，孩子们在那儿兴高采烈地攀爬，蹦跳，嬉戏，晚风吹拂中我们这一群老小孩谈笑着从旁走过，已然过了这样美好的年纪，但茶罢归来香满身，足矣。

沐在春光绿意里的闽南二月

孟春已去，仲春将来。

欣欣然行走于二月的九龙江畔，似乎总有一些看不见摸不着的东西相继醒来，让人生出一些说不清的期待。微雨似油，润开了桃枝柳枝上的一串串蓓蕾。树的枝条明显有了活性，风吹过，树也会点点头。阳光也是绿色的，江水在盎然的绿意中，添加了新鲜的自由。不知不觉中，圆山脚下的小草继续松动着身边的硬土，幼小的昆虫丰满着它的翅膀，无边的草浪也正在向远处汹涌。即便在暗夜里，春天还是勃勃生长着的。偶有春雷使着响亮的性子，从天边霹雳滚过，急不可待地把入冬藏伏土中不饮不食的蛇虫逐一唤醒。于是，虫噪鸟鸣，草萌叶发，闽南大地，呈现出欣欣向荣的春光气象。既而，天气转暖，雨水增多，农家开始忙碌起来了。

九龙江翻腾着古今一如的波涛，两岸的百姓也形成了丰蕴深厚的风情习俗。一年的生计即将展开，总有一个标志性的仪式来祈求一年的风调雨顺和平安顺遂。举行这个标志性的仪式就定在二月二的这一天。民间传说“二月二，龙抬头”，苍龙要在这一天施风播雨，万物生灵便从这一天显形成长。勤劳的人民便将这一天视为开始生计的吉祥的日子。

漳州的农家总是这一天祭拜土地神。农家的心意总是朴素而又虔诚，他们认为这片油黑肥沃的土地生长着草木五谷，养育着人类，把这一切看作是土地神的恩赐。闽南的土地神有一个吉祥的名字，叫“福德正神”，也有一个生动的传说，说的是周朝一位官吏叫张福德，生于周武王二年二月二日。自小聪颖至孝，36岁时，当了朝廷总税官，为官廉正，勤政爱民，至周穆王三年辞世，享年102岁，有一贫户以四大石围成石屋奉祀，不久，由贫转富，百姓都信神恩保佑，于是合资建庙并塑金身膜拜，取张福德之名而尊为“福德正神”，也有称之为土地公、福德爷等。

福德爷长什么样呢？传说中的张福德心肠善良、温厚笃实、乐于助人，据此雕刻出来的土地公神像，是一位慈眉善目、白须白发的老人，面庞圆而丰盈，两眼微眯，笑容可掬。一手拿元宝，一手执如意或拐杖，显出一副慈祥温和的长者风范。土地庙则多半造型简单，简朴自然，闽南乡村的树下或路旁，随处可见以两块石头为壁，一块为顶，即可成为一庙，俗称“磊”型土地庙。也有简单以水泥或砖块砌成小庙的。《左传通俗篇》有云：“凡有社里，必有土地神，土地神为守护社里之主，谓之上公。”所谓土地神就是社神，其起源是对大地的敬畏与感恩，这正是人们亲土地而奉祀土地的原因。

庙虽小，土地公掌管的地方也小，只是一区、一里、一邻，是个小神，但在他管辖的地区内，是那地区的神，所以不能看轻他，俗语说：“得罪土地公，饲无鸡”，就是这个意思，因而老百姓祭拜的诚意都不小。每年农历二月初二土地公诞辰的这一天，家家户户都要宰鸡杀鸭、虔诚祭拜。此外，“二月二，薄饼祀”，人们还以薄饼春卷来祭祀土神。土地庙也多要演戏，以祝“福德正神”千秋。这叫春祭。农历八月十五相传是土地公升天之日。还要祭拜一次，这叫“秋祭”，以感谢土地公一年来的福佑，古时所谓“春祈秋报”就是指此而言。也有说二月初二也是谷神诞辰，为此在祭祀土地神的同时也祭祀谷神，称为社日。光绪《漳州府志》记载，社日“乡间居民仿古春祈，敛分金，宰牲祀神。毕，群饮于庙，分胙而归，谓之‘做福’”。

春在田野上，春在山庄里。勤劳聪明的农家人通过“社日”表达他们获得丰收的良好祝愿，同时也借这样的节日开展对他们来说十分难得的娱乐活动。在社日到来时，人们集会竞技，集体欢宴，热闹非常。想象那是一幅多么醉人的画面：“鹅湖山下稻粱肥，豚栅鸡栖半掩扉。桑柘影斜春社散，家家扶得醉人归”。唐王驾的《社日》没有写作社表演的热闹场面，却写社散后的景象。春社散后，人声渐少，到处都可以看到喝得醉醺醺的村民，被家人邻里搀扶着回家。“醉人”这个细节可以使人联想到村民观社的兴高采烈，畅怀大饮，而这种欣喜之情又是与丰收分不开的。这天夜里，闽地一些村庄还有“打春水”的活动，参加活动的人都兴高采烈拿着一面锣，从村头沿大路一直敲敲打打到村尾为止。这仪式也和古时的春社节有关，以此祈求春季风调雨顺，庄稼长势旺盛。

农人以竹枝夹金纸插田中，在土地公庙张灯结彩演戏以祈丰年。那么商家又是怎样过节的呢？在民间，土地公也被视为财神与福神，因为民间相信“有土斯有财”，因此土地公被商家奉为守护神。各商铺竞相备牲礼祭神，祈求新的一年生意兴隆，财源广进。这叫“做牙”。二月初二又称“头牙”，是新年后第一次做牙，而十二月十六，则是一年中最后一次，称为“尾牙”。“做牙”的习俗在闽南几乎家家户户都有，有的地方还有俗谚：“头牙无做，尾牙空；尾牙若佫（如再）无做，啰无亲像人。”“做牙”后，那些献祭过的供品人们也能吃上，所以印象中孩提时候总是祈盼着大人的各种繁复的祭拜仪式快快结束，好一饱口福。“做牙”的祭祀内容，是以慰劳土地福德正神以及本家的地基主为主，它也在喻示着人们，生活美满的根源，是本身所依赖和生活的那片土地。因而对“土地神”的祭祀也就成了闽南一种相当广泛且普遍的信仰。

除此之外，闽南百姓还为二月节寄予了独有的一种民间情怀，旧时家长们往往选在二月二送孩子入学读书。一方面，正月过后，年算是过完了，一切要步入正常的轨道。另一方面，二月二的很多习俗与龙相关，农历二月二，俗称“龙抬头”，是一年中开运的重要日期之一，这天让孩子开笔写字，取龙抬头之吉兆，也有“望子成龙”之意，寓意好彩头可以让孩子更容易出人头地。加上阴历二月初三是文昌帝君的诞辰，据说文昌帝君就是文曲星，二月二入学，正好赶上第二天敬奉的仪式，让文昌帝君保佑孩子学业有成，科举高中。

位于漳州市芗城区巷口镇浦头村的霞东书院，祭拜的正是文昌帝君。书香流传，书院前一棵已有四百来岁的巨大古榕，至今仍枝繁叶茂，郁郁葱葱。旧时每到二月三这一天，官府和当地举人、秀才、书房教师以及一般读书人，都要齐集文昌宫，用牛和其他果品为供物，举行三献礼的祭典。有时还在文昌宫中张灯结彩，设宴演戏。如今许多文人学子仍然有到当地的文昌宫祭拜的习惯，每逢大考，学生家长也会到文昌宫内烧香祈祷，供品摆得满满当当。据说每一样供品都有寓意——胡萝卜象征着“好彩头”，芹菜、大葱有“勤奋”“聪明”之意；而包子、粽子则指的是“包中”。一缕缕青烟伴着虔敬的祝祷送进文昌帝君的耳里，文昌宫烟火缭绕，热闹非常。传统的文昌帝君诞的节俗里融溶着闽南百姓对知识的启蒙、对功名的追求等美好的期望。霞东书院，也因此由僻静神圣的书院殿堂而多了几分亲切鲜活的平民气息。

闽南百姓自古以来就是这样勤勉地耕种，生活。出则耕，入则读，何其乐也！而闽地能由原先的穷乡僻壤之区，蛮荒作乱之地而成为愈无罅隙、和平富裕、安居乐业的净土，开漳圣王陈元光将军功不可没。于是，在明媚的春光中，在宁静的生活中，闽地百姓心怀感恩之心，又每每追忆起陈元光将军幼年随父南下呕心沥血开漳的功绩。

农历二月十五即陈元光将军的诞辰日，就因此而成了漳州百姓一个共同的盛大的节日。漳属各县都有祭祀陈圣王的威惠庙，延至东南亚及台湾各地。可以说凡有闽南人后裔聚居的地方，就有威惠庙。在百姓心中，陈元光已经由人而为神，并代代相传。

如果说，二月二是漳州邑民个人独自行吟的宁静喜欢，而祭祀陈圣王的活动则是漳州民间的一次集体狂欢。每逢农历二月十五，各地威惠庙都要举行隆重的祭典，迎神赛会。家家户户都上供三牲或五牲及红龟粿，各村各社都搭台演戏、放映电影，人神同娱，其乐融融，纪念“开漳圣王”。云霄县“开漳圣王”庙宇举办的“烑神节”民俗活动每年都要闪亮登场，只见身披华服的开漳圣王神像端坐在轿椅上，八名壮汉分列左右抬轿，其后是庙里供奉的圣王麾下六名部将神像。壮汉在围观村民的喝彩声中高抬神像轿椅前行，奋力奔跑，再现当年开漳将士驰骋疆场的威武场景。十分壮观。

开漳圣王陈元光治理漳州二十五载，实现了“方圆数千里无烽火之惊，号称乐土”的安定局面。“乐土乐土，爰得我所”，《诗经》里的这一句正道出了千百年来老百姓对美好生活的向往，他们要寻找的是安居乐业的理想国度。早春二月，草长莺飞，料峭的寒意已渐渐消尽，桃柳着装则日日焕新。耕种、读书之余，也是踏青的好时节，仿佛只有行了这种仪式，才真正拥有了春天。“逢春不游乐，但恐是痴人”，白居易的《春游》诗正是这种心境的写照。闽俗以二月为踏青节，又称花朝节。于是，“东湖北山多亭馆，士女如云，行乐相望。”红男绿女三五结伴，走出家门，来到郊野。万绿丛中的这团花丛歇了，那团花丛又闹了。绿，就这样在不经意间，翻滚着引领着人们向前。丽日清风中，放个纸鸢，轻巧巧飞上半天。舞雩风前，飘乎乎恍若神仙。此情此景，春光无限。乐亦无限。

祖师和天公诞辰里的民间情怀

圆山的岩峰在不知不觉间变得清瘦刚硬，九龙江的波涛也在不知不觉间变得平缓冷凝。街头树色渐渐变深，一些略微泛黄的叶片从树干上飘落而下，在风里打几个滚，然后无声无息地缀在街面上。那些花草也暂收起先时的鲜美光泽，随着西风摇曳着季节的消息。当古老的芗江两岸飘逸着甜米糕的香气时，人们的心头便涌动着一个清晰的念头——冬天来了。

新的一年在烟雾缭绕和隆隆的鞭炮声中到来，各种冬日节俗也随之来了。在众多的传统节日当中，春节可以说是最具有代表性、典型性、复杂性的一个重要节日，春节就是由若干节日所组成的一个节日群。由初一到十五，再追溯到一年四季，众多的神明都有不同的诸如诞辰、升天、成仙、开光等各种名目的日子，闽南百姓也开始穿梭奔走于请神挂香、做醮祈安、演戏谢尪等各种丰富忙碌的活动中。而在人们的记忆中，总有许多质朴亲切的文化元素，其中给众神明“过生日”是民间流传下来的最有亲民气息的虔诚而又隆重的仪式。比如七夕节是给文曲星君“过生日”，而中秋则是给月宫娘娘“过生日”，即使九月九日的重阳节也是给重阳帝君和哪咤太子“过生日”……在某些沧桑而质朴的岁月里，“过生日”曾是多么美好而又令人憧憬的时光啊。古老漳州一年四季的节俗，也因之亲切地浸染上了闽南大地的通俗风貌和泥土气息。

正月初六传说是三平祖师的生日。“三平祖师”是民间对唐代漳州三平禅寺长老义中法师的尊称。这一天，成千上万的善男信女从四面八方赶到三平寺或由三平寺分香到各地的寺庙，庆祝“三平祖师”诞辰。有的甚至徒步几十公里前往，以示虔诚。进山的抬着用糖和糯米粉捏塑的祈求平安的“芳片龟”，一路锣鼓喧天，鞭炮声不断，至寺则舞狮，跳“大鼓凉伞”。没能进山的信徒也要备办甜线面、果品和荐盒在自家门口遥遥祭拜。几百年间，由一个初入佛门的小和尚到人格臻于圆满的得道高僧再到受广大信众膜拜爱戴的神明，义中法师如何谱写这一由人到神的传奇呢?

义中法师，俗家姓杨，祖籍陕西咸阳高陵县人。由于父亲到福建做官，义中于唐德宗李适兴元六年（784 年）正月初六，诞生在福唐县，即今福建省福州市属的福清县。义中聪慧好学，博览群书，过目可记诗文。相传曾谒在潮州大颠禅师门下，当时潮州有鳄鱼精在溪中作怪，肆虐成灾。记得多年前听父辈说过被贬谪为潮州刺史的韩愈力治鳄鱼的故事，有一副对联给我留下了深刻的印象，联曰:“恶溪恶鱼韩退之退之，清国清民康有为有为”。当时只觉得此联工巧，却不知上句与义中法师大有机缘。原来法师曾教韩愈用手中之笔驱鳄，韩愈心领神会写下《祭鳄鱼文》。在河边祭鳄时，有一公一母两只巨鳄兴风作浪，不肯离去，义中法师挥动手中锡杖，痛击鳄鱼，最终巨鳄落荒而逃，岭南地区从此鳄祸平息。回到庙里，大颠禅师怪义中杀生，将义中禅杖一扔:“禅杖到哪儿，你就到哪儿! ”禅杖就这样一直飞到福建漳州开元寺后的半云峰下（即今之紫芝山），化为樟木，号锡杖树。义中法师于是拄锡在紫芝山。法师看这里春意盎然，花果繁茂，便又建起“三平真院”，开始聚徒讲经，宣扬佛法，一时此地樟花飘香。时为唐宝历元年（825 年）。这可真是:一根锡杖，插地成樟。

遥想一千多年前法师手持锡杖与鳄鱼精恶斗数昼夜而诛杀之的一幕，仍觉得惊心动魄。义中法师虽为佛门弟子，却仍具有疾恶如仇的血性，勇于除暴安良。从这点看，他入佛门并不是为了避世，而是为修身与弘法，的确让人可敬，这也是法师至今仍为世人所敬仰怀念的重要原因。

沿着曲折的山路来到距市区约55公里的平和县文峰镇三平村的三平寺。只见这里四面环山，地势平阔，寺庙依山而建，庙前水环绕而过。唐会昌五年（845年），武宗皇帝废佛汰僧，烧毁寺院。年逾六旬的义中法师毅然率众僧避入深山。烈日当空，法师与众僧艰难跋涉。忽见溪涧中水面樟花浮动。他们溯溪涧而上，进入平和三平山。放眼三平，山水灵秀，风光不凡，果然是一处聚徒传教的好地方，于是在这里兴建而成三平寺院。《漳州府志·古迹》载："三平寺，在平和山，极山水佳致……即三平寺唐僧义中建"。义中法师与弟子们在三平亦禅亦农、亦武亦医，行善积德，在这化外荒芜之地保存了禅宗一脉。往日的荒山野岭呈现出一派勃勃生机。

至今，三平村一带仍流传着义中大师兴建三平寺院聚徒说法的诸多传说。故事传说中的义中大师是人也是神，由人到神，由神到人，如一位亲切的父兄，在此蛮荒之地，与土著和睦相处，传授桑麻耕织技术；又如一位医道精湛的仁慈的医生，悬壶治病，保境安民。至今三平寺还有据说是祖师公留下的药签75首，供善男信女为生病的家人拜求药签。大师，堪称闽南最早的医药之神。大师又如一位武艺高强的侠者，收服蛇虎，安抚百姓，将自己擅长的"太祖拳"和"少祖拳"毫无保留地传授给山民，借以防病健身。慈悲济世即成佛，穿行在三平祖师公的故事和传说之中，明白了人们尊他为神，对他朝拜、敬仰的原因更在于他那颗仁爱的心，还有种种的善举良行。走近三平寺，心怀虔敬站在塔殿正中石龛里端坐着的那尊高大巍峨而又慈祥平和的大师坐像前，知道我们拜谒的不再是单纯的佛家朝圣地，而是我们拜谒的祖先为后人所留下的另一种神圣的信仰。

每逢初六祖师诞辰，三平寺昼夜灯火通明，海内外游人香客纷至沓来。据说每年前来还愿、朝圣的善男信女高达几十万人次。从腊月始，连续不停的烟花爆竹声回响在三平的崇山峻岭，化金炉周围，爆竹纸屑堆积如山，香火之鼎盛，实为罕见。

烟花绚烂织出了另一片璀璨的星空。正月初九，是庄严隆重的天公玉帝的诞辰。玉皇大帝是天界的最高神祇，在古漳州人的传统观念里，天庭掌管人间，玉帝又是神仙的首领，给“天公”过生日便成了春节最为热闹的一个节日。

记得小时候每每正月初六的炮仗声还未消尽，孩子们就又念叨起来：“初一为鸡日，初二为狗日……初九为天日。”主妇从年初七就忙碌起来了，开始做米龟，蒸发糕。祭拜“天公”的贡品中最特别的是红龟粿，把包上花生芝麻馅的染成红色的面团放在有龟背图案的模具上，轻轻一压，一个地道的“龟”便完成了。抹上一层薄薄的花生油，垫上竹叶，入蒸笼蒸，出笼后红艳艳、香喷喷，真是令人过口难忘。在崇神而念旧的闽南，逢年过节，人们不仅要把红龟粿做得吉祥好看来取悦于神，还要把它做得足够好吃，以留在凡俗的日常饮食文化中。

初八晚上，暮色初合，便当“天”摆上八仙桌。没有庭院的，则摆在窗口边。随后摆上一碗碗干鲜水果和素菜，红龟粿和甜粿咸粿也大盘小盘一一摆放。也有些人家供鸡鸭鱼等荤菜，十分隆重。除了斋品外，还要鲜花、蜡烛各一对。又在供桌两侧各放一枝甘蔗，祭神的甘蔗须带叶，以征节节上升和开枝散叶。而每每这时家中长辈关于“拜天公”的故事也隆重登场。据传明朝时期福建一带倭寇盛行，杀人放火、抢夺财物，乡民们奋力抵抗，但寡不敌众。黑夜中逃进一片甘蔗林躲避，倭寇搜寻了一晚上还是没发现，于是收兵撤退。乡民们得以安全脱身，而那天正好是农历初九。从此，福建人都认为是天公在庇佑着他们，而甘蔗也成了祭拜天公的必需品。听得孩子们对那两节绑着红丝带的甜甘蔗也充满了垂涎和向往。

十一点子时一到，大门大开，点灯，燃烛，对着天公炉虔诚叩拜，愿天地父母佑我合家安康，诸事如意。献给天公的银纸钱是特制的“天公金”，较一般纸钱大，正方形，刷金箔，而且必须折成金元宝的样子，勤劳的主妇早早就折好了一大箩筐。烧钱札的时候孩子们争着帮忙，这是孩子们又喜欢又害怕做的事情，火光升高，红彤彤的，映出喜气，映出人心中的平静安宁。拜完后各家各户鞭炮声开始响个不停。鞭炮就挂在门前，或者挂在门前的小巷里。小巷悠长，鞭炮声便蔓延开去，一浪盖过一浪。“初八晚冥来拜天，庆祝初九天公生，大人团子放枪星，欢欢喜喜年兜边”。这就是很多漳州人印象深刻的“拜天公”的情形。这天后，闽南百姓人家就要开始各奔东西为新的一年打拼。

从初六到初九,三平祖师和天公玉帝的诞辰民俗无疑承载着闽南人对富足、吉祥、平安、健康的向往和追求，辛勤劳作与生活的闽南人相信神灵和人类一样，也有喜怒哀乐，人若崇拜它们，向它们祈祷，就会得到它们的保佑。于是在腊尽春来新旧交替之际虔诚地用农猎收获物来祭祀上天和祖先，满怀敬畏之情来感谢大自然的馈赠，感谢神灵的佑庇。而我相信，神明也必乐见其信众和子子孙孙世世代代如此的无争无扰，安然而美好。

祭祖祀神表面看来是人们对祖宗和神灵的怀念和敬畏，实质上又何尝不是闽南民间一种朴素的感恩和孝道情怀的虔诚表达？没有了辈代先民的艰难开拓与顽强传承，焉有后世子孙芳醇甜美的荣华时光？在岁月的长河里，季节可以改变树木的形状，时光可以改变人们的容颜，却总有一些东西沉淀在岁月的河床上，譬如忠厚善良，譬如勤勉感恩，譬如生生不息恒久流淌着的爱与感动……

第四辑　流连亲情

土楼里走出去的爱情

这是一张五十几年前的结婚照，照片上的新郎新娘是我的父母亲。母亲那时才19岁，正是一个女孩子最美的时候，穿着粉红碎花衣服，留着两根细长的辫子，右边辫子上还用红头绳系了朵小花，羞涩地笑着，靠在父亲胸前。父亲则是一副旧时戏里白衣小生俊秀的模样。两人亲密地偎依。背景是早期照相馆的一块画布，画着春天树上的几枝新绿。那时没有彩色照片，颜色都是照相师给染上的，现在看来有点俗气，在当时倒也十分喜庆，有红有绿。照片右上方还印了一行小字，写着：1957年8月于九峰。

福建平和县九峰镇是父母亲的老家。这座老镇在闽南第一高峰大芹山的西侧，远离都市，幽深僻静，又盛产茶叶，是土楼分布较多的城镇。我外婆家就在一座保存较完好的土楼里，我堂姑自小给了土楼里一户人家当童养媳，在一次回生父家后，她把她的堂兄即我的父亲带回土楼，带到了土楼里她的好姐妹——我母亲面前，成就了一段美好的姻缘。我的父母亲在土楼见面，在茶园相恋，又双双走出土楼，到外面求学。

父亲到青岛一家海军培训基地，母亲去了龙岩师专。相册里“旅漳留影”这张，据母亲回忆说，是父亲要送她去龙岩读书时，两人先到漳州游逛拍的。母亲这时的辫子还短，只扎着两束马尾巴，外罩一件翠绿的上衣，里边翻出素白的衬衣领子，正是当时知识青年时髦的装束，父亲还是一贯的锅盖头，白衬衫。照片上，两人脸上都绽出阳光般的开朗。我曾问母亲为啥要大老远地跑到龙岩去读书，母亲不假思索地答道：“听老师说龙岩是红色根据地，为了进步就去了。”那时的人思想就是这么单纯。

母亲每次说起那段日子，都像回到了少女时代，“你爸年轻时，高高大大，谁见了都夸，有一年还没放假，他突然就来了，穿着军装，还带来一套圆规尺子送我，要我好好学习，班上的女同学们都羡慕地跑出来看……”两人也闹过别扭。那是因为在国民党当兵的外公在新中国成立前就逃离老家，家里只靠外婆做点活计，生活自然拮据，父亲坚持要寄点费用，母亲却觉得伤了自尊，提出要分手，还把父亲送的圆规尺子等全部还给了父亲。真是傻得可爱啊。

毕业后经过一番波折，两人终于由各自所在的广州和厦门同安回到了漳州，组建了一个小家庭。现在看来他们为了彼此在一起，都做出了牺牲，父亲离开他的轮船和大海，退役回到地方的一个航管站，母亲则由一个中学教师成了小学教师，换来的是两人甜蜜的相聚。“60年马巷留影”，“61年春节留影”，都留下了他们爱的脚印。夏天母亲穿着父亲托战友从广州买回的短袖花裙，冬天是毛衫外套围巾，看起来秀美大方。照片上的两人是一对幸福的小夫妻的模样。

不久家里相继添了姐姐哥哥和我兄妹三人。母亲一边教书一边操持家里，始终以父亲为荣，“记得刚结婚时我们住在单位一间简陋的平房里，过年了，你爸兴致勃勃自己写了副对联贴上，上联是朱门进朱庭，下联是赤子呈赤心，横批是朱者赤也，你爸说，这可是咱朱家独有的呀！”

日子就在锅碗瓢盆交响曲中倏然而过。2008年8月，他们迎来了他们的五十年金婚之喜，又喜迁新居，在父亲坚持下，两人去补拍了婚纱照。感于二老恩爱和顺一世，我也写下一曲《南楼令·贺父迁新居》祝贺他们：“暮归月窈窕，晨起云逍遥。手悄握，相望而老。鲛潜幽壑心寄傲，倚朱门，扇轻摇。”朋友请人写成字幅，父亲喜滋滋地把它裱了，连同婚纱照郑重地挂在了新房。他们还商量着什么时候再一起回土楼看看。

“月云”，我母亲的名字，我父亲一生所惜。父亲母亲，已相依默默地走过了几十个年头。黑白老照片，留下的是岁月最永久斑斓的回忆。

父亲的珊瑚礁

父亲又站在那丛珊瑚礁前了。

这是一丛灰白色的珊瑚礁，它离开了五彩缤纷的大海，静静地躺在那儿，不那么起眼了，但依然千姿百态：像树杈，如花朵，似柳条……令人遐想。

这丛珊瑚礁静静地躺在我家一个小纸箱里，已经很多年了，似乎从我小时就这样，这期间也搬过几次家，小纸箱长脚似的，从旧家跟到新家……但每次也就这么放着，家里几个孩子读书、工作，够操心了，父亲母亲都没空理它。

一晃，成家的成家，立业的立业，父亲母亲也终于退休，有了些空闲……前几天，旧房回迁，两位老人又要搬家，听母亲说，她整理着东西，发现了纸箱，顺手打开，看见了珊瑚礁，心想，这么重，扔了吧，父亲却突然大步过来，抢了去，捧在手里，眼睛都亮了，喃喃自语："还在啊，几年了，我都忘了你了……"

"那是你爸从部队带回的，我怎么忘了呢"，母亲有些内疚，"他那时在青岛一家海军基地受训，很喜欢大海，原本可以有更好的前途，比如当个受人尊敬的船长，可是，为了跟我在一起，他请求退役回到了地方。"

"你爸年轻时，高高大大，谁见了都夸，我那时在龙岩师专读书，有一天，他穿着军装来了，送我一套圆规尺子，我的小姐妹们都跑出来看，都羡慕我呢。"母亲脸上有了丝丝幸福。

“后来，我们成了家，住在单位一间简陋的平房，春节，你爸兴致勃勃写了副对联贴上，朱门进朱庭，赤子呈赤心，横批朱者赤也，他说，这可是咱朱家独有的呀。”

母亲絮絮说着，脸上泛起久违了的少女般的红晕，这些年，因为父亲的严肃，固执，母亲也少不了生气，也会跟我们诉苦，但每次都不忘赶紧补上一句：“算了，你爸就那脾气，你们不要说，他心脏不好，血压又高……”其实，他们是在意对方的呀，还有他们共同的这个家，不管是否说出口，他们都默默爱护着自己的子女，即便如父亲般不善言辞。

几件旧事忽地清晰：毕业那年，我分配在郊区一所中学，报到那天，父亲坚持同去，来回近两个小时，他默默骑车跟在后头，我和同事说说笑笑，心里却怪父亲让我丢了脸，隐隐生气。

隔天，学生报名，交钱，不觉天色已晚，窗外又飘落雨点，我暗暗心慌，“还好，来过一次”，门口，是父亲，手里紧攥着给我的雨衣，雨水还直往下滴……“今天收学费”，中午我不经意提起，父亲没吭气，不料下班后竟冒雨赶到了这里。

眼前似乎又看到了父亲，自从找到心爱的珊瑚礁，他就郑重地带到新家，摆放到客厅最醒目的一角。父亲告诉我们，珊瑚礁是由珊瑚虫的骨骼组成的。它们一层一层地加厚，直至形成树枝似的结构，拥有了美丽的面貌。有空他就总站在那丛珊瑚礁前了，有时眯着眼小心端详，有时凑到耳边细细倾听……父亲啊，你是听到了海里的啸音，还是看到了战友的身影？竟这样看不厌，听不够？

不知不觉他变得爱说话了，像个孩子，又最喜欢的是孩子，孩子也喜欢他，不像我们小时那么怕他。不管谁家的孩子过去，都会被拉到珊瑚礁前，“来，给你看看爷爷的宝贝……”每逢这时，他是那样的得意：“知道吗，这可是爷爷亲自下海带回的啊，真是太棒了，潜在水里，眼前有各种各样的奇妙色彩，鱼儿迎面向你游来，大海龟也一点不怕你呢，嗯，孩子，你简直无法想象……太美了！”

对往事的回忆让父亲充满柔情，有一天，他出其不意说：“老伴，搬新家了，咱们去补张婚纱照吧，裱起来挂在墙上，喏，就放在珊瑚礁边上，”母亲反而扭捏起来，“都一大把年纪了，好看吗？”“怎么不好看，忘了？你可是当年数学系的系花啊，哈哈！”

父亲不再不苟言笑，看着熟悉而又陌生的父亲，我有些感伤，父亲，不是我儿时威严的父亲了，父亲，真的老了啊！

明天，是父母亲搬家四天，按我们这儿风俗，亲戚朋友要来新家玩，我们要用打卤面招待客人，还要准备花生糖果……又有一番好忙了。我拿出手机，推掉了明天跟朋友的一切约会，放下手里一堆自以为忙碌的事情，拨通了父亲家的电话。

电话那头，铃声响起来。电话这头，我在静静地等待。

明天，父亲的新家，那盆珊瑚礁将会炫目地，陪伴着父亲母亲，在众位亲朋好友前绽放出它的华彩。

我和父亲的约会

“爸，周一早上，不见不散噢。”

“好吧。”爸爸有些不情愿地回答。

我和爸爸约的地方，是我们都不想去的医院。

几个月前，父亲凌晨起床，突然感到身子的一边僵硬，手脚不能灵活转动，我和妈妈赶紧陪他到了医院，诊断结果是脑毛细血管轻微破裂，马上办了住院手续。从门诊部到CT室再到病房，有很长的一段路，医生说，还是坐轮椅吧。曾经是军人的高大的父亲，一下子矮小了，坐在轮椅上，让我推着走。我笨拙地推着车，在形形色色的人群里穿梭，有时避不开，差点撞上人；有时把不住，椅子要往旁边拐。父亲沉默着，我却感觉到他的担心，他似乎随时要提醒我，又忍住了。父亲不习惯，不能自己把握自己要走的路。

我也不习惯，又心酸，父亲就这样突然要他的孩子来照顾，从小到大他是我们兄妹几个和母亲的顶梁柱，家里的大事都由他做主，突然，他成了小孩了，蜷缩在轮椅里，那么地无助。

在医院住了几天，吊针，治疗。辗转于单位、家里和医院间，四楼3号床成了我每天最牵挂的地方。一天，父亲高兴地告诉我，医生说，明天可以出院了。他又像个孩子样的得意：“我还自己去了对面的三楼呢。”“是自己上的楼梯吗？”我惊奇地问，父亲老老实实地答：“乘电梯。”“如果抓牢扶手，一步步挪，楼梯我也可以上的。”父亲骄傲地说。

回家前，父亲坚持要到他常去的理发馆理个发，“看看，都这么长了。”父亲用手捋着他的几根白发说。到家后，母亲欢天喜地煮了碗鸡蛋面让父亲吃下，又忙着整理医院带回的东西。父亲坐在客厅里，又找着了一家之主的感觉，时不时发号施令：这个不要了，那个要收好……我偶尔也让他训斥：笨手笨脚！心里却欢喜：挨骂就挨骂吧，您回家就好！

父亲回来两天，又惦着要去找他小区内的那群老伴了。以往，每至晚饭后，便会有他的一两个老友来按铃：老朱，好了吗？下来走走。父亲就急忙拎起垃圾袋应声而下。那天他在屋里靠墙走了几个来回，气恼：我怎么迈不开步子呢？我要下去！给我买根手杖吧，父亲终于无奈地说。

“这是手杖，不是拐杖！”父亲怕我们不知道似的一再提醒。他站立在那里，满意地用新买回的手杖试探地点着地，这根不锈钢手杖约1米长，看起来轻便结实，底部还有个“尖头”，是特制的防滑垫。父亲握着杖柄，像又多长出了一条腿，陡然自信。一人一杖成了亲密的伙伴，在家里试着走了几趟后，父亲笑容渐渐明朗，话也洪亮了许多。偶尔还停下，拿手杖随意画几个圈圈或指指点点，颇有些潇洒的模样，呵呵，那架势，让我想起小时电影看到的国民党军官或地主老财。

哥哥闻讯从外地赶回，父亲在电话里交代：“你哥明天回来，你要早点过来帮忙，你妈感冒，我现在又做不了什么。”听了有点难过，父亲从没说过这样的话，每次到二老那儿，吃完饭都要和父亲抢活干，他总说，你们说话泡茶去。当过军人的父亲做事一丝不苟很有条理，一会儿，大盘小盘餐厅厨房清清爽爽，万能老爸全整理好了。

父亲给予他的孩子们的，就是这样的一种东西，无言而深厚，无形却又丰盈。可是，是不是我们早已习惯了这一切，觉得生下来就该享受似的，理所应当？心里阵阵自责。

上周末，父亲又渐感到行走的困难，膝盖不能自如地弯曲。我和母亲说了多次，他才慢慢地又无奈地说，陪我再去医院看看吧。我知道，父亲心理上不愿承认自己不如以往了。只要能走能动，他是非常不想让子女帮忙的，我的倔强的军人父亲啊！

周一早上，我和父亲相约在医院。我希望，他能很快康复，稳稳健健地走路。父亲节那天，我希望，我和父亲相约在公园，江边，电影院，相约在孩提时他带我去过的每一个鲜花盛开的幸福美好的地方！

五月天

街的那边，是一家鞋铺。

街的这边，我和姐姐簇拥着母亲，正等着红灯停歇，过去给母亲买鞋。母亲节快到了，虽然母亲总说，洋节，不必去赶那个时髦，却因为姐姐恰巧于五一回乡，拗不过我俩，趁着午后的空闲，三人一块儿来到了大街。有十多年，我们没有这么在一起了吧？五月的阳光，煦暖地照在身上，街角，几棵南国的龙眼树，高大地静悄地立在那里，黄褐色的树皮斑驳剥裂，米白色细碎的花瓣儿无声无息落了一地。

绿灯亮了，姐姐和妈妈走了，我一恍惚，慢了一步。人流里，我追寻着母亲的背影，紧赶几步，快追上了，却看见母亲的头发，几乎半白了，在风中参差。我心陡然酸了一下，母亲的身子，被来来往往的人流挡住，看不到了，一忽儿又清晰地出现，是那样瘦小，单薄。一辆车突然穿梭而过，我看到姐姐伸手去扶，母亲僵了一下，似乎不自然地靠在了姐姐的臂膀，母亲呀，你还是那么倔强吗，不肯在孩子面前现出你苍老的模样？

有多少年，我没有扶过母亲了？我曾经依偎过母亲，被母亲亲热地搂在怀里吗？似乎很模糊，也许很小的时候有过。可是，我清楚地记得，自上小学后，没有了。那一年，我随母亲到她任教的小学去上课，从家里到学校，要经过一道桥，母亲说，我那时都没栏杆高，一不小心就看不到我了。可是，她并没有予我过多的怜惜，在我印象中，她待人极和气，对我们却极严厉。开学前，她把我叫到一边，凛然嘱咐：不许在办公室里黏黏乎乎！我那时就在她的班上，并没有因为这个关系而得到特殊的照顾，只有几次，学校要选派几个去区里学跳红色歌舞，我被选上，母亲似乎觉得那是我自己的本事，没加阻挡。而有一天，我在课上说话，母亲却给我了巨大的惩罚，她过来，扬手就是一巴掌，打在我脸上。我捂着脸，泪流下来，知道母亲从没有这么对待过她的学生，仅仅因为，我是她的女儿。

我那时心里隐隐有些埋怨，但我知道，母亲很好强，她爱她的学生，喜欢教书的工作。外人一说起母亲，都极力称道，让我自豪。对邻居或亲朋母亲确实一向没有私心，记得有一年节前，乡下来了亲戚，母亲毫不犹豫把积攒了几个月要给我们做新衣的布票拿出，扯上足够的布，还有一些年货，捎带回去，父亲虽不言不语，心里却暗暗感激。对学生更是亲过自己，每逢周日，她常把班上掉队的几个叫到家里，打一张大圆桌，布置作业让他们做，讲解，直到会了为止。我的教师梦就在那时酝酿形成，也喜欢拿块小黑板和同院的小伙伴玩上下课的游戏。

一片片细薄的叶片儿在我眼前慢悠悠地跳舞，我看着姐姐和母亲走进鞋铺，竟不知不觉走近街边的这棵龙眼树，仰头看，一簇簇，满树黄色的碎花，风不大，偶尔会有小花瓣儿随风旋落，在地上打了几个圈儿，静静地停下。听说，等花瓣儿都掉了，就开始结出那密密沉沉青褐色龙核似的小果子了。人生，也似这棵树吧，随季节而生长、凋落。高考那年，我经历了平生第一次惨败，考出从没有过的低分，一下掉到我随意填报的第三志愿——本地师专。那阵子，我晕天黑地，怕班上同学来看我问我，极力逃避，每天一早就出门，母亲默默地送我，没问我到哪儿去，只说，带了钱吗？塞几块到我兜里，她的手碰到我，颤颤的，似乎想抱抱我，可是，这么多年，自打小学，把我叫去说了那些话后，我们已经没了这习惯。我忍住泪走出门去。

天黑了，我回来。母亲还在暗地里等我，她问我："你复读吗？"我点点头。她又问："明年你填报哪里呢？"我说："华东师大，福建师大。”“那不一样还是教书吗？”母亲似乎老了许多，叹息，“就在本地读吧，你姐你哥都已去了外地，家里只有你了。”母亲还是没有伸出手抱我，可是，我在她的话里听出了无力和软弱，我沉默。决定留下。

毕业，工作，成家，有了自己的孩子。生活的烦琐，教学的繁忙，种种事情，让我不知不觉学了母亲的严厉。反而是母亲，退休了，像是卸去了一层盔甲，一身轻松，说话都慢了，从容了，也会娇惯小孙子了。孩子调皮，我稍稍管教一下，母亲就冲我嚷嚷:“男孩子都那样呢。”转过头:“乖，爱吃什么，外婆去买。”孩子自然和外婆亲，“外婆，我给你捶背。”果真像模像样捶上了。我看着一老一少那么和融地在一起，母亲那么自然地伸手抱住我的孩子，我有一种冲动，我也想抱抱你呀，母亲。

渐渐地，孩子大了，母亲老了，父亲老了。因为心脏不舒服，父亲添了急躁的毛病，多说他几句就扑哧扑哧喘气，母亲吓坏了，什么都顺着父亲，苦着自己。有时我过去，她避开父亲，悄悄说与我听：你父亲呀，血压高，又爱吃糖，偷偷藏起来就唠叨，非得要我拿出来……母亲委屈地诉说着，我看着原来刚强的母亲眼睛红了，我又有一种冲动，我真想抱抱你呀，母亲！

“小青，在哪儿呢？”姐姐探出头来找我了，“快来帮忙看看，挑的鞋子行不行？”

母亲也露着她的脸，有点不好意思地挥挥手里的鞋子，像个孩子般兴奋着，过几天，她和父亲要出远门去看病，在杭州工作的哥哥说，给父亲找了当地一位很有名的老中医。母亲笑眯眯地偷偷对我说：“等回来，就好了，又和从前一样了。”那天，她很开心，“你们工作忙，常跑来看，也苦了你了。”母亲说罢，轻轻地抱住了我，一瞬间，我泪如雨下。也紧紧地抱住了母亲。

五月天。

风清扬。

粽香三代情

再过几天就是端午了。桌子上摆满了各式各样的粽子，有咸的，有甜的，有长条形的，有三角状的。挨挨挤挤甚是可爱。这些都是我“不劳而获”的，有的是老乡给的，有的是亲戚刚拿来的。从妈妈家拎回的最多，两大包，怪不得人说，女儿是“家贼”了。

昨天妈妈一早打来电话：粽子包好了，里头搁了香菇海蛎瘦肉板栗，料可多呢，晚上过来拿！话里掩不住的得意。一进门，妈妈就喜吟吟迎上来，献宝似的拿出两大串鼓鼓囊囊的粽子。“快尝尝，做得好不好？”她守在一旁盯着我看，比我还急，等我接过来，扯下一个，解开叶子，她却又突然想起什么似的走开，把桌子上另外的一包转移。我问，妈妈你是不是把好吃的藏起来呀？妈妈不好意思了，嗫嚅说：“那些没包好，不好看。”

在我记忆中，妈妈的确是不大会包粽子的。她在她那个时代，是罕见的独生女，外公新中国成立前跟着国民党军队到了台湾，留下外婆和妈妈母女两个相依。外婆千辛万苦供养女儿上学，直至大专毕业，当了一名教师。外婆自此跟着唯一的孩子过活，带大我们兄妹几个，帮着做了大半家务。

每至年节，是外婆最忙的时候。端午前几天，外婆就忙着挑选鲜亮饱满的糯米待用。粽叶，有时也特地交代老家人拿来新鲜的，将它洗净，把竹叶根部两个小尖剪掉一点，放进开水里煮上三五分钟，让它变软，再晾干备用。

外婆包的粽子特别香，是有诀窍的，包粽子前，她会用萝把米洗净控干，稍微放一会儿，尽量不要让米“吃”到水。然后在糯米中加进少许五香粉，几滴酱油，连同油葱一起先入锅翻炒几下，让米吃进一些味。猪肉是事先用酱油、盐、味精、糖、料酒浸渍过的，不能太瘦，稍稍带点肥，这样煮熟后肥油都滋到糯米里，吃到了就是一种惊喜，酥烂嫩鲜，又香又软。里面通常还放了海蛎干，香菇块，小蛋黄，花生粒，有时还搁了萝卜丁，咬起来咯吱咯吱，不油不腻。更绝的是她包的粽子，用咸草或棉绳缠后，四个角都尖溜溜，连个缝隙都没有。松紧又适度，外婆说，如果松了，粽子蒸熟后会进水汽，味道就淡了；包得太紧呢，米又会太硬实，没嚼劲。外婆包的粽子，解开，放在盘子里，都是四角尖挺，莹白剔透，煞是好看，又都还热乎松软着，忍不住掰一个尝了，糯而不黏，一股粽香，在鼻尖上下缭绕，舞蹈！

多少年过去，那碧绿的粽叶和隐隐透出的清香，总是难忘。还记得小时，外婆每次还会特地包了几个长螺状的给我和哥哥姐姐，也许这寄托了外婆要我们“好好学习，天天向上”的美好期盼。

一个季节一个故事。外婆离开我们后，因为忙，妈妈没有每年包粽子，味道口感也不如外婆包的。但是不一样的粽子，却是一样的情思，今年妈妈包得不好的那些粽子，我偏就要回了，现在就静静地躺在冰箱里，等着端午上场，来奉献它芬芳的绿意。

长·方·圆——饺子的故事

这是一根略带油黄的擀面杖，约二十厘米长，因为主人常用的缘故，摸着光滑，看着舒坦，此刻，正静静地躺在案板上。

这是一方同样泛黄的案板，有三十多厘米宽，不同的是板上布满了深深浅浅的刀痕，似乎刻下了案板曾经的“辉煌”，这会儿，也伴着面杖，从容地等待。

这是一双厚实而又灵巧的手，只见它娴熟地拿过和好的面团，揪下一块，搓成长条，切出一个个二三厘米宽的小面团，用掌心压扁，摊平，稍成圆形，撒上干面粉，左手面团，右手面杖，由外到内，均匀转圈。很快，一个个圆圆的饺子皮从杖下旋转而出，飞到案板，转眼，堆叠如山……

这双手的主人，正是我的父亲！多少次，幼小的我，看着这样的场景入迷！听母亲说，因为父亲早年当过兵，我家便有了和北方一样的习俗，大年三十吃饺子。每逢除夕晚，全家吃菜喝酒热闹一番，我和哥哥便一溜烟下楼，那时，我家楼下，有一个大大的院落，是十几家孩子的天地，哥哥和他那群死党仗着过节大人不会轻易开骂，大着胆儿，把鞭炮成串地拎在手里放。我们呢，也有戏，“二八二五六，二八二五七”，几个凑在一起，比比谁的橡皮筋跳的花样多，谁的毽子踢的时间长，推推搡搡，乐成一团。姐姐是家里的老大，照例留下来帮母亲洗洗刷刷。等碟儿碗儿撤离饭桌，父亲便隆重登场，父亲取出他那套擦拭得干干净净的工具：一根长的擀面杖，一块方的案板，一个和面用的大瓷盆，一个盛干面用的小木碗，开始加水，揉面，剁菜，配馅，在一片喜庆喧闹中，专心包起饺子来，偶尔也停下，和来来去去收拾屋子的母亲聊几句，这当儿，姐姐也偷懒，躲去试她的新衣裳……就这样，一晚上，父亲一个人神奇地变出了一大片“饺子兵”，一个个挺着肚子，精气十足地站好，排队，整装待命。等我们累了，饿了，回到家，母亲早端出热腾腾香喷喷的一大盆，我和哥哥顾不上烫嘴，连汤带水，哧溜溜，一口一个……

平常，饺子更成了我家的盛宴，每逢节日或来了贵客，父亲便会提前几天，郑重声明：周日咱家包饺子！每次，我都会兴奋好几天。星期天，我早早来到桌旁，不眨眼地看，我想知道，父亲的饺子皮为什么会转圈。圆圆的饺子皮出来了，鼓鼓的饺子包好了，还是学不来。事隔多年，有一天，偶然提起，母亲笑了：“傻丫头，你父亲擀皮可快呢，他一个擀，我和你姐俩包，还是赶不上，一快，可不就转了！……”母亲又说，后来年纪渐渐大了，怕父亲累着，在市场见到现成的饺子皮，就买回一大沓。可是回家一看，太厚，又干，包的时候捏不紧口，煮的时候张开了嘴，“你父亲擀的饺子皮，里层厚外层薄，下锅不破，又韧又软，口感特好！”母亲话里满是自豪。

其实，我家的饺子人人称道，可不全是父亲的功劳，从备料到配料，多是母亲一手操办，母亲也有绝招，她的饺子馅，一般主料是肉末、白菜、香菇、虾米，有时也加点切碎的荸荠，葱和韭菜则轮着放，料多，味足，更奇的是，不论加进多少样，那味儿总是清而不淡，爽口鲜香。这些年，也到外面店里买过饺子，总是尝几个就觉得腻口，唯独对母亲的饺子，却是“情深深，意绵绵”，“吃你千碗也不厌倦”……亲戚朋友也喜欢，记得好几次，县城的表舅走时，腆着肚子，乐呵呵宣布：“肚子饱了，嘴巴还没饱，下次还来”，饺子，成了我家的金招牌！

父亲的擀面杖和案板，也因而成了宝贝，轻易不让人碰。每次，父亲总是威严地坐镇一方，独揽擀皮大权；哥哥腿长，早早望风而逃；姐姐手巧，稳稳坐在父亲对面，两手一拢一捏，一个个小元宝就上场，排成行，俨然一员点兵大将；我自告奋勇，充了一名快乐的小卒，被指来派去，一会儿加加冷水，一会儿撒撒干面……直到有一天，长长的擀面杖，终于也归我一手掌管！那是多年后一个除夕，母亲在老家陪伴患病的外婆，哥哥姐姐先后安家外地，无暇归乡，家里冷冷清清。父亲因春运繁忙，草草吃完年夜饭，就到单位值班。窗外正是万家灯火，寂寥的味道却是一阵一阵涌进来，看着闲了许久孤孤单单的擀面杖，我忽然有了一种父亲当年除夕夜的豪情，就雄赳赳气昂昂向面粉案板进军，“站直了，别趴下”，一阵手忙脚乱后，我给饺子下了号令，没想到有几个硬是不听，扁扁的，瘪瘪的，东倒西歪，不过，瞧过去，一排排，还是像极了父亲当年手下的饺子兵！我满意地用饭盒盛好，又用毛巾厚厚地裹了几层，踩着细碎的鞭炮屑儿，一路小跑去了离家不远的父亲的单位，见了父亲，赶紧打开，饺子一个个挤挤攒攒地躺着，还都热乎乎，父亲接过饭盒，没说什么，但我分明看到了他眼中的惊喜。

就这样，父亲的擀面杖和案板，随着我们东搬西搬，始终不离身旁。这不，到了二老那儿，打开冰箱，和别家的特别不一样，冷冻柜里，齐齐整整，大包小包，全是父亲母亲精心包好的饺子，每次临走，两位老人都要提上一大包，让我带回，有时，母亲还特地追出来，叮咛几句：“到家赶紧放回冰箱”，“煮的时候水里加点盐”……

其实，现在，在我家，也有了一根长长的擀面杖，一块方方的案板。

时光片段

新年要到了。白天，穿行在人流中，匆匆忙忙，熙熙攘攘。夜深了，坐在窗前，总算有了一段难得的空闲，窗外的月，我在看它，它也在看着我。星星点点，时隐时现。字也像长了脚似的，跑来跑去，围住我的腕子，在纸上留下了芝麻一样的一个个小黑点子。有时悠闲，有时惆怅，时而亲切，时而忧伤。

想起了过去的一段段好时光：

小时，家住九龙江边，每到周末，在江对岸南山寺里学戏的姐姐便会回家一趟。我等不及，缠着妈妈先要过桥去，妈妈便也默许。一次，我踢踢踏踏走到桥中间，忽然听到后面传来急切叫唤："青儿！"声音凄惶。我大声答："我在这儿！"妈妈赶前一把抱住："我找不着你了！"原来，我那时个子太小，被栏杆挡住了，妈妈看不到。

过去家里用的木床腿架子高，底下敞空，妈妈打扫干净，放些闲置东西。我暗暗相中，一不注意，就猫进去，带上一本小人书，偷偷享乐去。"这丫头，地不扫，饭不吃，人呢？"妈妈大呼小叫，越逼越近，一双脚就在跟前晃动，我学电影里的间谍，静悄悄翻动书页，不慌不忙，从容对"敌"，和妈妈斗智斗力。

有一次，兄妹三人做错事惹妈妈生气，临走，扔下一句：回来再收拾你们！那时，单位组织政治学习已成定例，爸爸妈妈每晚都得去。他俩前脚走，我们仨愁眉苦脸，凑起来商议。姐姐急中生智翻出几件厚厚的衣服，要大家赶紧穿上，"皮肉"抵御。哥哥釜底抽薪，把家里的长短尺子，一股脑全塞到被子里藏起。备战完毕。九点，爸妈说说笑笑归家，什么都没提起。

家里孩子多，爸爸又喜欢擀面条包饺子，那是物质匮乏的年代，粮票便显得紧张。有一阵子，粮店也没有足够的大米供应，要搭配干薯条，外婆总汤汤水水煮出一大盆。本地有一个“黑”市场，常有农民偷拿自家粮食去卖，爸爸就组织我家娘子军，外婆带队，姐姐帮手，他躲躲闪闪地和我殿后（爸爸是干部，不能轻易“暴露”），扫荡而去。

周日帮妈妈整理抽屉，翻出一叠长长窄窄红红蓝蓝的票子，皱皱的，都是以前的粮票或布票。那时买啥都得凭票，在布店粮店工作的便都有了几分优越感，觉得自己神通起来，亲朋好友也羡慕。妈妈有个要好的姐妹在布店里，有一次跟妈妈去，看长尺在阿姨那里上下翻飞，一尺两尺，每次都不动声色给我们多量出一点，竟冒出长大要卖布的念头，这样，就天天有新衣裳了。

长大了，花花绿绿的商店渐渐布满这个小城，白天下班去了趟超市，一进门就淹没在琳琅满目一大堆东西里。想挑个香皂，各种味道各种品牌，看花了眼。想起很早以前，香皂还很少见，姐姐每次从香港捎回，我都舍不得用，要先藏在衣柜里半天，就连包装纸也都小心地一张张展平，叠好，让它穿行在我的衣物中，散发着清芳。

一年年过去，各色东西渐次多了，变得不再稀罕，我们，也不再是小孩了，也有了自己的孩子，他们拥有着小时我们没有的一切。而父母亲，也渐渐地老了，和爸爸说话，常常一遍两遍听不清，小声一点听不清，要大声地清清楚楚地说，他才突然没了茫然的表情，明朗地“哦”地回应，愉快地走动。妈妈常常一遍遍地对我说，谁谁家怎样了，哪个人回来了，忘了她和我说过几次了。我在他们的面前微笑着听，大声地说，有点心酸。爸爸妈妈的确老了。需要我们常回去看看了。

外面的世界，终是浮华。唯有那一段段和亲人相伴的好时光，总是那么顽强地清晰地在眼前。如同春季萌发的小芽，一切都在慢慢地老去，一切又在坚韧地温暖地苏醒。

年到了，春到了，你，要回家了吗?

他乡的大树

校园里，一棵大树傲然挺立，阳光下，浅褐的干，深绿的枝，舒展着无限生机。

眼前，是一片绿油油的草地，大树像一把绿伞，静静地举在草坪上。懒洋洋的午间，三三两两学子，各自找了块地儿歇息，坐着，躺着，笑着，闹着，自在惬意……这里是素有“花园学校”之称的华东师范大学老校区，2010年10月底，因为参加市教育局和华师大联办的中学语文高级研修班，我来到这里，第一次踏上这块土地，站在了这样的一棵大树前，心里却止不住地亲切欣喜，“哥哥，嫂子，我来了”，二十多年前，这一对青春朝气的小儿女，一个来自闽南，一个来自苏杭，在这儿双双就学，又一起毕业。四年里，他俩是否也如这些活泼的少男少女般，在这棵树前，追逐，嬉戏？曾是小小的绿绿的这棵树，是否听到了他俩悄悄的心语？

一颗爱的种子，偷偷钻出土里。

“记得第一次约她，是在丽娃河畔，我们在那儿坐了一个晚上，她竟羞得连头也不敢抬起来，我也手足无措，不知该说些什么……”“现在好点了，我们又恢复到有说有笑的以前。”信笺里哥哥笨拙地向千里之外的妹妹告知了心里的秘密，“现在，我每天都去图书馆读书，从6点到10点，真是干劲十足，大家都说我像换了个人似的，呵呵，家里爸妈口气怎样，帮我打探下，好吗？”

“没问题！”我欣然领命而去。

“小青，你好，非常喜欢你寄来的芝麻卡片，平时，你哥哥常和我说起你，还把你寄给他的照片拿给我看，对我来说，你既是陌生的，又是亲近熟悉的，前几天买了几块漂亮的真丝手帕，我自己留一块，给我妹妹一块，再一块送给你，随信寄去。”就这样，一来一往，我和嫂子，曲线外交上了。

大三那年的寒假，哥哥终于把嫂子带回了家，就像快男谭杰希歌里唱的，“女朋友也带回给妈妈看看，看看漂不漂亮啊，别害怕我妈妈只是爱交朋友，你就当，让她回忆当初青春的年华……”不但妈妈看了，全家人都看了，仔仔细细地看了，我的嫂子，文静，秀气，机敏，聪慧，一个典型的西湖美女，全家人都满意，我更是深觉有功似的沾沾自喜。那年除夕，嫂子表演了她的两道厨艺：八宝饭和糖醋鲤鱼，“新人”入庖厨，喜煞全家人！看着大伙儿乐滋滋地围着嫂子忙前忙后，我突然冒出一个好笑的念头：不知将来的我初到夫家，是否如嫂子般大受欢迎呢？

带着全家人的祝福，哥哥嫂子回到了学校，恰逢专业分组，哥哥一头扎进了他喜欢的计算机辅助教育中，还四处出击，“我们已是毕业班了，课时不多，副业却收获不少，整天迷醉于电视编导及摄影方面的书，上周还和班上同学去了上海电视台，工作人员领我们参观了摄影棚、导控室、演播厅，真是大开眼界”，“阿青实习了吗？从学生变成老师，挺有趣吧？我们这趟实习是去上海交大拍录像，听说还要送到台湾，交大很重视，校办公室主任和我们摄制组，整整讨论了一个上午……”就这样，信，来来往往，人，忙忙碌碌。

一棵树的小芽，伸直了腰，欣欣然吐绿。

一棵树的枝干，初长成，却迎来一阵阵寒风。终于到了毕业分配，终于到了不得不做出选择的时候，是去？是留？风呀，你到底该往哪边吹？树呀，何处才是你最佳的归宿？

“去吧，你们学的是教育信息技术，又毕业于名校，大城市有更好的发展前途。”爸爸平静地做出了决定。

“家里就你哥一个男孩，我也舍不得，可是我和你爸想过了，硬拉他回来，怕影响你哥一辈子的幸福。”妈妈红着眼睛悄悄对我说。

我也多想哥哥能留下，姐姐早已去了外地，三兄妹中剩下孤零零的我，每次他俩回来，家中就有一种暖洋洋的气息，可是，我不能只顾我自己。

就这样，哥哥和嫂子，双双去了杭州——那个美如天堂的地方，安家落户。

初到异地的不安，初上岗位的忙乱，初涉工作的艰难，这些，一个初出校门的小青年，自然而然会遇上。幸运的是，嫂子是本地人，一路陪伴，一路护航，“你哥哥最近挺忙的，开学一个月，已经出差两次了，不过，每逢周末我们会一起到杭州的亲戚朋友家走走，放心，他会习惯这里生活的。”“阿东近来胖了不少，酒量也在我爸训练下大增，‘啤酒肚’已见隆起，我俩走在街上形成鲜明对比，‘回头率’特高，单位同事常拿我们开玩笑，呵”……

渐渐地，哥哥融入了原本陌生的社会，红茶慢慢喝得少了，绿茶如影随行。渐渐地，哥哥走出原本熟悉的圈子，走向更为广阔的外围，台州市电大系统课件制作比赛评委，浙江省大学生多媒体作品设计竞赛评委，浙江省侨联委员会常委，2009 年 7 月，在庄严的北京人民大会堂，哥哥手捧大红证书，光荣地被评为“全国归侨侨眷先进个人”！

头顶一个天，脚踏一方土，风是你的歌，云是你脚步，大树，稳健地伸展！

身畔，又多出一棵比肩的秀颀的树，一棵小小的活泼的树，它们亲昵地靠在大树的两旁，就像亲密的伙伴。哥哥和嫂子，有了一个他们引以为傲的女儿，第一次，看到小旻晶，这个来自西子之乡的小姑娘，我明白了什么是金庸笔下主人公的粉雕玉琢。冰雪般聪明的旻晶，早在小学时，就因学业优秀参与了澳大利亚家庭互动友好交流，2009 年暑假，哥哥带着即将升入高中的女儿，又一次远赴重洋，到嫂子公派留学的美国旧金山，一家三口幸福地团聚，纽约街头、圣地亚哥海洋公园、黄石公园、大峡谷、盐湖城……处处留下了他们欢乐的足迹。

好大一棵树！洒给大地多少绿荫，绿叶中又留下你多少故事。

好大一棵树！又有谁知道你也有悲有喜，有乐有苦……

上月，哥哥由厦返漳探望二老，又匆匆回杭，几天后，在他的空间里，看见这么一段，“父母亲是福建人，老家在福建，董榕说他是福建的儿子；黄健的太太是福建人，于是他说是福建的女婿；而我呢？生在福建，长在福建，却是满口福建口音的外地人，我是谁？回趟福建，我好心酸啊，只能说，我是老朱家的儿子！”看罢不由感慨，一向乐呵呵的大哥竟也有如斯柔弱的情怀。

哥，其实我好久没这么叫过了，总是直呼其名，可是今天，我想说，哥，我知道你是谁，我来告诉你，你是：我的傻哥哥，爸妈的好儿子，永远的漳州人！你是一棵枝繁叶茂、昂然屹立的大树！

这棵大树，长在他乡，根，在福建。

水袖

偌大一座寺庙，大门紧闭。直至七八十年代被租用为芗剧班场地，才热闹起来。姐姐去的时候刚小学毕业。听母亲说，是怕姐姐被送去上山下乡，刚好省艺校下来招生，于是就通过层层几关的严格面试到了芗剧班。芗剧又称歌仔戏，是用闽南语演唱的汉族戏曲剧种。起源于福建漳州，成型于台湾宜兰，流行于东南亚一带。姐姐最常练的是水袖功，“水袖”是缀在戏服袖口处的一段白绸，约二三尺，舞起来行云流水，人物情感顿时被放大、延长。排戏时，剧中的小生、小旦及小丑，在那投、掷、抛、拂、荡、抖、回、捧、提，靠着这些招式的相互搭衬，表现出人世间的喜怒哀乐。有的用水袖轻轻地虚拭表示拭泪，有的用一只手扯起另一只水袖遮着脸意为害羞。有的躬身时用一只手横着扯起另外一只水袖表示恭敬行礼，也有两人对练把水袖轻轻地扬起来互相搭在一起表示握手相拥……水袖功如果没练好，到了舞台上水袖就会像两条不听使唤的布条，收不回，出不去。这可不是那么容易学的。

姐姐很勤奋，周末回家，也常带着水袖回来练唱，我那时还小，看了眼馋，总在长袖善舞的姐姐身旁蹭来蹭去，姐姐就抓我来配戏，我原本就是姐姐的跟班，即刻上场，她扮白蛇，我扮小青，姐姐的唱腔宛转清丽，我听得入迷，自己却只记得一句，水漫金山后，“我”义正词严爱恨交织痛斥许仙：“你却为何站在法海一边！”当时打心眼里真把姐姐当成了白素贞，对不在场的负心郎许仙满腔义愤，连唱带比，全无章法地把个水袖甩来甩去，骂得十分带劲。

周日傍晚，爸爸常常借辆三轮车，捎上姐姐和我，一路吱呀回寺。有时我等不得姐姐一周才回来一次，便吵着妈妈给姐姐炒面茶让我送去，那时我家就住江边，一桥之隔，妈妈便也默许。到了剧团，只见入门处，隔出一间教师办公室，一间跌打治疗室。外面就是长长走廊，廊边墙上的橱窗里站着十八罗汉、二郎神、哼哈二将等，有的慈眉善目，有的青面獠牙，手拿棍棒刀叉，做出各样吓人样。那时还小，每次都低了头快快地跑过，不敢多看。见了姐姐我偷偷问，那么多菩萨盯着，怕不怕？姐姐一边把面茶分送给一些县里来的同学，一边笑答：白天不怕，晚上害怕。上厕所要经过那道长走廊，所以，一般不多喝水，早早睡下，一觉天光。

那时姐姐她们就餐的是大食堂。每至用餐时间，大伙儿拎上白色搪瓷缸，铁汤勺，呼朋引伴，叮叮当当，相约用饭去。正是长身体的少男少女，练功本就耗力气，又没有现今孩子们多得数不过来的零食，每日这几顿就成了大伙儿的念想，散着热气的白乎乎的饭团，一荤一素红绿相间的菜肴，连同浓浓的汤汁，从小窗口胖乎乎笑眯眯的阿姨那递出来，还额外搭配一小碟烧制过的酱油，一浇，一拌，就成了众人口中无上的美味。姐姐说，因为她们属省级单位，特殊照顾，每人每月的定量比一般百姓多出一点，每至周末，有时中餐米饭会改成肉包馒头，通常是一人四个肉包。姐姐惦着带回家给爸妈弟妹尝尝，就怀揣着，一个也不吃。一路肉包香气直钻心里，姐姐忍着，觉得这路怎么这么长，怎么走也走不到，心里油然生出一个愿望：以后工作了，有了钱，一定要买上一大箩肉包，给自己，给家人，吃个够！还有香喷喷的花生、酥饼，那是大伙儿放假时回各自县区带回的美食，一人分发一点，也成了姐姐一路上的遐想。

夏天到了，情势突然紧张起来，高音喇叭不断播出地震要来的消息，人心惶惶。恰逢周末，老师不在，班长召开紧急会议，商量出逃大计，大伙儿纷纷出主意，有一个说，市区马肚底广场那里宽敞、安全，可以到那里暂避。主意打定，各自回去收拾东西，其实这群小儿女哪有什么贵重细软，不过都是一些团里发的东西：一套被褥，带不了；几件衣服，用一个当时流行的带网的尼龙袋子，胡乱塞了。还剩下一件家当——搪瓷脸盆，倒没忘记，班长一再交代，地震来了，拿它当头盔，都带齐了。临行集合，面面相觑，每人清一色手拎头顶，想想，那场面有多滑稽。大伙儿也顾不上笑了，像一群逃难大军，急急出了寺门躲避。事后姐姐回忆，当晚他们就在广场上露宿，有细心的还带了一块塑料布出来，往草地上一铺，顿时成了天然的床褥，左顾右盼，俨然贵族，令众人羡慕十足。姐姐说，生死关头，大伙儿反倒不怕了，有说笑的，有拿刚才狼狈样子打趣的，也有几个凑一起，不知什么心思，沉默不语的。看夜幕沉沉，大伙儿竟惦起寺里，有一个说，天明无事，我们就回去吧。齐齐赞成。就这样过了一晚，天亮了还是手拎头顶一路步行，撤回南山寺。入门，一眼看到天王殿的弥勒菩萨，慈眉善目，大肚憨笑，像在迎你。就连左右两侧站着的四大天王，有的怀抱碧玉琵琶，有的手持青光宝剑，平时看着浓眉怒眼，一脸凶相，现在竟也让人心定，感觉可亲。班长突然大悟：还有什么地方比庙里更安全？除妖降魔，菩萨保佑！南无阿弥陀佛！念念有词，一时众人也跟着诵经。大伙儿有惊无险，总算度过一劫。

到了冬季。姐姐他们因为赶上宣扬地方戏曲的好时机，属省重点培养戏苗子，大家不但行头统一，从绿红腈纶衣到平底白球鞋，清一色崭新鲜亮练功服，还每人额外发了一件长大衣，颜色是当时常见的军绿，但多了个稀罕的咖啡色毛领子，摸着柔柔绵绵，像抱只小兔子。这让姐姐他们着实兴奋不已。他们还是孩子身形，穿着未免长了点，可又忍不住想炫一炫，便常常于傍晚饭后时分，一大群人呼三吆四，大衣毛领，打扮齐整，浩浩荡荡出寺，得意扬扬踩街去。沿街几乎家家摆摊设点，卖些香火烛台，香皂毛巾等日用百货。每天坐镇店中，家长里短，早已见怪不怪，见一群绿蚂蚁蠕蠕而出，眼睛鼻子大半裹在毛茸茸里，又见底下几乎垂地，都谑心大起，探身或挤在店前围观，有的还故意把手掌拍得作响：“南山寺那批戏娃子，又扫大街来了！”几次三番，众人只觉颜面扫地，悻悻回去。毛领也灰溜溜地收了它骄傲的亮闪的光，随主人“暗淡”收场。有一两个会缝缝补补的大婶拉住他们：少年家，离家出门也不容易，我帮你们改一改吧。姐姐她们却又不乐意，反正个子还会长的，这么安慰自己。大衣不常穿了，却依然还是大家的宝贝，珍藏着。到毕业时带回，绿色的布子，咖啡色的毛领，还是颜色分明，毛领摸起来还是一样柔软可爱。样式却略显旧了一点，南方也始终暖和，姐姐就渐渐不穿它了，渐渐地忘了。偶尔提起这事，妈妈恍然想起：“早给了你叔家的阿红。”

晨钟悠悠中，这群如花少女忽然沉静起来，一向嘻嘻哈哈疯疯癫癫的也懂得了矜持，人前低言少语。男的呢，正相反，陡然多了些阳刚之气，只是，依旧毛毛躁躁，粗心大意。偶尔，一对少男少女遇于庭院两侧碧绿碧绿的鱼塘，心有好感，却知道避些嫌疑，两人隔老远有一搭没一搭说话。一个看着鱼塘里游来游去的小鱼，一条，两条，三四条，假装数数，偷偷瞟往一边去。一个忙着查点鱼塘里香客们买来放生的乌龟，一只大的，一只小的，大的背上还驮只更小的小乌龟，真有趣！眼睛却在打量着水里的人影子。看那块木板，大乌龟玩累了，一家子会到上面去休息。是呀，另一个人口里应着，心里翻来滚去，终没蹦出自己想说的那句，懊悔不已。有那已经暗里表白的，约了月亮之下，长廊之上悄悄一聚。怀揣着一颗怦怦跳的心回到寝室，却坐也不是，站也不是，脸一会儿红一会儿白，话也吞吞吐吐起来：让人亲了，会不会有小孩？几个本地同学领命速向妈妈或姐姐打探，回来神神秘秘耳语：放心吧，不会有的！这才定下心来，天空依旧多彩。

桥边新开了家书店。店主是个勤快的小青年。每次周末，我去寺里找姐姐，回家时两人必定折进去七翻八翻，舍不得买却又喜欢。一天，小青年期期艾艾开了口：“要不，你们借回看，别弄脏。”“记得早点还，再换。”他红了脸，眼睛不敢看姐姐，好像比我们还不好意思，“我认识你，喜欢你的戏。”我回头瞧同样低着头捋着两条长辫子的姐姐，秋天的蓝空下，姐姐穿件小圆点花衫，真好看！

就这样，沉寂的古庙暗生波澜。一群少年男女鲜灵活泼，如鱼儿般扑腾腾搅动了深潭。而凡尘俗念经年累月，也渐渐淡在寺内的清幽宁静里，悄然化去。

就这样度过这段长达五年朝夕相伴的学艺生涯，现已定居香城的姐姐至今念念不忘，每年回乡相聚也就成了她最快乐的时光，每次，必定要舞一舞她的水袖，我也跟着手舞足蹈一番。几件大庙里的男女青春波荡的往事被揭秘了，毕业后，戏娃儿们正式组为漳州实验芗剧团，恰逢姐姐和姐夫刚谈上对象，每有演出，姐夫必去剧团捧场，结束后照例要“英雄”送美，却每每发现车子不见了，好容易找着，那车胎不是瘪了就是破了，只得推着走，十分狼狈！如今，这件无头公案终于有了着落，酒宴上，几位堂堂的局长、主任，一个个觍着脸儿，不打自招：“是我把自行车偷偷拉去旮旯藏起来的。”“放气的是我！”“扎钉子我也有份，哈哈！”原来当初大家一听姐姐要外嫁香港，均愤愤不平，以为那是十里洋场，花花世界，岂能眼睁睁看着剧团姐妹跳入染缸！众兄弟本着无比朴素的阶级情感，千方百计阻挠，使出各种花招，当真是不择“手段”！还供出一桩陈年旧案：某一天，剧团上演折子戏《雪梅教子》，姐姐饰演雪梅，幕启，娉娉婷婷出场，甩个飘袖，做悲戚状，开口要唱“可叹儿夫丧镇江，每日织机度日光。但愿我儿龙虎榜，留下美名万古扬”……突然一片寂静，后台三弦、苏笛、月琴等大小乐器通通没了声音，片刻，才吱吱呀呀，重又响起，姐姐呆立那里，一惊一急，眼泪啪嗒就掉下来，顺势唱出“哭调”，观众以为她太入戏，还哗啦啦掌声四起。事后挨了批，姐姐很委屈，也一直不明就里，以为自己走神，在剧团里几次真诚检讨了对待革命群众的态度问题。时隔二十多年，元凶终于“良心”发现，投案“自首”：原来是后台领奏的老班，指使大伙儿群体作案，故意慢了半拍，为的是替团里一暗恋我姐而未果的兄弟“复仇”！哈哈！真相大白！酒宴上，大家你捶我打，笑成一团！

姐姐在多部传统戏目《三进士》《三家福》《五女拜寿》《安安寻母》等及现代戏《龙江颂》里担任角色，尤其苦旦（芗剧中的青衣），更为她所长。后来，姐姐因为诸多因素，怅然离开了剧团，或许曲曲折折本就是人生完整的一出戏。姐姐终是对戏里的一切难以忘怀，离家前，她把她心爱的水袖留给了她最亲的妹妹我，嘱托我好好收藏。

柜子里，依然是碧白的一小团，叠得整整齐齐的，隐约透出几缕清芳。

姐姐家的“黑妹”

这是夏天略显闷热的一个傍晚，深圳的街头，熙熙攘攘。

我随着人流，很快来到罗湖桥头，从此岸到彼岸，短短的几十米外，就是香港，马上就能见到姐姐一家人了，可我却隐隐不安起来。

早晨，刚上车，就接到了姐姐的电话，姐姐在电话那头神神秘秘：“告诉你，家里养了小狗了。”“什么？”我一声惊呼，引得车上众人一齐向我唰唰侧目，我赶紧压低嗓音：“你不知道我最怕狗吗？”“知道，所以才现在告诉你呀，反正你也回不去了，呵呵。”姐姐略带得意。“不要怕，黑妹很乖，你来了就知道了。”叫黑妹，真是个怪名字，是只怎样的小狗啊，会不会咬人哪。无奈，望着窗外，车仍旧不管不顾地朝前开。

很快，姐姐来接我，到了家门口。

随着门哐当一响，一团黑乎乎的东西扑过来，我赶紧闪开，姐姐却喜迎上前，一把拥住，“黑妹，快来见见客人。”狗却突然挣开，跳下，兴奋地在客厅转了个圈，又跑回姐姐身边，摇头摆尾，忽左忽右，几个来回后才慢慢安静下来，偎在姐姐怀里，依旧扑哧扑哧喘着粗气。

“瞧这小东西，高兴的。”姐姐轻拍着怀里的小狗，爱怜地说。这时，我才看清小狗的模样，从头到脚，一色的黑，眼睛鼻子都快找不着了，怪不得叫黑妹。奇怪，姐姐爱干净，跟我一样，最烦狗了……姐姐像是知道了我的心思，微笑着说：“你肯定要问，我不是总说小狗脏嫌养狗麻烦吗？刚开始我也不愿意，可君君坚持要，为这个，我俩还大吵过一架，”黑妹好像知道人说它的事，睁着它的黑眼睛，一动不动，安静地听，姐姐忍不住夸它：“黑妹就是乖啊，像个听话的孩子。我都觉得像多出个女儿了，以前，你知道的，回到家里就是空荡荡……”姐姐的话里慢慢带上点忧伤，摩挲着小狗柔顺的长毛，沉默了。

我有点理解姐姐了，因为工作忙，姐夫总是很晚才回家。君君又爱和同学去外面玩，姐姐回到家里总是孤孤单单，小狗刚好做个伴，怪不得喜欢……我正以为找到答案了，却看到姐姐脸上愁容已经一扫而空：“其实，最开心的，是……”

姐姐的话被打断了，怀里的黑妹忽然躁动起来，汪汪地叫，急着要挣开姐姐的怀抱。我突然意识到，来了这么久，还没听它叫过呢。姐姐放手了，小狗一声欢叫，急扑向门口，门开了，君君回来了，“fiji，想我了吗？”君君开心地搂住小狗，小狗却又和刚才一样，挣开，跳下，兴奋地在客厅转圈圈，又快快跑回君君身边，叫着跳着，忽左忽右，忽前忽后，好像久别重逢，高兴得不知怎么表达才好了。

“这 fiji，君君回来就不理我了，大老远就听到脚步声，每次都这样……”姐姐带点嗔怪又带点嫉妒地说，“对了，fiji 是黑妹的注册名，小孩子都喜欢给狗起英文名。君君，快看，谁来了。”不待姐姐说完，君君早发现了客厅里的我，她一声欢呼，抱着小狗就冲过来，“青姨，你来了，快来看看我的 fiji！”“哎呀，青姨，fiji 大便了，我先帮她理理……”君君又跑开，忙开了。

“当当当当……”墙上的钟敲了 7 下，咦，不是说君君总回来得晚吗，7 点这个时间，在香港算早的了，我忍不住问。姐姐乐了，悄悄对我说：“自从 fiji 来了，君君就回来早了，好像家里有了牵挂似的。”姐姐扑哧一笑，继续得意地说：“当初为了不让她养，我跟她约法三章，一，小狗的大小便一概自理，大人不帮忙；二，小狗的费用一概自出，零花钱不多给；三，若发现小狗有严重触犯家规行为，马上清除出户！没想到她都答应了，还自己提出天天打扫家里的地板。”

果真看到君君提着桶过来了，她没用拖把，拿块毛巾一下一下仔仔细细地擦，连墙角都不放过，连一根头发丝都拈起来，还喷上专用的消毒剂。“君君，用得着那么干净吗？”我忍不住凑过去问，“fiji 吃了这个小东西就不得了，会呛到的。”君君扬起头，认真地说。“太累了吧，你白天不是还得打暑期工吗？”“不累，我们家的 fiji 是一只乖乖狗，大小便都不敢随便乱来，都到它自个那去，”君君额上微微渗出点汗，脸红红的，很开心，“呶，青姨，你看，那是 fiji 的家。”墙角有个漂亮的狗笼，收拾得清清爽爽，纸张，尿垫，玩具，水杯，零食，摆放得齐齐全全。当君君的玩伴真舒服，我由衷地想。

一条超可爱的小裙子飘扬在我面前，“青姨，我现在没钱给自己买新衣服了。”君君哇哇诉着苦，嘴角却管不住地翘起，眼角眉梢尽是笑意，“都买给 fiji 了，你看，身上这套，还有昨天刚买的这条。别人都说 fiji 黑，不好看，我就觉得漂亮！还有，fiji 吃的狗食，用的洗澡液，都得花钱哪。我得省着花，妈咪不多给，我得自己挣。”

“青姨，你闻闻，fiji 昨天用了新的洗澡水洗澡，到现在还香喷喷，毛松软软的。”听得出，君君满心自豪；看得到，君君满脸快乐。“每天一下班，我就往家赶，家里 fiji 在等我哪，妈咪也在等我，我是妈咪的女儿，fiji 的妈咪。”君君仰着头，神圣地说。我恍悟姐姐为什么那么开心了，因为君君懂事了，因为当了 fiji 妈咪的缘故，她懂得了母亲的辛苦。

君君又悄悄对我说，本来她为了 fiji 能吃好穿好才打工的，找了家私人诊所，当了医生助理，帮着登记病人叫叫号。可是一当上白衣天使，想到病人需要自己，竟每天早早地想去，觉得有意义。“其实，我暑假本来还和几个同学约好去旅行，现在去不了了，不好意思请假嘛。还有，如果我去旅行了，fiji 怎么办呀？”一说到旅游，君君的眼睛亮亮的，毕竟，她盼了好久。还真难为她了，当了这小狗的妈咪。

君君不再提起旅游的事，依旧快乐地忙碌着，每天早早出门，每晚急急回家，给 fiji 洗澡，剪脚指甲，周末带 fiji 遛街……我也不怕黑妹了，也不咬人，也不乱叫，跟人特别亲，这么乖巧安静的一条狗，我都喜欢。我有时也帮帮手，喂喂狗逗逗狗。忽的一天，君君很早回来，她说请了假，让我帮忙把厨房柜顶的一套大碟小碗搬出来，又是奶油，又是鸡蛋，手上又是粉又是水的忙了半天，还不让我看。最后，一大盘放进了冰箱。我问她，君君神秘一笑："青姨，别急，等晚上妈咪回来，你就知道了……"

直到现在，我还忘不了那晚的情景，忘不了我姐姐推门那一刻，看到君君端出一大盘蛋糕的惊喜，忘不了一家人，连同小狗黑妹，在跳动的烛光下，围着一起唱生日歌的快乐！原来，那天，是我姐姐的生日，君君记着，黑妹汪汪叫着，我分明看到了姐姐眼角的湿润……

带着不舍，我又回到深圳，登上了返家的巴士。刚一上车，手机铃又清脆地响起来。电话那头，姐姐又急急地说着："家里又来了只小狗了，叫 daodao。"姐姐开心笑了，"这回，连黑妹都有伴了，家里更热闹了，可惜你现在来不了了。"

司机司机，我要回去！我心急地望着窗外，车仍旧不管不顾地朝前开。

什么时候，能见到 daodao 和 fiji，还有它们可爱的妈咪！

又见清明

车出了北郊，缓缓行走在环城路上。原本不算热闹的路陡然拥挤起来，一辆辆车匆匆地从旁驶过。又到了清明时节。外婆，您好吗？我看您来了。车后座上，一枝黄菊花，一枝白菊花，静默地摆放在一块，传达着淡淡的哀。

到的时候正是中午，陵园周围很静，人也少，除了工作人员，几乎见不到人影，顺着楼梯走上去，心里有一种奇异的感觉。周遭是许许多多原本鲜活的生命，不管生前是绚烂还是平淡，是显赫人物还是普通小民，现在都在那属于自己的最后的归宿之处，安静地休息。鲜花，探望，是人们对已逝亲人的尊重和怀念。

转几道弯，见到了相框里外婆熟悉的面容，年年来看您，年年您都用平和的微笑迎接我。我把带来的花正要换上，却惊奇地发现花瓶还是那样的一尘不染，去年插上的那束黄白菊花，尽管已经枯萎，却仍不掉落，还在瓶里干干净净地等我。外婆，您知道这是您最疼爱的外孙女带来的吗？我感念，祈祷。

眼前又浮现外婆的笑容，那是我最后一次见到的外婆的笑。2004年暑假，我去香港探望姐姐，临走前向外婆辞别，外婆因为中风已经卧床几年，原本高大的她，变得瘦小，手也软塌无力。那曾是一双勤勉的闲不住的手啊，从小，外婆把我们姐妹一手带大，每天都早早起来做饭，洗菜洗碗。又特别疼爱最小的我，老家亲戚送柚子或荔枝来，都会替我留下几瓣或几颗，等我回来赶紧塞给我，她就在一边偷偷地乐。毕业时我分配到一所郊区中学，离家有几公里远，外婆每天把蛋放在饭里煮熟，热乎乎地捞出，让我揣着路上吃。出门前，外婆都要絮叨，路上慢点，早点回来，直到看不到我了才怅怅地住口……

现在外婆不能再为我们做什么了，我小心地扶她起来坐着，她的身子轻得让我心疼，我握着外婆的手说，外婆，您等着，回来我给你买一串您喜欢的珍珠念珠。外婆点点头，含糊费劲地挤出几个字：再去找找……外婆要找的人是外公，新中国成立前外公跟着国民党军队逃到台湾，外婆一个人拉扯大孩子，又千辛万苦供我母亲上学，直至大专毕业。外婆忍着心里的苦楚，始终是温和的，微笑的，无怨无悔地把爱都给了我们。前几年有老乡捎话说在香港见过外公，寻找几次无消无息后外婆还是牢牢记着。我赶紧答应了。外婆笑了，她的苍白的脸有了喜色，混浊的眼睛也亮了。

那天，当我最后一次回头，外婆还是那样温和而又热切地看着我，我忍住心酸，也笑着和外婆说再见。十天后，我在香港接到电话，电话里是母亲沉痛的话语，外婆已离我们而去。平静地离去。

操劳了一生的外婆啊，您安息吧！青山、大地是您最祥和的家园。也许生是一次远游，死等同于归，出游的目的就是让我们体会那个“归”。庄子说得好啊，天地赋予形体让我承受，赋予生命让我劳累，赋予衰老让我安逸，赋予死亡让我安息。这是一种“归”。

您已安详地归去，而仍在路上的我们，又开始了新一轮的生命旅程。春来草自青，每年的春分过后就是清明，记住您的笑容，一路前行。

离开陵园时，周围依然很静。黄白菊花依然摇曳着，散发着淡淡的芳馨。

我的二姐

二姐是我姑妈家的二女儿，在漳州平和县潮剧团里当演员。小时候我非常崇拜她，觉得她就像从画里面走下来的仙女。她的身材属于在南方不多见的高挑，走起路来步子匀称，窈窕，不管事情多急，说话总是慢声细气，脸上带着娴雅的笑。又勤快，家里兄弟姐妹多，她一人包了几乎大半的家务，对弟妹们包括我们几个非常疼爱。

那时二姐常趁剧团外出演戏来我们家里，还自己打趣，说，我来舅舅家，就像“走厨房”一样（本地话，意为走动频繁）。而我们仨只要一放假，也往县城里跑，不顾姑妈家已经有七八个小孩，吃住要怎么安排。还是二姐想出一个好主意，她让几个弟妹打横了睡，又拿条长板凳紧靠在床边，放上枕头，就挨挨挤挤睡了一大排。吃呢，也变着花样，有时是面条里撒了绿葱，有时是番薯片里加了红糖，汤汤碗碗煮出一大盆。孩子多，抢着吃，吃什么都香。

二姐还常常鼓励我们要好好读书。那年哥哥考上中学，二姐郑重其事买了一支钢笔送他，还附上一首自己写的小诗：“微薄礼物赠给弟，愿弟刻苦勤学习。永远攀登科学峰，门门功课百分记。”那时我真恨不得快快长大，也好领到二姐的奖励。

可惜，等到我上中学时，二姐已经不在本地，她嫁去了东南亚一个岛国。我很舍不得，问过二姐，为什么要去那么遥远的地方。二姐眼睛亮亮的，慢慢地说，我想走出山里，去看看大海。没想到一向平和娴静的二姐竟有这样宏大的志向。

二姐就这样带着她的美好愿望，只身一人去了海外。后来听姑妈断断续续提起，二姐到那生活挺不容易，因为夫家是一个大家庭。姑妈常念叨说，早知道不去了，你二姐人漂亮，又在剧团，有多少人追呢。可是二姐很要强，自己去应聘一家学校的中文老师，两个男孩子在家里都说家乡话，始终不忘祖国的语言。前阵子，二姐告诉我，她又到一家华语夏令营辅导学生，还发来她学生的演讲："大家下午好！现在中国强盛了，很多商人要与中国人做生意，需要用华语交流。曾老师教我通过 skype 或 QQ 与中国人交朋友，中国人喜欢学英语，我喜欢学华语，我们互相学习，学贯中西！"

二姐喜爱着家乡的一切，前年她回来一趟，看到市场里卖润饼（即春卷）皮的师傅，手法是那样的娴熟，师傅开了小火，抓起面团，往锅底一抹，一拉，又很快一揭，一张薄香韧脆的春卷皮做成了。二姐看呆了，又看到里头红红绿绿的各色菜蔬，搭配起来又好看又好吃，竟动了要回去开家润饼店的念头，她去找师傅学做，临走还特意买了一口做润饼皮的不沾平底锅，说，家乡带回的东西，会受欢迎的。二姐很有信心。

又到了三四月，家家户户开始飘出润饼皮和各色菜肴的香，不知身在异乡的二姐，润饼店开得怎样了呢?

第五辑　徜徉校园

一路上有你，有我

这是一座高峻的大山，

这是一段曲折的小路；

这是潺潺的小溪，

这是浩浩的大海。

这是看似艰险实则风光无限的写作天地……

就在这样的路口，也许在山下，也许在海边，我和学生驻足，停留，我微笑着跟大家说再见："同学们，下面的路该你们自己走了。"可同学们疑惑的目光把我牵绊，他们纷纷问我："老师，山里有什么？水下有什么？"我一愣，我只能告诉他们："对不起，同学们，我也不知道，我没有走过这条路！"我想说："我的老师告诉过我……"但我又缄口，也许我的老师也没走过，也许他也只是听他的老师说过……

记不清了，是什么时候，自己不再动笔，是工作的日渐繁忙？是自己的慢慢慵懒？甚而至于，连喜爱的书籍也不再勤于翻看。……不读书，不看报，不写作，这，能算是一个老师吗？我深深自责。

面对同学们的期待，失望，我无法心安，我不忍放手，我做了决定：我应该入山，下水！这一路，无论愉悦，艰辛，我都应该与大家同在，同行！

我们重又出发，步入大山。眼前，豁然开朗，花奇景异；耳畔，蜂飞蝶戏，鸟嘤猿鸣。我和学生约定细细观赏，相互倾听：或许只是一大簇路边红红白白的野花，或许只是一小棵山上孤孤单单的矮松，或许是两三只相依相偎时而停歇时而跳跃于山路的母兔小兔……都可能有一段动人的故事，都会有它的美丽之处，只要睁开双眼，用心去听，都会真切感受渗于其中的悲欢离合、喜怒哀乐……这，不就是生活，喜忧参半，万象包罗？而文字，不正是这苦乐人生的浓缩吗？

春夏秋冬，皆可成文；酸甜苦辣，尽能入笔。墨香文字中可以饱凝对亲人的关爱，短短篇幅里可以满载对弱者的同情，字里有对生活的幽默，行间有对不平的声诉……这些，岂是闭门造车能代替得了的？只有投身到生活的旋涡，生活的海洋才能瞬间顿活，波澜壮阔。

置身于大山深处，与同学们相携走过这段路，我感触良多，我想对大家说："其实，写作是一种快乐啊，只要你动真情，写真人，记真事，倾注自我，那么，一些平时积累的点点滴滴的素材，就会应你之需纷至沓来，那时候，就是一种流淌，自然的流淌，自己就像是一个出口，喷涌而出……提笔，就是一种自然而然的心情流露，就是一种简简单单思绪的排列，笔就像小溪潺潺，或抑大河滔滔，顺着流势，力所能及，一直流到它能流到的最远的地方……"就这样一路走来，我与大家娓娓闲谈，我欣喜地发现，同学们或点头，或颔首，若有所感。

我们且思且行，且行且看，继续前往。突的，眼前一块大石，高兀，挡住了我们的去路，似乎无路可走，似乎无迹可寻……但我们坚信，前面有我们找寻已久的光明！我们手拉手，肩并肩，彼此关注，相互支持，不抛弃，不放弃，终于走过了这段坎坷路！

回顾前途，刚才的我们，在寻求出路中，抵达成功前，肯定会有焦躁，会有不安，更有一种沮丧，失落，就像大家都已翻过山头，唯有我一人留在谷底；大家都去半山花丛畅游，唯把我一人抛在身后……这可能是一种寂寞，更是一种磨炼，只要我心有主，日复一日，年复一年，笔耕不辍，必成正果！即使只是练笔，不管长短，不论粗细，舞文弄墨，也自苦中成趣！终有一日，你登上峰顶，抬头看，呈现眼前的，必定是不同以往的一片景：天更高，云更淡，山更绿，水更蓝……生命体验因之而更丰富精彩！思想境界因之而越至真至善！

与学生同行，携手于写作路上！

这一路美丽风景，尽收眼底，尽在心灵……

而生活的点点滴滴，同样，经由眼睛，告诉心灵，或沉睡或打盹的心灵，忽而被敲醒，欣欣然张开了眼睛，透过窗户窥世界，一片澄澈空明，新的心引领着眼睛，去思悟，去追寻……

亲爱的同学，让我们同行，走向更广阔的艺术天地！

新书与旧书

“老师窗前有一盆米兰，小小的黄花藏在绿叶间……”周一，哼着曲子走进教室。有个学生眼尖，看到我提的一样东西，惊奇地问：“老师，你改行教物理啦？”原来我带了一台天平秤去。我不答，故作神秘地把天平秤放上讲台，又拿出两本一模一样的语文书，一本全新，一本略旧。微微一笑，问同学们：大家猜猜看，新书重还是旧书重呢？

“新书重！”“旧书重！”众人叽叽喳喳议论开了。有一个调皮的学生高声说：有天平秤在，有真相！众人大笑起来。笑声中我把两本书放上天平秤，一一过秤，提醒大家注意：看一看，比一比！结果如何？前排的几人伸长脖子，凑近来瞧，心急的一个嚷嚷：旧书重！旧的比新的重 0.05 千克。“旧书为什么会比新书重呢？”我趁势又问。一时大家沉默了，有的蹙眉，有的托腮，作思索状。忽有一学生大悟，脱口而出：因为里面记满了笔记！

“恭喜你，答对了！”我赞许，一干人马顿时松了口气，笑声随即飞扬在一室里。我心情愉快，把书打开，“大家注意看，旧的这本，里面记得满满的，条条杠杠，红红蓝蓝，连个缝都没落下，新的呢，却除个别添注外，几乎是空白。两本都是我的，为什么有这么大的差异？是老师后来懒得动笔吗？”又抛出一个问题。同学们坐直身子，来了兴趣，前后左右窃窃私语。班上没了刚才的热闹，稍稍沉寂。

我心里暗笑，难倒你们了吧？忍不住揭示了谜底：看到吗？先粗读，再细读，最后理出思路，读到最后，都记在脑子里，感觉内容越来越少，书就变得越来越薄了。所谓俯而读，仰而思，书就是这样由薄读到厚，又由厚读到薄的，这就是古人常说的“博观而约取，厚积而薄发”啊。看他们默默点头，我又将计就计：“想要学老师偷懒也可以，谁如果能拿手头空白的新书滔滔不绝说话，把书中的东西‘消化’了，‘吃掉’了，变成自己的了，谁就可以不用记笔记！”呵呵，学生又乐了，有几个似乎跃跃欲试。我也乐了，就是要激出你们的自己！

心里一得意，看这群小猴儿上蹿下跳，忍不住想和他们再嬉戏嬉戏，我又把我那两本宝贝高高举起，让大家再看个仔细，“一本满满，一本空空，重量不同，但它们却有一个相同，在哪里？”“都包着书皮！”底下同声一气回答，笑容可掬！“是也！我的书都这样。”我说，“这个就是我们对书的爱惜！里面，你尽管记……”哈哈，屋子里一群大小猴儿们，皆自得而喜！

一堂课就这样轻松而愉快地过去。下课后，有几个学生围过来，好奇地要看看我的“道具”，突然一个女生拿起我那本旧书，似又发现新大陆：“老师的两本书，不但重量不同，味道也不一样呢！”“什么味？”“咸的！”“因为里面有老师的汗水！”学生你一句我一句都替我回答了，我不说话，默默地看着他们，心里涌上一丝感动，是的，那是老师的汗水，人生多味，而咸就是盐，是人生路上的一道风景，是洁白的结晶。它是品尝过路上所有的浆果后，最后才懂得了的雅韵。百味之首，仍为咸啊。

转眼看窗外的米兰，小小的黄花还是那样的朴素而明朗。有的稍稍枯萎，有的又开了，一两片小芽，三两朵花苞，嫩黄嫩黄的，又悄悄地生出孩童的梦幻。

一支曲子的幸福

从不知道，一支曲子会有如此神奇的魅力；从未想过，自己会为了一支曲子幸福地哭泣……

清晨，两节课的间隙，凉风习习，我惬意地走在学校的林荫树底，身旁，偶有三三两两的学生快步掠过，谈笑，嬉戏，朴素的衣裙，轻盈的身影，荡漾着止不住的青春气息，我的心里也跟着腾起阵阵轻快和得意……歌词终于在校歌征集中胜出，期待，谱了曲后能走出校门，走向全区，唱遍芗江大地。

“紫芝山下，九龙江畔，水仙花都，菁菁校园……”不知不觉，我的心里哼起了这支小曲儿，活泼的音符，轻巧的脚步，眼前幻化出一凌波仙子，婀娜含笑，袅袅而来，遥山近水，为莘莘学子送上满怀的祥瑞和祝福，“栉风沐雨廿余载，春华秋实育英才”，耳旁转为慢板，深情悠长，又似回到那风雨兼程的过去，学校创办的初始，二十多年来，曾历经七度校舍搬迁，四年流动办学的艰辛，“留下我们学步的脚印，记录我们成长的身影”，一路携手，一路前行，师生同心，执着笃定！

停歇，追寻，巍巍乎高山，潺潺乎流水，时而高唱，时而低吟，忽而，一个音符冲天而起，蓝天下那只矫健的海燕，正破浪而出，亮翅云间！“海燕”校刊、“海燕”校标、“海燕之声”广播台、“海燕艺术团”……这些，让蓝天下的海燕凝成了校园绝无仅有的美之雕像，一串串流畅的音符，一幅幅生动的画面，一双双探究的眼睛，一种种专注的神情，“人才荟萃文明传，科艺并重身心全”，眼前，似可看见，正值豆蔻年华的学子，憧憬知识，渴求文化，课内课外，展现风华，“让我们放飞七彩的梦想，我们是蓝天下的海燕”！

多么美妙！那支曲子，那首旋律！字与音符的撞击，它和它，在交流，在说话！它在找寻它，它在呼唤它……原本静睡的文字欣欣然张开了眼，立起了身，因了曲子的灵动而顿显活力，焕发神奇！歌词与旋律，旋律与歌词，它们亲密地私语，悄诉，组合，排序，活色生香，再不分离！整首歌，整支曲，浑然而为一有情天地！

终于知道，一支曲子，原来有着如此巨大的魅力，竟然会令人欢喜，伤心，快乐，哭泣……

下午，放学后的梯形大教室，聚集着七八十个参加合唱的队员，有学生，有老师，为了全区校歌比赛，大家正抓紧训练。美丽的余老师站在最前面，专注地听着琴声，正准备亲自指挥她所谱的曲子，她朝大家微笑示意：开始！霎时，琴声响起，手儿挥起，韵律随之扬起，“苗圃新芽，志在栋梁，禽巢雏音，心向蓝天”，就在那一刻，整个大厅为青春飞扬的歌声所激荡，我被一张张年轻朝气的脸，纯粹干净的声音所震撼，那一字字，一句句，和曲子的相遇，是诗、是艺术！是美妙、是幸福！还清楚地记得，歌词写成、入选后的喜悦，但那种感觉，怎么也比不了而今成曲后由余老师指挥着大家唱出来的甜美和酣畅，竟至于让在场的我，不知不觉，泪光闪闪！

转头看，余老师已是微微出汗，短短的时间，七八十人的合唱团，站在大家面前，齐齐唱出一首歌，真是不容易，余老师偶有着急，但始终温和，微笑，一遍遍地教唱，“‘紫’要唱得有弹性些，声音不要太满”，她一遍遍说，动作表情全用上，是那样的用心和投入，工作中的女人，原来如此美丽，美得无与伦比！

一种情义，在音乐间传递……感觉，她是那样的美好，那样的熟悉，就如我十分亲近的家人！有时，我忍不住想上前说：真好！我参加了排练，这让我留下了很多珍贵的图片和画面。我俩，亲历校歌参赛过程，就如亲见自己的孩子成长一般！这种感受，也许只有我们两人最能体味，第一次，你教唱自己的歌曲，第一次，我看到自己的歌词被人合唱！我们都是那样的喜欢着自己的作品，挚爱着自己的学校，虽是温暖的平静，一样让人沉醉而落泪！

词，因邂逅曲子而美丽，我，因遭遇幸福而哭泣！

一支曲子，谱写了幸福的传奇！

希希的课外活动

秋天，加拿大伦敦市泰晤士河的岸边，枫树满园，枫叶红艳。我的一个朋友原是国内一所中学的副校长，退休后，到美丽的加拿大去探望定居在那儿的女儿一家。今年秋天，她的小外孙女希希参加了全市小学生400米长跑比赛。这种比赛是自愿报名参加的，不用选拔。第一轮比赛时希希跑了同年龄段第69名。当她的外婆拥抱她，表示祝贺时，希希很坦率地对外婆说，她们这个年龄组总共70人参加比赛，她只赢了一个人！我的朋友说，我没有到现场，无法想象当她跑在倒数第二时，会有什么想法。可当他们面临决赛报名时，我有了答案。在国内，决赛只有前几名的运动员才有资格参加，而他们参加决赛也是自愿报名的。希希当然也乐呵呵地参加了，最终得了第67名。70名运动员也全部报名参加。这下，希希跑赢了3个人，了不起呀！

希希的长跑比赛告诉我们，他们组织比赛的目的，不是选拔人才，是参与，是培养兴趣。在第一轮比赛后，希希她们这几个跑在最后的运动员都没有丝毫的挫折感，大家都兴高采烈地再次报名参加决赛。

希希还参加了8岁组的足球队，在加拿大，各年龄段的足球队比比皆是，绿草如茵的足球场星罗棋布。球衣，球裤，球袜都是政府免费供给。这些球队队员，都是没有经过任何选拔的，只要你愿意，就可以报名参加。朋友给我看一张8岁组的女足球队全体队员与教练的合影照片，说，瞧！前排最左边咧嘴大笑的那个丫头就是希希。

希希还喜欢溜冰，游泳，这些项目都是由政府出资举办的，拥有一流的场地、教练，还有志愿者参与。希希还坚持跑步，骑自行车，画画。每天练琴，读书。希希是伦敦市 CentennialCentral 学校三年级的学生，每天要到学校上课。这些丰富多彩的课外活动时间从哪儿来呢？朋友告诉我，每天上午校车 8 点半接希希去上学，下午 4 点校车准时送她到家。希希放学后，基本上没有家庭作业。所以下午 4 点到家后，就是希希的自由活动时间了。

每天下午放学后，她会先弹 45 分钟左右钢琴，然后看课外书。家里除了为她订阅杂志外，还经常带她去图书馆借书，去书店买书。希希对阅读非常感兴趣，朋友说，这要感谢加拿大的读书氛围。希希从上幼儿园开始，每天放学，就带一本书回家阅读。老师要求孩子要大声地读给家长听。当然幼儿园的读物图文并茂，非常有趣，所以孩子们非常喜欢。慢慢地，阅读就成了习惯。在那里，你无论走到哪儿：公园，饭店，游轮，草地，长椅……都会经常看到有人在如痴如醉地阅读，希希也慢慢地成为其中的一员。她的同学们也都喜欢阅读，每逢过生日，会互相赠送书籍作为珍贵的礼物。

加拿大的孩子们几乎没有家庭作业。他们放学后，就是“玩”！连晚上也是“玩”！朋友骄傲地说，希希他们什么都会做：自制贺卡，做沙拉，折纸种花……样样自己动手。孩子们也经常在自家的花园里干活。希希就经常帮忙清除杂草。比国内的孩子更爱劳动。“在我们这儿，夏天的夜晚很短，太阳要 9 点以后才慢悠悠地开始下山。希希的皮肤晒得黝黑黝黑的，好美呀！”

朋友深有感触地说，这儿的理念是做自己喜欢做的事。大学毕业时如果不是对某一学科非常感兴趣，他们是不愿意去读什么博士的。要读博士，首先是兴趣！有了兴趣，再苦再累也勇往直前，所以他们的博士含金量很高。这样的人，以后必能成为各行业各领域的精英。

最近希希课外又迷上摄影了，下午的时间里又是翻看书籍又是摆弄机器，每逢和家人外出必自告奋勇当起小摄影师。希希的外婆给我看一组希希拍的树，都是没有树梢的，“希希的摄影，非常注重我的脚，哪怕没有树梢也在所不惜！我可爱的希希自有她的一套理论。”是的，希希的理由很充分：“如果拍到树梢，就拍不到外婆的脚了！我想，外婆的脚比树梢更重要。”希希是个可爱的用心的摄影师！

希希就这样长成了一个健康、明朗、热爱劳动、热爱生活、热爱亲人的女孩。大千生活，如此富裕。树木、花朵、云霞、溪流、瀑布，以及大自然的形形色色，都足以称为享受；此外又有诗歌、艺术、沉思、友情、谈天、读书……多姿多彩，浑厚深刻。只有快乐的哲学，才是真正深湛的哲学。而每一个孩子，都有其优美的天性，培育适当，则当如一朵朵花般在大自然中明媚绽放，茁壮、快乐地成长。

玉兰花开

南国的小城，又到了入冬的时节。

每天早晚，走在热闹或清冷的小街，会觉得有了些寒意，只想快快回家或躲到上班的地方去。匆匆地走着，忽听到后面有人唤我一声“小菁”，心里顿时涌起一股暖流，即刻回头，寻找那熟悉的久已不见的身影，我知道，这是我漳州一中的老师或同学在叫我。

“小菁”这名字，我把它留在了伴我度过六年初高中生涯的一中校园里。那年9月，我带着期盼，走进了这座至今已历经110个春秋的漳州一中的校门，长长的校道两旁，是一左一右两排郁郁葱葱的白玉兰，它们带着纯真的热情欢迎着每一个懵懂好奇的学子。微风轻拂，陪我一直走到新华楼。报到后，我成了新华楼里初一年级的一个新生，班级的名单上赫然写着：朱小菁，户口本上的大名却是：朱向青。这是我心里藏着的一个小秘密，小学时因为班上同学笑我“向着江青”，妈妈拗不过我，给我取了小名叫“小菁”，可是大家还是没叫惯。而今步入中学的我终于以“小菁”开始了我全新的生涯。小小的我，像一株未开的玉兰，该如何在校园里生长绽放?

每天清晨六点左右，天还微黑，我就被母亲叫起，吃饭，背上书包，走在离家去学校的路上。我家住在九龙江畔的厦门路，离学校差不多有三公里的路途。大约走到学校对面的钟法路与胜利路交界处，天亮了，太阳出来了，就会听到芗城人民广播站熟悉的播音：“现在是北京时间7点整”，随之是国歌激昂高亢的声音。那时的我，走在红日里，心里真有一种蓬勃的激情，甚至想跟着广播大声唱起来：“我们万众一心，冒着敌人的炮火前进，冒着敌人的炮火前进！前进！前进！进！！”可是终究怕人笑话，没有唱出来。

进入校园，先到食堂蒸饭。食堂在学校的西侧操场边，里面排列着一个个木制的大蒸床，边上还有一个木架子，一层层搁着同学们存放在这里的饭盒，有的是圆口的带把手的搪瓷缸，有的是长方的加盖的铝制盒。我把从家里带来的米洗净，加上水，看着我的饭盒和其他几十个伙伴安稳地躺在一个蒸床里，放心地去上课。外婆说，鸡蛋有营养，让我每天带一个放在米饭里一起蒸熟了吃。可是好几次等我中午来到食堂，找着了我的饭盒，却不见了我的蛋，不知给谁抠走了，饭的中间凹陷下去，留下一个小圆洞！我发誓一定要逮到这个偷蛋的“贼”！有一天，第四节上体育课，老师把我们带到食堂边的篮球场打球，放学铃声一响，我就直奔食堂，果真逮着了！是一个高年级的男生，正要拿起我的饭盒，我大声吆喝：那是我的！他一下涨红了脸，僵直地立在那里，不知所措。我劈手夺过！扬长而去，任留他在三三两两围拢来的同学们的窃窃私语和嘲笑里。那时，我只觉得得了胜似的得意扬扬。过后，当我走在宽阔的大操场上，在一株株安静伫立的白玉兰树下，那个男生欲言又止的模样却清晰地出现，我渐渐为自己毫不问因由、一点情面不留的严苛感到不安和羞愧。现在想来，即使他做错了什么，也不该这么赤裸裸地被一丝不剩地剥夺了自尊。那天，也许是我一生中做的第一次有意识的忏悔。

这件事最大的好处是，它让我以一种反省的态度进入了我的学习。当时我们班的班主任和英语老师都姓杨，为了区别，我们私下把她们俩分别叫作矮杨、高杨，这多少带有点不敬的成分，尤其是对我们班主任。大家却偷偷地叫开了。因为个子高高的英语老师总是笑容可掬，而我们的“矮杨”班主任却常常冷着脸，班上的同学便大都怕她，甚至埋怨。而我经由那件事，隐隐地想，总是有原因的吧？老师也是人，也有自己的七情六欲，也会不开心，甚至哭泣，不可能要老师总是和风细雨。过后得知，那阵子班主任家里的确有点不如意的事，其实老师对我们并非漠而视之。有一天中午，我从食堂回教室，迎面碰上她，正想躲开，杨老师却微微笑着迎上来，对我说，你家远，中午要好好休息。嗯，我小声应着，心里一阵热乎。又有一次年级测验，班上语文成绩有了明显的进步，我也考了不错的成绩，杨老师开心地笑起来，大大地夸了我们一番。大家由不习惯到发现原来老师的笑容是那样的好看。全班也跟着轻松快乐起来。刚好年段作文竞赛，我突发灵感，把我们的班主任杨老师比作一个热水瓶，我说她是外冷内热，外表看似冷漠，内心沸腾澎湃……结果我的这篇文字飞出班级，张贴在年段佳作展示栏上，那时我们已经由新华楼搬到劳动楼，佳作栏就在楼下的转角处，每天我装着不在意，一遍一遍地溜去看，心里暗暗欢喜。后来，我的文字越飞越远，到了新华楼前左右两侧学校的宣传栏。我尝到了写作和学习的乐趣，每天放学，都恋恋不舍地走在校园里，校道两旁的玉兰树枝叶拥簇着向我轻轻致意，冬天已经来了，冬天又要过去，抬头看，枝端上那朵朵碧白色的苞蕾已有了早春的气息。

渐渐地，玉兰树不断生枝长叶，越发高大碧绿。我也升上高中，进入教我们政治的郭老师的班级。学校如火如荼开展了课外活动，也许是受到年轻的郭老师那份朝气的感染，原本安静的我也跃跃欲试，参与其中。高一年运动会，个子小小毫不起眼的我站在了400米的跑道上，突破众多选手进入决赛，最终获得第三名的好成绩。众人大感意外，热烈地簇拥着我回到班级，让我尝到了一种英雄得胜凯旋的欣喜！可是不争气的我却因此患上了“恐跑症”，我怕枪声响起的一刹那心要跳出来的感觉，我怕我没跑好会遭到大家冷落的那一切……运动会又到了，我执意不报名，也不说明原因，体育委员愤愤地去找班主任告状。高二我到了文科班，班主任是教我们历史的陈老师。陈老师把我叫到教室外的走廊里，我低着头准备挨训，他却慢慢地开了口：没关系，不跑，你就为班级写宣传稿吧。我抬起头，陈老师眼镜后透出温和的笑意。我却无法言语。多少年了，我总是记住那个走廊，那个我面对老师的微笑却不能说一句话的情景。它让我看到了自己的懦弱，促使我勇于突破。又是多年后，我在班级同学的聚会中知道陈老师身患重病，却始终以一种积极乐观的心态面对并战胜病魔。我想，我该对老师说点什么了。那年，我也早当了教师，学校也开运动会，教师进行接力赛，我终于又换上运动服，穿上跑鞋，意气风发地站在了运动员的队列……

时光荏苒，玉兰花开了又落，落了又开。我离开一中，由“小菁”成了“向青”，因为高考报名，我又恢复了我户口本上的名字，并渐渐地有了我的一片青葱的天地。心里，却始终忘不了母校那棵小小的玉兰树，忘不了校道两旁那许许多多在料峭的春风里年年傲然开放的白玉兰，忘不了在那美丽的校园里，叫我“小菁”的亲切的声音和许许多多微笑着的脸庞……我亲爱的母校，亲爱的老师同学们，你们都好吗？春天就要到来，我惦念着的玉兰花，你开了吗？

小人国，木偶情

墙角有两个并列的紧挨着的箱子，箱子是暗红色的，上面的漆有些已经掉了，斑斑驳驳。看似不起眼的两个箱子已经有五十多年历史，曾经伴随着它的主人——芗城区巷口中心小学布袋木偶剧团走过一段艰难而又辉煌的岁月。

这个箱子里装的正是剧团的全部家当：舞台和道具。合起来八尺来长的两个箱子打开撑起来成为一字台，就是这个小小木偶剧团的舞台。箱子就相当于两只巨大的“布袋”，里面盛装着学校木偶剧团的历史和传奇。据说，漳州人叫掌中木偶戏为“布袋戏”，有一种说法就是戏班的装备简便，用布袋装上所有家当，一挑就走，到处游乡演出，很方便。老百姓亲切地称它为（担）布袋的戏班。还有一种说法是因为演出使用的木偶，除了头、手掌和脚的下半部以外，手部和腿部都是用布缝制而成的，形状酷似布袋，所以被称为“布袋木偶戏”。

在老漳州人的印象里，每逢庙会或节日都要搬张小板凳到庙口搭设的木制彩楼下，引颈翘首看着演员们拿着手掌般大小的布袋戏偶，上演着《三国演义》《水浒传》等传统剧目。手掌般大小的偶人，偶头及偶身总长仅在八寸左右。演员的手掌就是偶人的躯干，表演时食指托住头，拇指和其他三指分别撑着左右两臂。手掌动起来，一个个性格、感情各异的偶人瞬间激活，套在手上的木偶一会儿俯仰摇摆，张口道来，憨态可掬；一会儿舞刀弄枪，腾挪跳跃，英气毕现……一个个角色轮番上场，演绎一个个古老岁月里流传千年的那些忠孝贤良的故事以及故事里融汇的苦乐悲欢，台上成了一个名副其实的小人国。

能想象舞台后的也是一个“小人”世界吗？诞生于五十年代的巷口中心小学布袋木偶剧团为我们带来这样的不一般的传奇。巷口中心小学所在的位置据说是晚清时期旗兵的城守营旧址，已有百年历史。现在我就站在这所百年老校木偶剧团的木偶课教室，那两个箱子已然退出历史的舞台，成了团里的珍藏，静静地蜷在墙角细数岁月的变迁。一个黑底红字横幅书写着“福建漳州巷口中心小学”的新舞台立在教室的正中央，布帘下段垂着的软绸上是“红领巾木偶剧团”的字样。剧团的指导老师蓝幼菁说起一次他们参加全国木偶表演调研的趣事，轮到《武松打虎》出场，梁山好汉武松趁着酒兴上了景阳冈，经过一番激烈的搏斗，终于赤手空拳打死了猛虎。老虎拈须、咬尾、长啸、抓痒的模样，武松半醉半醒、半颠半狂的神态，都活现在舞台上，许多人不相信后面表演的是小孩，表演结束后纷纷跑到舞台后面探头看，大为赞叹。蓝老师言语间满是自豪，这是她陪伴了二十几年的剧团。退休后她仍选择回到校园，延续她的木偶传艺。而今在巷口中心小学，每周星期一至星期四下午第三节，都有一堂特殊的木偶课准点开讲，几十年来未曾间断。

木偶课的时间到了，十几名小学生说说笑笑跑着走着进入课堂，蓝幼菁站在队伍前面，耐心地为孩子们讲解木偶表演中“要棍”的动作要领。孩子们跟着蓝老师的指导，有板有眼地操练。这些小人儿如同大人般认真的神态煞是可爱。观众看木偶表演很好看，以为在后台站着操纵也简单，其实演员训练是很辛苦的。蓝老师说，学校从二年级起由个人报名并征得家长同意挑选小演员，挑选的必备条件是手指要长。第一步是练手指的柔韧度。除了每周一至周四活动课外，还利用节假日加强训练。寒假里，这些小演员张开手指，插进冰冷的水里，既练手指硬度又练个人意志。因为拇指和其他三指分别是木偶的两臂，而食指和其他三指常连在一起活动，一般常人只能张开 30 度左右，木偶演员要练手指劈叉，练到“一字马”，让食指和其他三指尽量九十度垂直，这是要下苦功夫的。有时一练就是半个钟头。暑假中，他们冒着酷暑高温，苦练表演技术，一场排练下来，衣服全湿透了。但每学期开学式上的演出，使孩子一进校就被这小小的木偶所吸引：盘子为什么能转动又能上蹿下跳？木偶为什么能脱手飞出又能接回来？木偶们为什么能做穿衣脱衣和相互交换穿衣服等高难度的表演？奇妙的掌上功夫，幽默的儿童情趣，使孩子由好奇到热爱，醉心于这个小人国的世界。

都说“铁打的营盘流水的兵”，寒来暑往，从二年级到六年级，小学员换了一茬又茬，已经有无数批学艺在身的小学员从这儿毕业离开，有的学员选择报考艺校，继续走上木偶表演之路，进入漳州木偶剧团当起了演员。尽管学生年年变动，这一批小演员毕业了，下一批又接上了，学校里的这个艺术教育团体——红领巾木偶剧团人才辈出，长盛不衰。蓝老师也笑言自己是“铁打的营盘铁打的兵”，驻守在剧团里了。角色是有分工的，角色形态和动作如走路、说话是不同的，剧团根据小学员们自身长处，为他们安排最适合的角色和表演技艺。渐渐地剧团在国内外少儿艺坛上打出了名气。1991 年，全国部分省市幼儿木偶调演比赛活动中，《武松打虎》《新疆之春》《东郭先生和狼》《老鼠戏懒猫》四个惟妙惟肖的木偶表演脱颖而出，一举摘得十六项大奖。1993 年，红领巾木偶剧团参加香港的“富士菲林国际儿童才艺节”活动，与南京小红花少儿艺术团、瑞典土风舞表演队、澳洲木偶团、比利时舞旗队等著名的艺术团体同台演出，引起轰动。自此，国内外许多著名木偶艺术家慕名前来观看演出，中国木偶、皮影艺术学会会长虞哲光先生盛赞小演员“训练有素，艺术精湛”。国际木偶艺术协会副主席、美国木偶艺术协会主席海尔斯坦教授、日本铜锣木偶剧团团长恭原大刀夫等观看演出后也赞叹不已。红领巾木偶剧团成了展示漳州民间艺术及艺术教育成果的一个窗口，一时之际，引起了国内外媒体的关注。

八寸戏偶，五指乾坤。小人国的世界很精彩。这样一个神奇的舞台是如何搭建起来的呢？一切都是有缘起的。蓝老师回忆她的爱人林龙潭就是巷口小学的学生，念小学时就迷上了木偶戏。1957年学校成立“红领巾木偶剧团”，林龙潭第一个报了名。后来，林龙潭又到省艺校木偶班学习，打下扎实的基础。漳州历来是国家级非遗项目“布袋木偶戏”的诞生之地，有着极为渊深的布袋木偶戏的演播传统。1979年林龙潭自创一支民间木偶剧团，经常到各地演出，在人手紧缺的情况下，当时还在浦林小学任教的她便跟丈夫学起木偶表演。平时的耳濡目染，加上丈夫的言传身教，“夫妻双双把偶演”，蓝老师逐渐掌握了各项木偶表演技巧。后来，蓝老师就在巷口小学扎下根，一心一意为孩子们传授木偶表演艺术，从此与布袋木偶戏结下了不解之缘。其间也得到了木偶大师杨胜的大力扶持。她说，木偶表演是咱们漳州的家乡戏，既然热爱这门艺术，就应该好好把它传承下去，这是我的责任，也是我最大的期望。

“掌心朝前，手臂伸直！打掰滑捏，样样精湛！”蓝老师站在孩子们前面，一边示范，一边大声指点。和孩子们在一起，蓝老师又找回了年轻的感觉。一缕柔和的阳光沐在她的脸上，这个年过半百的美丽女子身上依然显露着青春的气息。“木偶可能是最杂又最精的一门艺术，身、台、形、表都要学，学完了再将所有的知识和技巧传递到手里的木偶上，让木偶有神态、有灵魂。”在指导表演的间隙里，蓝老师对我说出了木偶戏的表演技艺。望着教室里的蓝老师和她的演员孩子们，我不禁暗暗感佩：几十余载，寒来暑往，因为那份执着和热爱，布袋木偶表演艺术家早已和那些木偶们“融为一体”。小人国的世界让人着迷。这个老祖宗传下来的上千岁的被列入首批国家级非物质文化遗产保护名录的“宝贝”，就在这灵动的手掌间，继续彰显她的风采，抒写掌上艺术春秋。

离开巷口小学时，正逢央视摄制组来巷口中心小学航拍布袋木偶技艺。孩子们带着夹棍、玩偶等各色道具奔跑到操场，阳光下，身着白衣蓝裤佩戴红领巾的孩子们在老师们的引领下展示自己的绝活：抛棍、转盘子、顶缸、耍水袖、脱衣服、拉弓射箭……朵朵艺苑小花，犹如彭冲亲笔为剧团题写的“蒲公英木偶艺术馆”中的蒲公英一样，在春天的土壤里悄悄落进一颗颗神奇的种子，萌芽、滋生，又被风散播到每一个有春天气息的角落，在迷人的木偶艺术天空中，奇妙、浪漫而又充满幻想地绽放。

第六辑　往来师友

青园子

这是一片青色的园子。干干净净的红砖地上，一小篮绿油油的苋菜，三两个肚子鼓鼓的葫芦，一个黄澄澄的大南瓜，还有几丛颀长的韭菜，都在那骄傲地静默，炫耀着主人一天的收获。抬头看，瓜棚里，藤架纵横交错，丝瓜，角瓜，花葫芦，白葫芦，一根根一个个垂荡，这些小东西约莫只有一尺长，身材细的，轻飘又苗条，似乎等着一阵风儿到，就要婀娜地起跳。葫芦沉点，气势更足，一个紧挨一个，数数，有三十多个，把丝瓜惭得想躲一边去。看那架势，满棚瓜果，好像会变魔术，摘了又长，长了又摘，整个夏天，都要在那唱歌、舞蹈。

这是青禾老师家楼顶的菜园。绿藤间，依稀可见一张石桌，几只石凳石椅。试想一个晚凉的天气，人闲闲地往顶楼去，看看园中的菜秧子，摆弄摆弄豆苗子，摘摘几个紫茄子，即便只在园边小立，或在瓜棚架下石凳椅上聊几句，说说秋来的菜种、萝卜的市价，瞄几眼晚霞，都是连做正经事都觉得可惜的天气。

这样的园子，让人一点不着急，主人有了灵感，写得顺手，写一两千或两三千字，乐呵呵地去洗院子里的地。“晴天，我洗的只是地面的灰尘，雨天，我洗的是一个立体空间的灰尘”，洗地板也洗出学问来，生出了禅意。这样的园子，让人有了生机，隔一阵子来，满园翠绿，贪几口清凉，陡然长了几分精神气。“一个尘封很久的记忆突然苏醒过来，拍了拍身上的尘土，抓抓头皮，又眨了眨眼睛，生龙活虎地朝我走来。”于是十几天，一篇三万来字的小中篇就如一个南瓜鼓鼓囊囊长势喜人地弄出来，还带上一条藤辫儿，牵着一个念想儿，意犹未尽，想要一个特大的。

这样的园子，就在本地师院教师楼白鹭园的顶层，置身于繁华的都市，喧闹的商潮中，会不会太普通太大众？曾是一家大汽车运输公司领导的青禾老师，为什么会放弃优厚的待遇，当了一名象牙塔里大学院校的老师？较之以前，少了熙熙攘攘，渐离利来利往，会不会有些失落和寂寞？坐在青禾老师家明净的客厅中，我止不住地疑惑，青禾老师始终微笑着，敦厚、温和，他说，我图的就是一个安静的写字的环境。傍晚在瓜棚下吃饭，月下在瓜棚里乘凉。天天有收成，瓜果、青菜，篮子装满满。边上，被青禾老师谑称为“菜园子领导”的师母，也始终娴雅地微笑，不停地忙碌，整理着干净得不能再干净的客厅，递上一杯杯醇香的热茶。不由记起退休了的老师携师母晨起买菜，同游江滨，戏改苏轼《江城子》情形：“老妇聊发少年狂，手扶栏，脚摇晃。一斤海蛎，回家好做汤”，这就是青禾老师式的轻松和幽默！

我懂得青禾老师家的菜园子之所以长年葱翠的缘由了，它源于潺潺流动的生活，出自内心的从容与美善，也许生活中有悲有欢，也有恶，果实有甜，也有涩，但我们的心园应该用来存放明亮豁达的东西，呵护它成长。写字的意义，其实不在于文字本身，而在于渐渐地整个地改变了人的情形与禀赋，使自己能处于一种娴雅与淡定中，不温不火，快乐宽和。“前几天应邀到福州参加‘海峡两岸作家论坛’。说是参加，其实是当收音机，听人家怎么说，开眼界，学习”。走出园外是如此，而在自己的园子里，青禾老师是一个辛勤的农夫，以笔为锄，写了一个工人和一个农民，一个书记和一个司机，一个警察和一个窃贼，“一个和一个”系列的故事，写了“风前雨后”大背景下本地小人物的故事，写历史写现实，写许许多多普通而又不普通的家庭和人事，把五光十色的生活收录于文字里，看似微小平淡，却真实好看，因为这一切，都植根于丰美肥沃的土壤。晒被子，晒出“日头香”；简简单单的“土豆烧牛肉”，也烧得有味悠长。至今，青禾老师已发表、出版小说、散文随笔 400 余万字，却从未停笔，“这是我今年发表的第 3 部中篇小说”，青禾老师的心，始终鲜活；他的菜园子，一年四季，始终收获着红果。

普普通通的园子，带给青禾老师深刻平和的思索，在《时代英雄》——又一个“意外”的收获被《北京文学·中篇小说月报》转载之际，他在《创作谈》里如是说：过好日子是每个人与生俱来的愿望。每个人的心中，都有一份鲜为人知的执着与坚忍。许多人不知道“意义”在哪里，这不是他们自己的错，“时代”应该对他们的失落负责。我祈愿，通过许多人许许多多的努力，创造出一个适合于我们的后代生存与发展的美好空间。

青禾老师如是想，这样的园子，便担负了佑护小苗的使命。偶遇青禾老师，几次三番向老师求教，对一个素不相识的晚辈，曾为作协主席的青禾老师同样几次三番诚恳地回信，指导、批评，鼓励我说：我在你的散文中看到很好的潜力。创作没有什么秘诀，读多了，想多了，写多了，就自然会好起来。写下去，必能成气候。祝你成功！青禾老师，如其之名，他是一个绿色的园丁。

此刻，菜园没人，安静得让你的思绪如小鸟一般，轻快起来。字与字，也开始美妙地排列组合起来，却看见，园里果真有一只小鸟，跳上跳下地踱步，偶尔，从菜园子飞下来，在窗栏杆边，优哉游哉地停落。

童话

一

我愿变成童话里
你爱的那个天使
张开双手
变成翅膀守护你

这是一张照片。

照片上，是一对爱侣，自然而亲密地偎依。2011年夏天的一个傍晚，他们像往常一样，在度假屋后弯弯曲曲的小路上散步，有些累了，坐下来歇息。周围是一片青绿，近处的小草，远处的树木，有的朦胧，有的清晰，空气里似乎也弥散着一股新鲜而润泽的气息。妻子安心地靠在丈夫的怀里，仰起头，正和丈夫充满爱意的目光相对，他们温柔地用眼睛触摸，交流：

“还记得吗，那年，你去国外看女儿回来，我搭早班去上海浦东机场接你，我们又一起飞回厦门。”

“我当然记得。回厦门的飞机上，你一直握着我的手。可是，你呀，这么辛苦地往返，真是有些疯狂呢，我怕你等，以后再也不从上海转机了。”

“是的，你说，你改在香港转机，让我插上翅膀也飞不进来，只好老老实实在厦门机场等候。”

“你在候机室等我，手里拎着一个沉沉的保温瓶。你好傻，知道我爱喝绿茶，怕我喝不惯机场的白开水，还特地带了茶叶来。”

“……”

他们默默地说话，天边，现出灿烂的晚霞。

他们不是年轻的情侣，是相携已走过近四十年婚姻的夫妻，此刻，她和她的丈夫，如初恋般，沉浸在他们的童话世界里。

他们忆起了相识的往昔：

那年，她上山下乡到一个县城的村里，当了生产队的食堂事务长兼广播员通讯员，他在同一公社的另一大队下乡，当粮食仓库管理员，慢慢地，熟悉了。他对待粮食收购，是那样一丝不苟，为了检查谷子的干湿度，总用牙齿来咬谷子，一个收购季节下来，牙齿居然被谷子磨出了一个小洞。她看了，感动，心疼。在她的眼里，他特别善良和憨厚。而她在他的心里，是那么的乐观，活泼，聪慧，早就悄悄占据了所有的位置。一场由“家庭出身不好”引发的“学习毛著积极分子”落选风波让他们患难见真情，不问身家、不问地位，只在乎心心相印，俩人热烈地相恋！

那年，他们历经种种曲折回到城里，分配到不同学校当了民办老师，组成了一个温馨的小家庭，成了一个可爱小女孩的父亲母亲，他明明是一个不拘小节的男子汉，却每天半夜一定会准时醒来，为孩子把尿，换尿布片，在他吹的温和委婉的口哨声中她看到了一个大男子对家的柔情。

那年，全国恢复高考，他们又一起双双被录取，他踏上去省城求学的路，她上师专，兼带孩子，留在本地。短暂的别离、共同的追求更使她得到了他的近乎痴迷的爱恋和疼惜。

渐渐地，女儿大了，成了江浙一带一所名牌大学计算机系的优秀的毕业生，并远赴加拿大深造，工作生活。渐渐地，女儿的女儿也大了，成了加拿大伦敦市聪明伶俐的一个三年级的小学生。孩子在长大，在奋斗，她和她的他也没有停下他们的脚步，分别担任了各自所在的两所学校的副校长，2007年，她引以为傲的他，又调去本地一所新办学校任校长兼党总支书记。仅仅几年时间，学校就跻身于市一流名牌学校的行列。朝去夕来，一天天忙碌，两人却依旧彼此深爱而幸福。

“你喜欢提着菜篮子去市场买菜，更喜欢携我同去。我们常常走进大街小巷，品尝各式各样的小吃美食。”

“你喜欢旅游，我们每年必定外出一次：天山脚下，阿里山上，布达拉宫等都留下了我们的脚印……我们在三山五岳大江南北一处处风景穿梭，手拉着手，相依而坐，默默无言。”

二

从你说爱我以后

我的天空星星都亮了

一切如童话般的完美。童话里，总让我们看到一家人相亲相爱和和美美，似乎太阳永是朗朗，没有终结。可是，突然间，就在那张照片下，看到了这么一行小字：这是2011年8月19日，傍晚，我们散步后，坐下来聊天。没想到这是我们的最后一张合影。49天后，我的先生就因病到远方去了。他成了我永远的情人！

她的他走了，他一声不响，悄悄地去了天堂。

她的晴空暗了，刹那间电闪雷鸣。她的脸上依旧平静。笑着，说着，心里大雨倾盆。

往事历历，在心头沸滚翻腾，怎么办？唯有把它安放在文字里，心才得到了安宁。于是，她写下了《我和我的家人》，《永远的情人——我们的二人世界》，听到了吗？那一字字，是她在声声呼唤啊！《教我如何不想你》，一篇篇，直至第八篇，那是一次次两人间心的亲近和对话！

“你喜欢我们间的相互等候。无论是你，是我，无论上班或外出，只要先到家的那个人，必然会不时在窗口张望……你来了！我们的目光接触的那瞬间，双方都有久别重逢的惊喜。尽管你进家门后，我们将在一起厮守十来个小时，直至你第二天上班；但你从来也不曾阻止我下楼来接你，你是迫切期盼着的！是啊，我们都有恨不得早一秒钟见面的冲动，我们的热恋没有终点。所以，这种等候，就是必然的了。我们一起上楼，或牵手，或搭肩，五层楼的楼梯走起来是那么的轻松。”

这是怎样的一种情感，令人震撼？一对近四十来年的夫妻，天天在一起，没有时空的距离，可是“我们之间从来没有不开心过，哪怕一秒钟也没有过，神奇吧？”又要怎样才能做到？

曾经，有人为之不解，问过这样的问题：“看了您这一系列，感动之余，很想知道，你们感情那么好，除了双方都有真性情，是不是还有志趣相同的原因？你们平时都有哪些共同喜欢做的事情，谈论的话题？我记得您电话里说，都没时间陪朋友做这做那，都是两人在一起。而很多夫妻几乎是你做你的，我做我的，甚至完全不理解对方所做的，说不到一块。看了您的故事让我明白，夫妻间也一样会有真正的爱！”

她回曰：“我与我家的他感情深厚，最重要的一点是互相欣赏。因为欣赏而爱，因为爱更加欣赏。他认为我是世界上最令他心动的人，我也是这样看他的。我们平常的话题都很平常，不过我们都是有情趣的人，交谈起来很有意思。我们对工作都很有责任感，我们追求卓越。我们都喜欢旅游，喜欢运动……”

互相欣赏是他俩最突出的相处秘方。在外人面前，他这样夸他的她：“我的太太当了15年的省级重点中学副校长，她教学顶呱呱，被评为首批省级优秀青年教师。她的工作效率和成绩，绝对是一流的。她聪明能干，谦虚谨慎，她尊重校长，尊重老师，待人十分友善。在家里，是贤妻良母，从来也没有和我红过脸，更不会发脾气。她永远是和风细雨的，她是一个很优秀的人，你一定要向她学习……”来自爱人的毫不掩饰的赞美让她脸红心里却暗暗甜美。而他又何尝不是她心爱的偶像？诚实、正直、执着、勤勉，始终追求卓越而又充满情趣，这就是她心中的他！她把这些一字一句还原为一个个深情朴素鲜活动人的画面：那校道上美丽的玉兰树下不时弯腰用手去捡落叶纸片的身影，那学期伊始编排新班时力抗权贵干扰当场拍案而起，坚决站在老师一边的铿锵有力的声音……很多读者这样说：“从文章中看到了一位有责任、有原则、不以权谋私的正直的校长。”

她的他又何止在工作上执着？年轻时就是体育健将的他，在运动场上也一样出色。他喜欢排球、篮球、乒乓球、软排球、网球，这些大大小小的球，给两人带来了无限的自豪和欢乐。赛场上，他像个小伙子一样的勇猛，矫健，而场外的她就是他的铁杆粉丝。有一年，他参加几所大学的老年网球邀请赛，为接一个球，冲到场外，救球成功，全场掌声雷动！她在场外旁若无人，激情高呼：“好球！”

“你喜欢的也是我喜欢的”，因为欣赏而爱，因为爱更加欣赏。这样的爱，没有让爱情流于平俗，话题不是只有柴米油盐的唯一，也没有让爱成为负累，而是在共同的追求中让每天充满新鲜的趣味。拥有着来自伴侣平常日子的点滴的关怀，彼此却又如情人般痴迷地爱恋，这就是她和她的爱人的童话般的世界，也是所有相爱的人的最高境界。

三

你要相信
相信我们会像童话故事里
幸福和快乐是结局

爱人走了，万般不舍。“我只能仰望星空，认定那一颗最新出现的最亮的星星就是他”，我亲爱的你呀，曾经，你因受惠于人而心怀不安，我们商定要找个机会好好回报人家。可是，你说，这个机会在那里？她心如刀割。她说：一场突如其来的重病夺去了我的爱人。在他生命的最后 7 个月，我们来到女儿所在的加拿大的家。在风景如画、空气清新的加拿大，他的身心得到了充分的放松、休息和治疗，他和大家在一起，仍然是一个可亲可爱的爷爷，父亲和丈夫。无论他健康或生病，我都尽了一个妻子所能做的一切，而且尽可能地做得最好，他是毫无遗憾地离去的呀。他走后，我用了整整一年的时间来和他告别，细细回顾我和他从相识、相知、相爱、结婚、生子……到永别，这四十多年来我们所有的一切。“远行时，他唯一能带走的就是这些曾经的经历。而我，用文字将其永远珍藏。”

他，是原福建漳州实验中学的校长兼党总支书记张俊侯。她，是他的爱人，原福建漳州第三中学的副校长林子容。2011 年 10 月 7 日，这一天，加拿大伦敦市泰晤士河岸边的墓园，枫叶庄严红艳，黑色的大理石墓碑光滑闪亮，几行字朴素地镶嵌其间，张俊侯先生在这里安详地长眠。朋友们肃穆地排着队依次献花。林子容挑了一朵俊侯最喜欢的百合，轻轻地放进墓穴，看着它与其他的花朵安静地覆盖在闪着漆光的橡木棺木上。心里默念：“亲爱的，等着我，我们终将相拥到永远。”

尾声：“几十年来，我俩同台演绎了一对恩爱夫妻，一出童话传奇。现已完美谢幕。他下台当观众，我还要演绎好几个角色。我要把每个角色演得精彩、夺目，让他在台下微笑着为我鼓掌。”

我的《漳州广播电视报》

每当拿到《漳州广播电视报》，就有一种看到自家人的亲切。还记得许多年前，漳州没有自己的电视报，每逢周末，报亭里出售的都是《厦门广播电视报》，虽然上面一样也可以看到全国各地的节目预告，但心下总有隐隐的遗憾，什么时候漳州才有自己的电视台，有自己的一份家庭报呢？

终于，大街小巷，看到了这样的画面：清晨或傍晚，下班后，散步时，或一人或三五成群，或餐桌，或案几，或单位，或家里，漳州人手里有了这样的一份报，上面各种栏目：闽南风、时尚娱乐、大千世界、品牌休闲、亲子家教、养生保健、社区服务、生活宝典……由最初的稍显单一到逐渐丰富，一应俱全。

但，总还只是翻看而已，直至一天，我突然由旁观者而亲身参与！我急切地在电视报上寻找我的信息，那是在电视台记者走进我们学校采访校歌之后，他们告诉我，节目会在漳州新闻播出，一套，二套，我在报上寻找它播出的日期和时间，那晚，我早早等在电视前："昨天上午，学校音乐教室里回荡起曼妙的旋律，学生们唱的正是由语文老师填词、音乐老师谱曲的新校歌《我们是蓝天下的海燕》。""学校老师自己谱曲、填词，既有学校的特色，又贴近学生，很快，校歌就被全校师生熟识、传唱。"这是我们学校的校歌，这是我们漳州人的电视台，漳州人的电视报，脚下是丰沃的芗江大地，周遭是清新的闽南风，手里是一份散发着墨香的报纸，里面是漳州百姓的衣食住行见闻忆思……我为自己身为一个漳州人而自豪，并由衷地喜欢上了这份属于漳州人自己的家庭报。

我有了想再成为其中一分子的心思，有一天看到报上的“抚今追昔话变化”话题征文，我试着往报纸邮箱投出了自己的第一篇稿子《豆花情缘》，在期待与不安中等来了这样的一句话：“你好，稿件收到了，谢谢支持。”终于在报上看到了自己的文字，一个个方块字，在我手里排列成行，又化为铅字静静地躺在那里，忍不住的得意和欣喜。春节前，我又投出了第二篇《岁末随想》，在搜索中我意外地发现，网络上有人把我发在博客上的这篇全文搬用，气愤之余，我有了这样的疑虑：编辑会不会认为我抄袭？于是我给编辑寄去一封信，我说：“文字，是多么神圣的东西！我始终以虔诚之心待之。春夏秋冬，寒来暑往，日子一天天过去，思考一点点累积，把我们的生活、想法及时用文字记录下来，不再任文笔搁置，思绪荒芜。写出来了，一篇篇的文章就在那儿，看得到，摸得着，飘着香。只有文字是永远的，闪光的，是能留下的最永恒的东西！我保证，投出去的文章必为原创，请您放心！”现在看来，当时的自己够天真的，但是，编辑回信了：“您对文字的严谨和热爱让我钦佩。您要一直保持如此高的热情，继续写，继续投，积少成多，每成功一次都是一笔人生的财富。谢谢您这么支持我！莹莹。”一个编辑，每天有几十甚至几百的稿件要处理，能做到这点，多么的不容易！莹莹，多么美的名字，看到回信的那一刹那，我觉得手里的这份报纸在熠熠发光，如一颗晶莹透亮的水晶。

时光的河流从来不会止息它奔涌的声音，总有一些难忘的东西静默地停滞于岁月的河底。多少年过去了，《漳州广播电视报》，它让我难以舍弃，有了一种自家人的感情，每周，我们都相傍相依。而今，它已走过了20年，20岁，正是风华正茂的时候，祝福你，我的《漳州广播电视报》，我期望能与您：共同成长！

一个小折角

面前是一本新到的报刊，封面色调斑斓而又不失简练流畅。拿在手里，出乎意料的厚实和大气。上面赫然写着“泉州商报”四字，这是我第一次收到的商报的样刊，没想到在刊出几天后就收到。带着惊喜的心情打开它，D33处折起了一个小角，我一下翻到那页面，看到了我第一次投给商报的《刺桐花谢，刺桐花开》，刊登在副刊艺文堂。那是我为我已故的泉州籍的恩师所写的纪念性文章。心里一阵激动。再一看，那里还夹了一张编辑的名片。不由涌起一种感激，瞬间有了一种即刻再投的冲动。

第二次再收到《泉州商报》样刊，编辑一如既往地在我发表的那篇页面折起了一个小小的角。第三次再收到样刊，多了一枚小别针，把名片仔细地别在了那页面，信封的侧边还多了一行工整娟秀的字：您的文章刊登在D33艺文堂，欢迎您继续来稿。商报想得如此周到。小小的细节，彰显出编辑和工作人员的认真和敬业，细微之处见端倪，这一个个小点滴，如一朵朵小小的雏菊，并非美得惊天动地，却静静地散发出丝丝缕缕的清芬，恬静而温实。心里也如洒落细雨般温润。

记起了这样的一个故事：一位于先生因公务经常出差泰国，并下榻在东方饭店。当他第二次入住就餐时，餐厅服务人员笑意吟吟地上前询问是否还要老位子，并解释说刚刚查过电脑记录，于先生在去年的6月8日在靠近第二个窗口的位子上用过早餐，接着又问是否还是老菜单，一个三明治，一杯咖啡，一个鸡蛋？于先生先疑惑后惊奇连声说：“老菜单，就要老菜单！”后于先生有三年时间没有再到泰国去，生日那天突然收到一封东方饭店发来的生日贺卡：亲爱的于先生，您已经有 3 年没有来过我们这里了，我们全体人员都非常想念您，希望能再次见到您。今天是您的生日，祝您生日愉快。于先生当即感动不已，认定如果再去泰国，一定要再住在东方，而且要说服所有的朋友也像他一样选择。

一张贺卡里包含着酒店对顾客的贴心和温馨，一个小折角折射出报社对作者的尊重和真情。生命和生活，永远是细节串连起来的美丽瞬间和景致。孟子曰：爱人者，人常爱之。敬人者，人常敬之。这是一种双赢。一群敬业的报人，把小事做精，把细节做亮，用心奉献出一份厚重丰盈的好报。而好报又凝聚了一批信任和支持报纸，同样以一颗认真细致之心读报和投稿的读者和作者群，“好”思想传扬全社会，和谐融洽，天地大美！

又到了报社社庆与读者共同的节日，光阴会一点一点地堆积成季节，勤勉会一点一点地堆积成事业。祝福你，《泉州商报》，“好人好报”！

刺桐花谢了，刺桐花开了

刺桐花谢了，刺桐花开了。

我的老师却永远地走了。

那天，目送着灵车在眼前缓缓驶过，仿佛又听到老师亲切温和的声音。

“你要多写……”医院里，病榻上的老师用微弱的声音含糊而又反复地说着。说这些话的时候，他已经几乎不能吃下任何东西了，只能靠打点滴支持。看着老师熟悉而又陌生的面容，心里一阵钝痛，仅仅两个月，老师就消瘦到了这副模样。

两个月前，和几个同学去探望高中班主任陈自强老师，老师刚动过两次大手术，化疗后头发稀稀疏疏，视力也受了影响，右眼基本不能视物，却还是一样温和，微笑。他从书房里拿出几本刚出版的新书《〈泉漳集〉续篇》送给我们，说，和之前那本《泉漳集》一样，专门收集20世纪80年代以来陆续发表在报刊上的闽南历史文化论文。老师是泉州市鲤城区人，后到漳州一中任教，1994年被省政府评为特级教师，兢兢业业直至退休。却也一直未改挚爱故地的情怀，为此写下《吾之小学》系列，深切追忆几十年前就读的泉州聚宝街求德小学。高中时记得有一年暑假，老师把我们全班都带去泉州，借了一所中学里的两间大教室，把课桌拼成一张大床，全班一字排开睡通铺。那几天老师带我们参观开元寺，看东西两塔，登清源大山……历数泉州的点点滴滴，让我们这群小青年第一次见识到泉州这个开满着刺桐花的古城的博大和美丽。

老师如此热爱闽南厦漳泉几地，延至海洋文化，之后，又相继写下《漳州古代海外交通与海洋文化》《明清时期闽南海洋文化概论》等书。专家盛赞，近年来关于闽南海洋文化的研究罕见，而先生的这几本专著，“就填补了这一空白”。“他让读者知道三四百年前，闽南人在海洋的生活以及与海外诸国交流的情况。闽南海洋文化对中国海洋文化、世界海洋文明都做出了自己的贡献。”老师却始终是温和谦逊的，那天去老师家里探望，尽管术后喉咙有些沙哑，临走时老师仍像每次见我一样，反复叮嘱：“你要多写……”

该对老师说什么呢？又忆起这样的一幕场景：高二那年运动会我因胆怯执意不参加，老师把我叫到教室外，我低着头准备挨训，他却慢慢地开了口：没关系，不跑，你就为班级写宣传稿吧。抬起头，老师眼镜后透出温和的笑意。我无法言语。多少年了，总是记住那个走廊，那个我面对老师的微笑却不能说一句话的情景。它让我看到了自己的懦弱。又是多年后，在班级同学的聚会中知道陈老师身患重病，却始终笑对病魔。十年间，用四本著作近百万言，堆垒出了一个闽南学者的生命的厚度。树身高大挺拔，花朵绚烂艳丽，在亚热带的土地上生生不息，刺桐花要传达的不也是这样的坚贞不屈吗？我想，该对老师说点什么了。那年，我也早当了教师，学校也开运动会，我终于又换上运动服，穿上跑鞋，意气风发地站在了教师接力赛的队列……

刺桐花谢了，刺桐花开了，总是这样完成了它的使命，毫无遗憾地回归自然，继续它的生命历程。一切是那么自然而然地从无到有，从有到无，从凋谢到新生。消逝并不是终结，而是超越，走向下一程。

在这个刺桐花又要开满的时节，我该做些什么呢？唯有记住老师的叮嘱：珍惜一切，努力多写。多听！听到了吗？刺桐花谢了，刺桐花开了，花开花落的声音，年年是那样的温和，蓬勃，宁静。

遇见

“暮春者，春服既成，冠者五六人，童子六七人，浴乎沂，风乎舞雩，咏而归。”自古以来，这是文人儒生内心深处长久隐伏着的“人文情怀”。试想枝在生芽，草在长叶，树在开花，这样的时节，在溪边戏戏水，在高坡上吹吹风，一路唱着歌而回，是多么简单朴野的快乐。其实人类最初的舞乐来自最初的呼唤，最能打动人心的就是自然的吟唱，这种吟唱来自田野桥头、碧水青山……于是，在一个不是春末的初夏，一群阔别多年的同窗好友，也依了古人之道，相约踏上这场神秘而美丽的遇见自然之旅。

约起人有一个很美的名字，叫“林中百合”。她说，在山村最美的感受是在清晨和夜晚。白天要到林里。林中的花是斑斓而又清澈、纯净的，神秘而富有生命力的气息。当你仔细注视紧握在手里的花时，在那一瞬间，那朵花便成为你的世界。我想把那个世界传递给别人。城里的人多半行色匆匆，没有时间停下来看一朵花。我要让他们看，不管他们愿不愿意。

她领我们去的地方也有一个很好听的名字，叫：赏卿。她说这个村庄，历史上叫赏卿。一条溪水由西向东穿过村落，绵延十多公里，最后汇入九龙江。三百多年前关于赏卿溪的文字这样记载：“赏卿为北溪上麓，四山耸峙，萃处百有余家，清流一派中出，水道纡回若组练，其汇处，扁高涧深”。村民世代逐溪而居，生活安静闲适。“赏卿”之意就是把好东西与人分享之意。

这个村庄如今在哪里？百合笑而不语。去之前任我们好奇地用“赏卿”两字在百度几番搜索而无果，终是不说。只是告诉我们赏卿村一径通幽，徒步十八弯后进入村里，豁然开朗。回望来时路，立时身后，山形闭合。之前有介绍一个人去，但发现他破坏那儿的自然和谐。有点像陶渊明描绘的世外桃源，因为一人突兀闯入，那地方的美再也找不到了。所以还是等同学一起到了再说。

这让我想起百合提起的一部电影叫《五朵金花》，一位年轻男子在一次歌会上偶遇了一位叫金花的美丽女子，从此朝思暮想，后来历经曲折去寻找，却发现有五个人都叫金花。经过了千辛万苦，走遍了苍山洱海终于找到。莫非“赏卿”也是这样的一朵金花，寻找它的过程，本身就充满惊奇。

傍晚出发，暮色降临，我们在山路曲曲折折中绕行到达赏卿。终于知道传说中的赏卿村，其实她的真名叫小坑。百合介绍天宫村小坑自然村在宋元时为古龙溪县二十五都游仙乡九龙上里天宫保赏卿，民国初年后赏卿改称为小坑，是华安县天宫村的一个小自然村，世代居住邹姓人家。目前住在村里的不到两百人，多为老人孩子。这里没有集市，大都种树种菇或养蜂，自给自足。偶尔有外乡人来这卖肉卖豆腐，才会听到清晨寂静的山村传来的几声吆喝叫卖的声音。夏夜里远近几盏橘黄的灯光透过山村小屋的窗户洒向大地，我们的车驶进村里，在一幢房子前停下，七八个早已等候在那里的乡人涌上来欢迎，接过行李，把我们让进屋子。老老少少，良善可亲，并无《桃花源记》中“见渔人，乃大惊，问所从来”的情景。百合莞尔一笑，说，已告诉这儿的乡亲，我们今天会到达。有位阿婆说，大家把藏在衣橱里的被单都重新洗一下，好好晒遍，这样才会干爽，闻起来又香。还有个小丫头这两天还在寻找她要装扮我们住的房间的山花。

喏，就是她了。果见角落里一位梳着两条小辫子的小姑娘小心地护着几小盆花草。百合悄悄对我们说，这是村里大龙的女儿小花。我和她说有一位阿姨离开自己家就睡不好。小花说，她会为我们采来山里的花草摆在房间，她说这样就好睡了。她还问我：可以把溪里的小鱼和虾也养在花草里吗？再放几个小石头就更美了。

两张大木桌在屋子中间搭起来了，大碗大盘菜端上来了，有山鸡汤，笋菜干，卤豆腐，炒蘑菇……都是大龙家自产的，赶了一两个小时山路的我们也馋了，赶紧落座。小花也不再躲着了，和她哥一趟又一趟为我们端来热乎乎的饭菜，招呼她就脸一红，一笑，忸怩地跑开。憨厚的大龙不多话，只顾劝酒布菜，掌厨的老邹“大功告成”也出来捋起袖子豪爽地陪酒。此情此景真让人觉得颇有些《桃花源记》里“便要还家，设酒杀鸡作食”的味道了。又似李白《山中与幽人对酌》中“两人对酌山花开，一杯一杯复一杯”的情形，醉了村民，醉了我们这一群忘路之远近的外来人。正如百合所说，也许我们和这个村会结缘，它更挨进我们喜欢的那些年代。

没想到老邹还是位多才多艺的奇人，他还会拉二胡。村民在旁友好地哄笑撺掇，老邹来一个！老邹乘着酒兴搬出他的老搭档——一把自己制作的锃亮光滑的二胡。山村的小屋里，一曲曲《赛马》《江河水》《二泉映月》流淌起来了，拉着曲子的老邹欢乐而优雅，露出孩子般动人的微笑。

屋外也是一个大舞台。星光沐浴着村庄，暗夜里点点闪烁的星空宛如天然的幕布。在大龙的指挥下，录音机响起来了，乡民们戴起斗笠，排好队形，跳起自编自导的舞蹈《青花瓷》，“天青色等烟雨而我在等你……”他们一招一式舞着，虽然节奏有些慢，动作也有些变样甚至滑稽，但看得出，他们纯朴地想把这舞献给远道而来的尊贵的客人。百合在我旁边，一直目不转睛地看着，轻轻地叹息，你看大龙，是不是浓眉大眼很刚毅很好看？他的老婆是一位不会干活的傻姑娘。善良的大龙一人担负起一家老小的重任，什么活都干。365 天没有一天是停歇的，除了黑夜。一次次掏空口袋一次次如牛一样坚韧。我问他，累吗？这句冒昧的话几乎摧垮他内心多年垒起的精神碉堡。最后他告诉我：坚持就是胜利！而我，辛苦并执着于一个梦想，并让越来越多的人们也认同这样的梦想。我也会坚持着。夜空中，百合的脸庞散发出温柔的光芒。

繁星散尽，入夜将歇。百合在安排我们的住处时犯难了。赏卿村的确还算不上一个富裕的村落。有的屋子没风扇，有的屋子蚊虫多。于是有些乡亲就把他们的风扇让给我们，主人睡一楼。至于蚊虫呢，百合说，其实我历来比旁人招蚊子，包括小黑虫，痒得很难受。但被蚊咬会痒是常识，大多数人也会痒。当你经常被蚊一咬就喊只会扩大它的感觉。好比俗语“心静自然凉”，我是“心定痒无觉”。百合笑了，这是我自创的，呵呵。我被自然训练得可以自然调节温度。在百姓还没有能力买空调时，我们就要“选择调适心灵的季节”。睡吧，明天我将和大龙带大家去体验“万物有声”的场景，这会是一个别样的旅程，会引导你进入这样的世界：脚踏着的大地，风吹拂着的树叶、蜜蜂飞翔而过的瞬间和远方潺潺流淌的溪流……百合的话如催眠曲，如清凉剂，不知不觉夜黝黑了，风轻吹了，遥远的星星一颗颗若隐若现了，夜风和星星仿佛都在向我们暗示着“感觉到的一切都是那样美”。于是如在童话王国般沉沉地睡去。

第二天清晨，戴着斗笠背着行囊的百合和大龙一早就等候我们，我们要往深山里去，那是一片未知的领域。这个山村的四周有大大小小十六座能叫出山名的山峰，如新娘拜、寨子山、龙尖山、金屏山等。“龙尖山”因种植贡奉朝廷龙尖茶而得名，而“金屏山”，顾名思义是因山如孔雀开屏，在天际间画出优美弧线。每座山名都有一段美丽的渊源。它的秘密就藏在山里和山里人的心中。我们沿着若隐若现的溪流往山上寻找瀑布。一路荆棘藤蔓把路覆盖，有些葛藤已长成了树干的模样。除了溪流没有路，溪流是我们唯一的线索。看到了吗？百合指着林中岔道口杂木上一处处用刀划下的刻痕，那是一位细心的乡亲在走过的森林途中做的标记，说“等你同学来了，不会走错路”。为了那些标记，我们会前行。来，和我一样的习练。百合仰起头，慢慢地吸——森林；呼——微笑，从清晨的光线里获取能量……一俯一仰深呼吸间，山涧溪流声叮咚入耳。一群颜色不同的鸟儿在树梢间跳跃着入眼，看着它们在树枝末梢弹起的弧线，你的心会跟着飞扬。一会儿又见它们结伴飞向高枝。在鸟的旅行中，它们携带的行李有时只是嘴里衔着的那一小截树枝。

其实有大龙同行，根本不用担心。他熟悉每条山涧溪流，熟悉花草鸟兽的心性。在半山腰大家围着歇息，大龙引导我们细听流水的声音，忽远忽近，那声响仿佛在前方的山坳里，又似乎从后方的山坡下传来，有时又寂寥无声无息。我们很诧异，也感到新奇。瞻之在前，忽焉在后。莫非真如《论语》里颜渊所喟然叹曰的那样？大龙笑着说是风，是季节的风带来的这样的效果。日复一日劳动的大龙，他的岁月似乎并不是粗俗平凡，他的耳朵他的心灵仿如艺术家的耳朵和心灵。又如哲学家，他问我们都看见了什么？是啊，我们都看见了什么？土地，草木，鸟兽，生命，自然。即使是一株小草，它的根茎的强劲活力也让人惊叹……如何让它们走进我，或者我走进它们的世界？凝视着林中朴素至简的花儿，和身边再普通不过的落叶，忽觉一生中遇见的所有风景，感而遂通，在我们到来的那一刻丰富而清晰……在赏卿找到了万物与我的相知相觉。正如一位印度作家所写“建立了与地球上一切万物的联系”。

万物与我相融。我与人相通。我们终归还要回归人与人中。没有实实在在地踩在大地上，也就无法更贴近自然真实的那一面。一行人下山回到了赏卿村。巧匠般的先人用一块块鹅卵石铺就了整个村庄的街道。走在村里一段段鹅卵石铺就的小道上，似乎就和这个山村过去的日子有了关联。隔溪而望正对着远处龙尖山的广佑圣王庙一副对联“赏赐乾坤倚龙尖道德文章，卿即文武固金屏日月流长”，道出了这个古老村庄的渊源。坐落在小坑村下楼处的有三百年历史的旗杆厝“贵兴楼”，成了村庄标志性的古建筑。安静的午后，两个小姑娘坐在楼前旧石门槛上玩着绳结游戏。背景是古老的房屋和屋上的青苔、雕镂离合的木制窗，深深的庭院。村里一位九十多岁的老奶奶受全村人的敬仰。她用双手托起村里每一位生命的降临。她还会医治经络骨头之伤，是一位神奇的农村老太。人们尊敬她感激她。我们去看望她，她梳理得整洁利索的发髻间永远别着一朵花。百合说，这是传统农村妇女对自己对别人最讲礼仪的打扮。也只有像这样上了年纪的阿婆还传承着这样古老的美丽的发髻。古老民居与岁月老人的画面一直定格在我们的心里。这幅画面里还有一辈子和蜜蜂一起酿蜜的大伯；一生痴情于二胡的大叔；二十多年来孤身一人在村外一直固守着村里水电站的男主人；忙活了一天农活在月光下跳舞的女人们；荒废很长时光重又拾起书本的少年；还有很多披星戴月往返于山道采菇种菇劳作的菇农。

十六座山怀抱着这平静的村子。这里的时光悠然自在。走在出村的木荷道上，左边是迂回的山峰，右边是古老的山涧。许多村人离开十里，会开始想家。我们在村口五棵并排站立的木荷树边停下。这些树树龄都已数百年，好比村中数代人们的翘盼与等待。其中一棵近三百年，走近那棵树，两个人伸出双手合抱，惊喜地发现正好围了个圈。百合告诉我们，七月下旬赏卿村将有“来到小世界拥抱大世界”活动，一位漂洋过海而来的 Matt 教授将要为山区孩子带来他的课。来自各地的一些人都在为赏卿而创作，包括与山里孩子共撑芭蕉叶的博士生志愿者，对孩子们付出的是他的时间还有智慧。我扮演的是建立赏卿与外部的联系。一朵云吹动另一朵云，我们是原动力。如梭罗在《瓦尔登湖》中所道出的生活的真谛：重返人类家园，回归于古老的家庭、社会、良好的工作和生活秩序；回归于对技艺、创新和创造力的尊崇；回归于一种悠闲的足以让我们观看日出日落和在水边漫步的日常节奏等才是最终的意义。一群又一群人相约来到这样的村庄，帮助自己也帮助乡民，得到返璞归真的快乐。“我和世界一直在等你”，在赏卿村就是集合很多这样的“同类人”，共同努力把它变成为“选择心灵的故乡”。

也许回望，会让缘分生根？当我们离开时，“三月木荷三月开，冻着了田里的播稻夫，木荷花儿又结蕊，冰靓了山里的水喳某”，耳畔又喃喃响起那位鬓边插着桂花的老阿婆用闽南语念着的这首好听的木荷花开时节的歌谣。

第七辑　踟蹰人生

真正打动人的是一种照亮世界的精神

“在一座高大坚实的墙和与之相撞的鸡蛋之间，我永远都站在鸡蛋一边！”

这是日本作家村上春树于2009年2月在耶路撒冷文学奖颁奖会演讲词中的一个句子。听起来像是人类的一部分良心在说话。一个作家，始终站在以鸡蛋为代表的弱者一边，维护普通众生孱弱的灵魂、稀薄的尊严，这样的精神至少体现了人类最普适的精神价值与道德良知。

最近阅读冯骥才《精神的殿堂》一书时，更加坚定了这样的认识。《精神的殿堂》一文开头说，“法国大革命期间，先贤祠曾用来安葬故去的伟人，因此它就有了荣誉性的纪念意义。到了1885年，它被正式确定为安葬已故伟人的处所。从而，这地方就由上帝的天国转变为人间的圣殿。人们来到这里，便不是聆听神的旨意，而是重温先贤的思想精神来了”。究竟什么样的人可称得上法国的先贤而得到伟人般的待遇？至今，已有72位对法兰西做出非凡贡献的人享有这一殊荣，先贤祠内安葬着伏尔泰、卢梭、维克多·雨果、爱弥尔·左拉、马塞兰·贝托洛、居里夫妇和大仲马等一系列为后人深深敬仰的伟人。

这些伟人，是否仅仅因为其世俗意义上的成就而为人赞颂？冯骥才先生特别注意到，展示他们生平的“说明牌”上，文字不多，却以其独特的角度体现出伟人体恤弱者、关注苍生的柔弱高贵的人格与心灵。“比如对于雨果，特别强调由于反对拿破仑政变，坚持自己的政见，遭到迫害，因而到英国与比利时逃亡19年。1870年回国后，他还拒绝拿破仑第三的特赦”。“再比如左拉，特意提到他为受到法国军方陷害的犹太血统的军官德雷福斯鸣冤，因而被判徒刑那个重大的挫折”。显然，在这里，所注重的不是这些伟人文学或艺术上的累累硕果，而是他们非凡的思想历程与个性精神。所以在这里安睡着的，既没有叱咤风云、纵横捭阖的拿破仑，也没有权倾一时、至高无上的红衣主教黎塞留，因为，权力和财富如过眼烟云，不过尔尔，唯有思想者方能永世长存！先贤祠，也因之成了敬奉着法兰西自由精神之魂，民主思想之魄的神圣殿堂。

“我要见的维克多·雨果就在这里。”在《精神的殿堂》里，作者特别推崇的是雨果，他高扬雨果的高贵的精神追求，盛赞雨果不仅是追求着，也是实践着，他总是把对弱者的关注放到第一位，宣扬人性，善良，追求自由，平等与博爱。

无独有偶，著名学者柳鸣九在首都文化界雨果诞辰200周年大会上的开幕词中也表达了相同的思考。他说——

“……雨果走出了文学。他不仅是伟大的文学家，而且是伟大的社会斗士，在长期反拿破仑第三专制独裁的斗争中，更成为了一面旗帜，一种精神，一个主义，其个人勇气与人格力量已经永垂史册。作为一个伟大的社会斗士，雨果上升到的最高点，是他成为了人民的代言人，成为了穷人，弱者，妇女，儿童，悲惨受难者的维护者，他对人类献出了崇高的赤诚的博爱之心。”

而美籍华人作家林达在《带一本书去巴黎》里也有一段这样的精彩叙写：“在雨果的一部部作品中，站在最瞩目位置的，是弱者。是没有阶级、地位、血缘、道德等任何附加条件的弱者。他把社会如何对待弱者，作为一个社会进步的标志，放在了世界的面前。”

于是，我读到了许多久违的词语，仿佛又回到埋首于《悲惨世界》阅读的那段日子，听到村上春树在颁奖会上的铿锵字句，那种至于沉默的感觉就如真的面对高墙和鸡蛋的对视。在强大的高墙面前，我们读出了鸡蛋的尊严，在弱小的鸡蛋面前，我们读懂了坚实和冷酷。于是鸡蛋，有理由在冷酷面前保持尊严。于是，我们有理由去关注周遭那一个个脆弱如鸡蛋的人物的命运。

但不能永远只是等待，因为等待，乃至漠然旁观，很多人在卑琐中麻木度日，渐渐地远离精神的世界，渐渐地不知灵魂为何物，渐渐地，把庸俗理解成了沉默，把理想主义当成了一个童话或是笑话，甚至丧失了最基本的良知。

村上春树呼吁：我们都是人类，是超越国籍、种族和宗教的个体的人。我们都是脆弱的鸡蛋，而面临的是坚实的墙。从外表上来看，我们根本没有赢的希望。这堵墙太高太坚实，并且太冷酷了。如果我们有一点战胜它的希望，那就是源于我们对自己及他人灵魂唯一性和不可替代性的信念，源于我们对将灵魂联合起来可获得温暖的信念。雨果，他清楚地知道鸡蛋是在哪一边，并且，选择了坚定地站在了鸡蛋这一边！

林达《带一本书去巴黎》结尾一章里，我又看到了可敬的维克多·雨果——

“在拿破仑的灵柩穿过凯旋门的45年后，这个似乎是专为武士建造的凯旋门下，第一次举行了一个作家的葬礼，他就是维克多·雨果。这一天，全法国举国致哀。也许这是大革命以来，法国人第一次全体静默，第一次有机会共同反省和思索。”

“45年前，巴黎人倾城而出，送过凯旋门的，还是一个站在云端的伟人；45年后，他们相随送过凯旋门的，是为法国所有弱者呐喊的一个作家。几千年欧洲文明的积累，才最后在法国完成这样一个变化。

从这一天起，法国人终于明白，不是因为有了拿破仑，而是因为有了雨果，巴黎才得救了，法国才得救了。”

法国得救了！我们呢，天地间，我们的先贤祠在何处？我们自身的灵魂又在何处？该往哪里找寻我们的精神殿堂？翻开历史的书页，伯夷守节，耻食周粟；屈原怀沙，投身汨罗；岳飞刺字，精忠报国；鲁迅从文，冷对千夫……这就是我们的先贤，我们恒久长在的精神之光，照耀前程。先哲已逝，唯有来者，生命不停止，信念就延续，绝不放弃。

村上春树云，“我写小说只有一个原因，那就是要给予每一个灵魂以尊严，并且让他们沐浴阳光”，一个人能够看到阳光，那是因为，他的心里有阳光！因为懂得，所以悯恤；因为明白，所以怜惜。关注苍生，谦仁悲悯，为那些脆弱得像鸡蛋一样的生命，让大慈大爱存于你我他之间，存于我们心间。

冯骥才在《精神的殿堂》中深知这是荆棘中的泣血而歌，“读着这里每一位伟人生平，便会知道他们中间没有一个世俗的幸运儿。他们全都是人间的受难者，在烧灼着自身肉体的烈火中去找寻真金般的真理。他们本人就是这种真理的化身。当我感受到，他们的遗体就在面前时，我被深深打动着。真正打动人的是一种照亮世界的精神。”

真正打动人的是一种照亮世界的精神！我们每一个人都拥有一个有形而生动的灵魂，每个人的灵魂都在风尘中一路跋涉，看看周遭的疾苦，听听彼此的倾诉，点亮心灯，心手相连，让这种关怀的精神一路相随，温暖心扉！

千年美丽的秘密——《聊斋》随想

崂山下的清宫，胶州黄生舍读其中。清宫内“牡丹高丈余，花时璀璨似锦。一日黄生自窗中见一女郎，素衣掩映花间。遂隐身丛树中以伺其至。女惊奔，袖裙飘拂，香风洋溢，追过短墙，寂然已杳，爱慕弥切……”

如此美丽的画面出自《聊斋志异》中的《香玉》，蒲松龄为我们娓娓讲述了读书人黄生与牡丹精香玉相爱的故事。这是一个香艳而凄美的故事，香玉不幸夭亡，由花妖而花鬼，最后又因爱而重生。“生视花芽，日益肥茂。次年四月至宫，则花一朵含苞未放；方流连间，花摇摇欲折；少时已开，花大如盘，俨然有小美人坐蕊中，裁三四指许；转瞬飘然欲下，则香玉也。”

两人一往情深，生死相依，死了可以重生，生了又重死，缠绵爱恋，这种种神奇的描写，使整篇小说呈现出诗一样的浪漫意境。文中黄生对香玉一片真情，知道香玉是花妖，异类，并不厌恶，躲避，而是“怅恨不已”，恨自己未能及早保护；听说牡丹被掘移后渐渐凋谢，他更“恨极”，日日作诗，哭泣……而香玉也是个热烈多情的奇女子，为爱而生，因爱而死，令人敬服……阅读《香玉》就会发现，“至情至性”是爱永恒的主题，在黄生的深情灌溉下，白牡丹复活，香玉再生。最终黄生为与香玉朝夕相从，殉情而死，化为一株牡丹，日夜守在香玉身旁。离开尘世前黄生眷眷说：“此我生期，非死期也，何哀为！”只要至情在，死何异于生！此等真爱令作者蒲松龄也不禁在篇末落笔长叹：“情之至者，鬼神可通。花以鬼从，而人以魂寄，非其结于情者深耶？”

初读《香玉》时，有个问题一直不解：如果打动香玉的只是一个“情”字，为什么香玉喜欢的是黄生，而不是其他有情人，譬如农夫，樵客或者渔郎等？一读再读，终于领悟：《香玉》通篇不仅有“情”，还有个“才”字！香玉和黄生，他们生死爱恋的前提，一是“至情”，一是“才情”，如果只是一往情深，唯愿白头到老，而胸无半点文墨，没有善于表达“无限相思苦”的文才，岂能让香玉芳心倾许？而《香玉》中抒写黄生与香玉“至情才情”的句子却也最为精彩，且看——

黄生初窥香玉时，在树下题句：“无限相思苦，含情对短釭，恐归沙吒利，何处觅无双？”当晚香玉欣然前来，对曰：“妾酬君作，勿笑：良夜更易尽，朝暾已上窗。愿如梁上燕，栖处自成双。”……黄生揽衣更起，挑灯复踵前韵曰：“山院黄昏雨，垂帘坐小窗。相思人不见，中夜泪双双。”诗成自吟。忽窗外有人曰：“作者不可无和。”女视诗，即续其后曰：“连袂人何处？孤灯照晚窗。空山人一个，对影自成双。”……

读文至此，渐见端倪，蒲松龄笔下的书生，大多一贫如洗，独坐荒斋，面窗苦读，偏又才华过人，情感丰富，往往口吟成章，极为痴狂。每游于野，或遇孤魂野鬼如连琐、聂小倩，或遇狐仙花魅如香玉、辛十四娘，无不得其青睐，身心相许。一介书生，为何能令这些花妖狐女苦苦寻觅？那为情死生的盟约，又为何如此感人肺腑？不难看出，“至情人”和“骚雅士”，正是蒲松龄笔下书生获得爱情的两大法宝！“长夜里你可知我的红妆为谁补，红尘中你可知我的秀发为谁梳”？那些由花妖狐女幻化而成的女性形象，是如此俏丽多姿，当书生遇上狐女，所演绎的一段段缠绵，又是如此荡气回肠。至情加才情，才有了这一篇篇动人的千年爱恋。

无怪乎周汝昌老先生在《〈红楼梦〉和中华文化》里如是云："有才者，必有情。"“才”与“情”本来就是紧密相连，反过来讲，有情之人若再兼具有才，则可如蒲松龄笔下的书生般遭遇花仙或狐女，均无往而不利。

也许有人会说，自古佳人爱才子，实是因为写故事的都是“才子”，如果是农夫写的，当然是爱农夫了。“才”看得见吗？会写几句歪诗就叫“才”？何谓“才”？周汝昌先生这样细析过："才"，从汉字造字学来讲，它是植物生长而未成待展的意象——犹如“半木”之形。而“华”即生命的升华，在植物表现为开花，在人则表现为“才华”。而才华者，在农工则为良耕巧匠，在士子即为诗圣丈宗……可见，如果为农夫所写，当然亦爱农夫，不过，农夫可能写不出世人所谓的“歪诗”，但农夫同样可以书写自己的美丽，农夫以天地为纸，锄耨为笔，男耕女织，夫唱妇随，同样羡煞我等！日出而作，日落而息，耕耘收获，简朴生活，那是农夫的“才”；临溪而钓，满载而归，那是渔郎的“才”；斧声坎坎，竹担弯弯，那是樵客的“才”。一个“才”字，各有精彩。

那么，才子佳话是否有它的意义所在？放眼四周，熙熙大众，尽皆平凡人等，也许人生困顿，也许红尘纷扰，但才气至笔，却可以化柴米油盐的平淡为浪漫，两点一线的单调为多彩，“一箪食，一瓢饮”，似颜回般身居陋巷，心有天堂。随心而吟唱，不也可以让岁月从容如水流淌？这也许就是才子佳话带给人的幻想和温暖，如此看来，《聊斋》里所承载的，不正是一个个落魄书生的男人梦想？

才情合一，就是《聊斋》里千年美丽的秘密！

梁任公先生的长和短

梁任公先生即百日维新领袖之一梁启超。梁任公先生晚年专心学术，大约在 1921 年左右，清华大学邀他到校作第一次的演讲。题目是《中国韵文里表现的情感》。梁实秋当时还是一个青年学生，在大学里听过一次先生的演讲，念念不忘。

“在一个风和日丽的下午，高等科楼上大教堂里坐满了听众，随后走进了一位短小精悍秃头顶宽下巴的人物，穿着肥大的长袍，步履稳健，风神潇洒，左顾右盼，光芒四射，这就是梁任公先生。”梁实秋这样描写先生的外貌。梁任公先生相貌一般，身量不高，梁实秋将其形容为“短小精悍”，既是写真，又巧妙地避开身材的短处，转而赞先生满腹才华的特点。前面说的是先生的身材、肖像、衣着，后面说的是精神气质，梁实秋用了“风神潇洒”“左顾右盼”“光芒四射”等，寥寥数语使人感觉梁任公先生顿时高大伟岸，“长”了起来。这也许是学生对老师爱之过甚，所以描写时难免有夸饰倾向，要极力地展现梁任公先生作为一位大家的卓越不凡的形象和风范。

梁任公先生也不负众望，他走上讲台，打开他的讲稿，眼光向下面一扫，然后极简短地开场了，一共只有两句，头一句是：“启超没有什么学问——”紧跟着眼睛向上一翻，轻轻点一下头：“可是也有一点喽！”这样谦逊同时又自负的话一下抓住年轻听众的心。先生有时忘记了什么就用手指敲他的秃头，底下人屏息以待；他记起来的时候，大家也跟着他欢喜。梁任公先生感受到大家的欢迎和热情，讲到高兴处，手舞足蹈。如先生讲杜甫讲到“剑外忽传收蓟北，初闻涕泪满衣裳……”，张口大笑。而讲到他最喜爱的孔尚任“桃花扇”，则悲从中来，痛哭流涕。发挥得淋漓尽致。令梁实秋不由赞曰：这样有学问，有文采，有热心肠的学者，求之当世能有几人？

以学生之辈分称其为先生，这本身就是表达一种尊敬和爱戴。我们从梁实秋先生的叙述和描写中不难发现，晚年的梁任公先生，血管中仍然奔涌着一股强烈的爱国主义激情，也就是梁实秋先生所说的“热心肠”。他手之舞之足之蹈之，有时掩面，有时顿足，有时狂笑，有时太息。悲喜交集。这难道只是在讲文学？不，这是在宣泄蕴蓄于内心深处的那种无比强烈深厚的情感，以致一张口就滔滔倾吐了出来。而梁实秋等青年学子们为什么也会跟着“泪下沾襟”？甚至于多年以后，看到相似的黄沙弥漫的情景，忆起先生讲的《箜篌引》古诗，“不禁哀从中来”？这难道只是听一篇学术报告？不，也分明有一颗爱国爱民族的心在共鸣。

这就可以理解梁实秋为什么如此高度评价他的老师。而梁实秋评梁任公先生的长和短，也告诉我们：汉语真是美丽奇妙。语言是有技巧的，在适当的时候，可以稍作美化，也可以略加以夸大虚化，来表达自己对所尊敬的人的喜爱与崇拜。现代社会，人与人的交往中，也正需要这样修饰的功夫。用心去挖掘和赞美他人的长处，化“短”为“长”，能尽快拉近彼此间的心理距离，融洽情感。这也是一项了不起的功夫。

道宗禅师的名士品格和英雄本色

“飞雪连天射白鹿，笑书神侠倚碧鸳”，自 80 年代以来，随着被誉为宗师的金庸等武侠小说影视的持续火爆，天地会等江湖民间组织的名目渐为人们所熟悉。一片浩浩荡荡的武林画卷开始展现在人们的面前。

在金庸小说里，有不少大侠赫赫有名，其中就有《鹿鼎记》里的天地会总舵主陈近南，江湖上甚至流传着这样一句话：“平生不识陈近南，就称英雄也枉然。”金庸在他的小说中塑造了许许多多的侠士形象。那么在现实生活中，天地会的创始人是谁呢？让我们把视线投向明清时期的诏安县官陂镇，位于“万山深处”的长林寺的主持僧，也有个响当当的名字，号称万云龙。万云龙，顾名思义，形容其像驾驭风云的蛟龙。不少学者认为他就是影响海内外的我国民间秘密帮会洪门天地会的最初创始人。

万云龙，俗名张木，生于明万历四十一年（1613 年），为漳州府平和县小溪后巷人。和金庸小说里许多侠士一样，也有一段少年离乡、虔心学佛、文武兼修的时期，法号释道宗。据传，道宗禅师少年时从平和来到诏安，不久进凤山报国寺出家。当时寺院里有个瘸脚和尚，从东山古来寺出师后到诏安报国寺当住持，武功高强，能飞檐走壁，道宗欲拜之为师。瘸脚师傅问道宗，为何拜自己为师？道宗答曰，师傅虽瘸脚却能横扫天地。于是师生结缘。而今，在漳州市东山县发现了一块明末的石碑，碑上刻有南少林时空和尚的铭文。据专家考证，这位南少林时空和尚就是道宗当年所拜的瘸脚师傅，也就是东山古来寺南少林开山祖明雪熙贤禅师的嫡传徒孙之一。由此可知，南少林与天地会的关系密不可分。无论是在金庸的武侠里还是在时间的长河里，福建都曾有过这么一个绚烂的武侠世界。

古代的侠士都是些身怀武功的人物，但“武”之于“侠”就像“毛”之于“皮”，皮之不存，毛将焉附？武侠的魅力正在于通过武力的手段去达到侠义的目的。因而“一身正气，豪气干云，替天行道，扶弱锄强”的侠风侠行直至今天仍然能温暖当代人的心灵。而英雄与英雄总是能惺惺相惜。崇祯十二年(1639年)，道宗易法号达宗，结识南明隆武浙江巡抚爱国诗人、抗清名士卢若腾，两人交契甚深，有卢若腾《赠达宗上人》诗为证：

君家两俊杰，异地却相谋。
以尔津梁法，为人帷幄筹。
心惟存选佛，骨不羡封侯。
军旅喧阗处，长林未改幽。

从诗中可看出，“不羡封侯”“心惟选佛”的道宗是个运筹帷幄，大智大勇，非一般俗僧可比的“上人”。此外，卢若腾另有一首《次韵答达宗上人》，从诗题来看，是道宗先有诗赠卢若腾，卢若腾步原韵奉和。虽然一个是方外之人，一个是朝廷的高官，但因为志趣相投，便一见如故，忘记了彼此身份的悬隔，睽离之时，互致思念，并克服种种困难音讯相通。可以想见他们之间友谊的基础定然是共同的理想和信念。

道相同者必相谋。《赠达宗上人》诗原有一序，序中说，达宗是“建安伯春宇万公之弟，原住长林寺。春宇万公即万礼……”那么这里所说“万礼”为何人？诗中“两俊杰”除道宗外又指谁？翻开历史画卷，但见明朝末年，吏治腐败，乡绅肆虐，灾害频仍，民不聊生，“百姓苦之”。于是，闽南山海之间的漳州诏安和云霄两县边界的一群绿林豪客揭竿而起，燃起农民起义的烽火。他们在长林山一带建立了根据地，纵横驰骋，屡败官军。束手无策的官府称之为“九甲贼”。传言，“九甲贼”外出行动之时，在长林山的峰顶支起铁锅燃起油灯作为标志。

灯火微明，却能照亮人心。这支绿林豪客的领头大哥正是卢若腾序中的万礼，原名张要，是道宗和尚的堂兄。和他们一起在诏安二都九甲村结义起事的还有郭义、蔡禄等 18 人。他们“谋结同心，以万为姓，推要为首，时率众统据二都，史学界多称之为“万氏集团”。于时张木已经是一位见多识广的大德高僧，他在结义之时排行第五，称为万五道宗。两个同一血脉的堂兄弟，恰如“两俊杰”风云际会交汇在一起。卢若腾所撰的诗和序，正反映了道宗与万礼等人结万为姓，共谋大事的史实。

谁能知道，隐于深山古寺中的佛法禅师，却原是聚义山林的豪侠志士。

何谓“侠”？梁羽生如是说，“侠”就是正义的行为。对大多数人有利的就是正义的行为，“为国为民，侠之大者”。顺治元年（1644 年），面对满清南下铁蹄，濒危社稷，道宗两兄弟振鞭奋起，“万氏集团”投入了抗击清军的社会洪流，并投奔郑成功，屡立战功，成为一支侠义之军。

万礼率部南征北战。兵荒马乱的年月，万云龙似乎是悄然退隐“江湖”，但心中自有江湖。身为“万氏集团”化外军师的道宗，随营参赞军机之余，积极支持驻地新建或修建佛寺，以此作为据点，拓展后方根基。据载，清顺治八年（1651 年）万五道宗修禅东山铜山九仙岩。清顺治九年（1652 年），道宗在诏安官陂九甲草创长林寺，设“化莲堂”，自称“长林寺开山僧”。十年，在云霄修建小隐寺，年底又回诏安九甲扩建长林寺。至今尚存于诏安官陂长林寺的《长林寺记》记录了这史实：“建立精舍，吾云有小隐，铜陵有九仙，随地喜舍，到处生莲……基自长林也。”

山林依在，遗址仍存。从官陂镇车站到新坎村，有路牌指示往“长林寺”方向。一路上古木参天，怪石嶙峋，山谷中的涧泉曲折迂回。到达长林寺，只见这座原本由门楼、两廊、天井、大殿和东西两厢组成的寺庙，历经岁月侵蚀，院落早已倾圮，只依稀可以辨认出寺院的外墙轮廓和布局。靠山有间土墙瓦屋，墙壁已经剥落或发黑，墙角杂草簇生。所幸寺中尚存二碑，一为《长林寺记》，一为《长林寺弟子报恩题名志》。还有一些石柱楹联，大都保存在村中一座小楼里，由一位老人专门看管。进入可以看到地上横躺着一些石碑和石柱，有的石柱已经残缺、折断。石碑都是些历次重修长林寺的捐资纪念碑。墙上悬挂着一方木匾，上书“化莲堂”三个大字，左右各有一列朱红题字，分别为“永历陆年（1652年）孟夏轮山卢若骥为化莲堂，长林寺开山住持僧道宗立”。匾额原本挂在长林寺的大殿里，而题字的卢若骥是卢若腾的族弟。这块匾与卢若腾的《赠达宗上人·序》可以互相印证，证实达宗即是道宗，即长林寺开山之祖。

细加端详《长林寺记》碑文，神奇的是上有郑成功和十二位大将的署名。碑上并云：“大檀樾藩府拓其基。”“藩府”即为延平王郑成功。位于深山老林一个普通乡村的长林寺，修建时竟能得到郑成功及众多“藩前勋镇”的慷慨解囊，数次为其捐资助缘，可见这座长林寺的不简单。据传道宗精佛通儒，诸将领皆尊重之，郑成功更引为方外密友。光绪版《漳浦县志·人物传》载蔡柞达故事：顺治十二年（1655年）郑成功部人漳，执原东昌府推官蔡而烷焚于厦门某寺院幽室。蔡子柞达急到厦门，救父作质，呼泣五日，水浆不入口。当时被称为“郑之所善”的道宗禅师，甚为可怜，向郑数次求情，如所请。由此可知道宗禅师与藩主郑成功之间的确关系密切，也足见道宗为人的肝胆侠义和英雄气节。

道宗始终视兄弟为手足。顺治十六年(1659年)夏，万礼随郑成功攻打南京阵亡。道宗悲愤交迸，乃返回诏安兴建万公祖祠，以奉祀万礼和其他阵亡弟兄。后来，道宗返回长林寺，虽寄身缁流而心怀天下，念念不忘其集团结义初衷。康熙十三年(1674年)“三藩”叛清，万禄暗中响应，被清廷惨杀于河南，株连甚众。万禄余众突围而回乡哭诉，请求报仇。一向视结义情高于一切的道宗岂能置之不理？见盟友大都惨死于清兵刀下，国恨家仇齐集心头，决意世代与清廷为敌。遂于是年农历七月二十五，在平和高隐寺建成开光之日，与众兄弟徒子插草为香，歃血盟誓，拜立天地会。借“康熙负义火烧少林”的西鲁故事，再次秘密祭起反清复明的大旗。回想是日剑戟林立、彩旗飘扬，呐喊声冲天，是怎样的一个群情激昂的画面！

他们奋起于道宗麾下而在深山密林中的长林寺、上岩关帝庙和高隐寺“隐蔽待机”。三地恰呈钝角三角形，彼此距离均在十里之内。《高隐寺天地会会簿》中将其称为“三点地”，又称“三合会”。有会歌赞曰：“三点暗含革命宗，入我洪门莫通风；养成锐气复仇日，誓灭清朝一扫空”。万五道宗还在报国禅寺创立香花宗，秘密招收门徒，壮大实力。香烟袅袅中，一群血性汉子拜伏于五颜六色日月星辰的旗帜之下，熊熊的烈焰在他们心中燃烧。天地会就这样发散开去，南少林天地会的传人把反清的火种灼灼延播到海峡两岸，全国各地。金庸曾在《倚天屠龙记》后记中称道男子与男子间的情义，如武当七侠般兄弟同心，其利断金。此种情义，于道宗与众兄弟间慨然见矣。

几百年过去了，历史的风烟掩去了天地会的血火传奇，站在诏安长林村水口山顶的望远亭，却还能依稀看到刻有道宗的石柱断偈。簌簌清风中，一代大侠高僧道宗“受之长林寺，开山第一支”的大功德青史长存。

大师的心里，潜藏着一汪自在与快乐的涌泉

清秋里的一天，福建平和坂仔林语堂文学馆。

偌大的庭院里，灰的、蓝的、紫的石板，大大小小，长长短短，在脚下拼剪延伸成一古朴的图案。方的圆的石桌边，三五只小石凳随意置放。院子里栽种着几棵高大的法国梧桐，还有菩提、香樟。有几个小孩，在树下追逐游玩。中午时分，游人都散去了。我却还静悄地坐在小石凳上。

吹过树木的风轻微，一片两片黄色的叶子飘落在了石桌上。这似乎是一个独属于我的世界，我享受着周围这安宁而又生机勃勃的一切。

记得乔布斯说，我愿意把所有科技换成和苏格拉底相处的一个下午。那么，这个午后，我们是否可以沉静下来，和林语堂先生一起，喝杯山地的奇兰，品尝一下那些沉淀在茶盏里的旧时光？

白墙瓦房，石井栏旁，这里，曾经生活着一个很有生气的家庭，一个偶尔吵吵闹闹却仍然和谐的大家庭。乡村牧师林至诚自有一套教子的办法，兄弟姐妹之间要友好和善，孩子们要时时将笑容挂在脸上。笑脸，成了林家兄弟姐妹的一个“标识”；快乐，成了林语堂一生的追求。多年后，有人曾问林语堂：“生活的意义到底是什么？要不要有人生的追求？”从这里走出去，又已历经了高山的山地少年“和乐”平静地回答：“自在与快乐。”

林语堂曾多次肯定地说：“生活要快乐！”人生是否一定要有什么目的或意义？什么才是快乐，怎样才能做到真正的快乐？

看看我们会在什么时候得到快乐？“例如在睡过一夜之后，清晨起身，吸着新鲜空气，肺部觉得十分宽畅，感到有新的活力而适宜于工作；或是手中拿了烟斗，双腿搁在椅上，让烟草慢慢地均匀地烧着；或是远行口渴，看见一泓清泉，觉得清凉快乐，于是脱去鞋袜，两脚浸在凉爽的清水里；或是一顿丰盛餐饭之后，坐在安乐椅上，面前没有讨厌的人，大家海阔天空地谈笑着……”这就是林语堂先生的快乐，他在《生命的享受》里说：人类的快乐属于感觉。它由心内潺潺而出，生动而真切。

仿佛看到了小时候的语堂，作为家里的男孩之一，他要和大家轮流到水井汲水。“当吊桶到达井底时要摇动，这样它就会翻转来装满水，”和乐顽皮地说，“学习打水也很有趣。”劳动，是一种快乐。

10岁后，语堂走出坂仔，求学厦门，往返于西溪船上，“我们的船泊在岸边竹林之下，其时沉沉夜色，隐约可辨，对岸船上高悬纸灯，水上灯光，掩映可见，而喧闹人声亦一一可闻……我的船家，正在津津有味地讲慈禧太后幼年的故事”，此情此景，何其可乐！

一书在手，细细把玩，会油然而生出一种欣悦，自得其乐。似乎听见成年的林语堂口含烟斗，在烟雾缭绕中得意地说：在灰烬中拾到一颗小珍珠，要比在珠宝商店橱窗里看见一颗大珍珠更为快活呢。

又来到了语堂家的厨房。婚后的语堂即便才学满贯，也必须听从家中总司令的调遣，负责饭后洗碗，不过，语堂每次洗碗总是叮叮当当，破碗碎碟，声音不绝。翠凤无奈免了他的差事。语堂高兴地去捏翠凤的鼻子。翠凤笑了，又不禁有点怀疑，语堂是不是故意打碎杯盘碗碟的？

儿女情长，这不也是一种快乐？

大千生活，如此富裕！林语堂告诉我们，生之享受包括许多东西：我们本身的享受、家庭生活的享受，树木、花朵、云霞、溪流、瀑布，以及大自然的形形色色，都足以称为享受；此外又有诗歌、艺术、沉思、友情、谈天、读书……多姿多彩，浑厚深刻。

只有快乐的哲学，才是真正深湛的哲学。林语堂在《生活的艺术》里这样说。

悠闲快乐的生活始终需要一个怡静的内心，乐天旷达的观念和尽情欣赏大自然的胸怀。甚而一种天然的幽默。

“在一个夏天的下午，天边拥起乌云，知道一阵七月的骤雨就要在一刻钟内落下来，可是雨天出门不带伞，怕给人家看见难为情，连忙趁雨未降下的时候，先跑了出去；半途遇雨，淋得全身湿透，告诉人家，我中途遇雨。”多么有情有趣而又诙谐的林语堂！

一样是在雨中，那是春秋战国时的荒野，两千多年前的孔子，带着弟子漂泊四方，无计可施，无路可走，像一群难以言状的叫花子或流浪汉，到处碰壁，饱受羞辱。他不气馁，不愤怒，还敢于嘲笑自己，并“仍旧讲诵弦歌不衰”。谁能不为雨中高歌者所感动?

“最为我喜爱的，是孔子真个在雨中歌唱。”这是林语堂先生在《孔子的智慧》一书中的妙语。

一切都是那么亲切可感、温润和煦。大师，并不是我们想象中枯木死灰一般的老僧入定。有时具威严，有时也至为幽默，即便神圣如孔子，辉煌如语堂，也一样要穿衣，吃饭，生活中也一样有烦忧和磨难。他们的魅力其实不在于他们的不近烟火，高高在上，而在于他们所具有的强烈的人情味和幽默感。他们就像你我一样过日子，但在寻常的日子中，又有着不寻常的智慧，所以他们快乐，所以成其圣人和智者。

语堂知悟，我们对于人生可以抱着比较轻松和随意的态度，“我以为人生不一定要有目的或意义。惠特曼说：‘我这样地做一个人，已够满意了。’所以我也以为我现在活着——并且也许还可以再活几十年——人类的生命存在着，那就已经够了。”他明白，人如花草树木，随季节而长而枯。人生读来几乎像一首诗，它有着自己的韵律和拍子，敬畏大山，与自然同在，天地间即充满了自由绽放的气息。即使秋季到来，叶子的颜色也是金黄，成熟，丰富，带着人入老年的蔼然与闲适。接受这一切，就如感知清晨山间的微风扫过，使颤动的树叶轻松愉快地飘落于大地。

“我要一间自己的书房，可以安心工作。并不要怎样清洁齐整。”

“我要院中几棵竹树，几棵梅花。我要夏天多雨冬天爽亮的天气，可以看见极蓝的青天，如北平所见的一样。”

“我要未失赤子之心的儿女，能同我在雨中追跑，能像我一样的喜欢浇水浴。”

“我要有能做我自己的自由和敢做我自己的胆量。”

一个人有了自由的意识及淡漠的态度，才能深切热烈地享受快乐的人生！林语堂在《生活的艺术》里如是云。这就是孔子、林语堂等大师们的快乐秘诀，也是千百年来我等生而为人孜孜寻求的快乐秘诀！

雨也许下了几千年。离开时却是丽日蓝天。站在花山溪畔，遥望南北两面的十尖山，石起山，清澈之水依然流淌，自西向东，平缓远去。林语堂文学馆前，工人们正在忙碌地整修，砖头、土块随意堆放，门口略显杂乱。回看一侧安置的林语堂全家福雕像，似乎看见多年后离开坂仔的语堂先生一袭长袍，安然，温和地和他的翠凤及孩子们在一起。他在尘世里喧嚣里，依然从容地微笑，低语，吟唱。因为，大师的心里，永远潜藏着一汪自在与快乐的涌泉。

语堂的有为和无为

周末，公园。阳光和煦。

一群孩子赤着脚，捋起袖子，挥着铲子，在一汪湖水边的湿沙地里兴高采烈地铲沙堆山，开沟挖渠。周围随意放着他们的鞋子和各式各样的沙滩用具：小水桶，旋转沙漏，挖土车。这一群孩子沉浸在他们的世界里，浑然忘了边上笑吟吟围看他们的父母或爷爷奶奶。又有一个可爱的“锅盖头”小男孩走过来，冲向沙堆正要蹲下，突然像想起了什么似的回过头来，用询问的眼光看着他的爸爸妈妈。爸妈笑了笑，示意说：去玩吧。于是，“锅盖头”向快乐奔去，很快淹没其中。这对年轻的父母也许想起了自己小时和伙伴们玩沙子被大人训斥“尽干些没用的事儿”的情形。也许他们此时心里在想：给孩子快乐吧，那与衣服、裤子被沙子弄脏比起来，重要得多。

和沙地仅隔着一条小道的碧湖里，同样也有一群孩子，甚至还有一群老顽童也正蹚在浅水里，喂小鱼，捉泥鳅，踩鹅卵石，不亦乐乎。湖水之上，一条揽桥，连通东西。桥上，大人、孩子穿梭而过。两个女孩亲密地一路说着话走过来了。一对老夫妻牵着手慢慢地走过来了。也有几个“狡猾”的孩子故意把脚步放重，踩得木板摇摇晃晃起来，看众人惊呼乐得大叫。这是城市，都市里的乡村。这是悠闲而生动鲜活的人世间。林语堂曾赞曰：尘世是唯一的天堂。

仿佛看到在《生活的艺术》里语堂口叼烟斗，略带得意地说：享受悠闲生活当然比享受奢侈生活便宜得多。要享受悠闲的生活只要一种艺术家的性情，在一种全然悠闲的情绪中，去消遣一个闲暇无事的下午。

于是我们看到少年的语堂，正尝试着要从一间教会的屋顶兴奋地滑下来。那间教会只有一个房子，紧挨着的是一座两层楼的牧师住宅，只要站在牧师住宅的阳台上，就可以透过教堂后面的一个小窗望下去，看见教堂内部。在教堂的屋顶与牧师住宅的桁桷之间，只有一个很窄的空间，小孩可以从这面的屋顶爬上去，挤过那个狭窄的空间，而从另一面滑下来。这不是正儿八经的聆听教义或学习，却成了多年后林语堂念念不忘的记忆。

中年的语堂，悠闲自得地在他的“有不为斋”随意翻读书架上的各种书籍。“我想一人的房间，应有几分凌乱，七分庄严中带三分随便，住起来才舒服。入其室，稍有油烟气味。此外又有烟味，书味，及各种不甚了了的房味。种类不要多，也不可太杂，只有几种心中好读的书，及几次重读过的书——即使是天下人皆詈为无聊的书也无妨。”语堂享受着所谓“无用”之物带来的从容和美好。朝东的三扇明窗下是两组黑色沙发，书桌被放置在角落，原来语堂先生是一贯地喜欢在沙发上或者床上写作的。他认为要写出好文章，首先要姿势舒服。正是在这样看似无为的状态中语堂写出了《有不为斋文集》或称《有不为斋随笔》。

“只有当一个人歇下手头不得不干的事情，开始做他所喜欢的事情时，他的个性才会显露出来。如果我自己可以自选做世界上作家之一的话，我颇愿做个安徒生。能够写女人鱼的故事，想着那女人鱼的思想，渴望着到了长大的时候到水面上来，那真是人类所感到的最深沉最美妙的快乐了。我们对于人生可以抱着比较轻快随便的态度。”

语堂是这么想的，也是这么和他的三个女儿说的。在大女儿林如斯、二女儿林太乙、三女儿林相如小时候，林语堂就鼓励她们写日记，一日一篇。平时想到什么，看到什么，就写什么，叙事、游记、议论、私见、回忆、抒情、描写会话、刻绘人物，都可包入，范围绝对自由。要紧的是个“真”字，要写出自己的真情实感来。《吾家》就是由两个女儿的日记整理出来的，从中可以分享到他们家庭生活的美满和快乐。女儿的几种课本被他“束之高阁”，目的是“省出多少时间来念有用的书”。他说：“她们喜欢读就读，不喜欢就拉倒——但是如果喜欢，就是真正的喜欢，这个喜欢，这个‘好学’之‘好’，就是将来一切学问的泉源。”

“不平凡的教育”给了三个女儿一个不平凡的童年。女儿们三五岁的时候，林语堂就领她们参加一些社会活动和文学聚会，好让她们从小就多接触社会，增长见识。那时候，文人聚会都习惯找几个舞女助兴，称为“叫条子”。林语堂就让女儿们在花名册上乱画一气点舞女。等到舞女到来时，女儿就说：“你们是我们叫来的。”逗得大家哄堂大笑。他什么地方都带女儿去。他带她们去巴黎红磨坊看艳舞，半夜才回家；去维苏威火山探险，鞋底全烧焦了才尽兴而归……他给了三个女儿最自由的成长空间。日后，可谓个个不负所望，在自己的领域里都有不平凡的成就。

语堂就这么快乐地徜徉于充满了生动的烟火气息的人世间。于是我们困惑，语堂如此贪恋尘世这个唯一的天堂，又是怎么能沉静下来，写出那一系列充满性灵的好文章？

先看看“有不为斋”这个书房名的由来吧，当年林语堂一家在上海的时候，曾住在上海忆定盘路（今江苏路）43号（A）的一幢花园洋房里，洋房的一楼有一间小书房，是林语堂以文会友的地方，也是文友们吞云吐雾，恣情畅谈天下事的地方，取名为——有不为斋。如此的风雅，如此的随心随性，令人赞叹。据说这以后林语堂把他的每一处书斋都命名为“有不为斋”。

当年在书斋的墙壁上还挂着一副对联，“两脚踏中西文化，一心评宇宙文章”，这是梁启超亲自书写赠送给林语堂的礼物。汉刘安曾说：“无为者，非谓其凝滞而不动也。”可见林语堂既欣赏道家的“无为”，也受儒家“有为”思想的影响，而形成为自己的闲适主义观。在他的胸中自有天地和自然。将门关上，没有任何人来干扰，那种感觉就像住在深山一样。当然这深山并不是远离闹市的荒山野岭，而来于心里隔离世俗尘嚣的澄静。这样即使不关闭有形之门，即使身处热闹的有各种凡尘之味的人世间，也能感受如处深山般的意趣。

闭门即是深山，读书随处净土。这是明代文学家陈继儒《小窗幽记》里的一句。保持心中一片最明澈的净土，不受外物所动，这就是真正的深山。读书需要这种心境，写字需要这种心境，修身养性更需要这种心境和这样的一方净土乐土。语堂在《孔子的智慧》里也说，对人生有了固定的宗旨，才能得到心境的安静。得到心境的宁静之后，才能安然自处，才能用心思考；能思考才能有所知，才能有所为。由闹而静，这正是语堂大师的功夫。

入乎其内，故有生气；出乎其外，故有高致。一半道家主义，一半儒家主义，每每那些半玩世者是最优越的玩世者。闲适、平和、幽默、快乐的语堂先生对人生的观念看似道家实为儒家，这样便回到了中庸，即道家的“无为”观与儒家的“有为”观配合起来而得到的一种哲学，这种中庸哲学是最近人情的。没有草木土地，哪有生活；没有生活，哪有性灵；没有性灵，哪来艺术，这便是生活的逻辑也是艺术的逻辑。

大师始终在心中葆有一份喜爱尘世烟火的天真。而最大限度地享受人间，享受生活，这正是智者的行为。仿佛看到老年的语堂，依旧喜欢做些“无用”的事儿。有一天，他异想天开，把自己小时的照片剪下和二女儿林太乙的两个孩子的照片并贴在一起，然后淘气地向妻子廖翠凤大叫：“凤啊，快来，管教管教你的三个小孩！”